Alex Pohl

EISIGE TAGE

Kriminalroman

 PENGUIN VERLAG

Sollte diese Publikation Links auf Webseiten Dritter enthalten,
so übernehmen wir für deren Inhalte keine Haftung, da wir uns
diese nicht zu eigen machen, sondern lediglich auf deren Stand
zum Zeitpunkt der Erstveröffentlichung verweisen.

Verlagsgruppe Random House FSC® N001967

PENGUIN und das Penguin Logo sind Markenzeichen
von Penguin Books Limited und werden
hier unter Lizenz benutzt.

2. Auflage 2019
Copyright © 2019 Penguin Verlag, München,
in der Verlagsgruppe Random House GmbH,
Neumarkter Str. 28, 81673 München
Dieses Werk wurde vermittelt durch die AVA international
GmbH Autoren- und Verlagsagentur, München.
www.ava-international.de
Umschlag: www.buerosued.de
Umschlagmotiv: Arcangel / Paul Bucknall;
gettyimages / PhotoStock – Israel
Satz: Greiner & Reichel, Köln
Druck und Bindung: GGP Media GmbH, Pößneck
Printed in Germany
ISBN 978-3-328-10323-3
www.penguin-verlag.de

 Dieses Buch ist auch als E-Book erhältlich.

I never lie because I don't fear anyone.
You only lie when you're afraid.
– *John Gotti, amerikanischer Gangster*

1952

Der Junge presst seine Hände so fest zusammen, dass die Knöchel grellweiß hervortreten. Aus seiner rechten Faust quillt Blut und tropft auf den Boden, aber er bemerkt es nicht einmal.

Der Hauptmann schon.

»Mach auf!«, herrscht er den Jungen an.

Der weiß erst gar nicht, was der Hauptmann meint, doch er begreift es schnell. Der erste Stiefeltritt trifft ihn am Kopf, und er geht zu Boden. Dann spürt er den Absatz des schweren Militärstiefels auf seinem Handgelenk, der Hauptmann verlagert jetzt sein ganzes Gewicht auf seinen Fuß. Irgendetwas knirscht im Arm des Jungen, dann verliert er die Kontrolle über seine Finger, und seine Faust öffnet sich. Darin liegt ein kleiner, glitzernder Gegenstand, blutverschmiert.

»Na sieh an«, sagt der Hauptmann und bückt sich, um den Gegenstand aufzuheben. Es ist eine Uhr, eine Kinderuhr, auf deren Zifferblatt ein Panzer abgebildet ist, der gerade eine kleine Anhöhe bezwingt. Der Hauptmann wischt das Blut vom Uhrenglas und betrachtet lächelnd das Motiv. Die Spähluke des Panzers ist offen, und ein

Soldat schaut heraus, das Fernglas in kämpferischer Pose gen Horizont gerichtet.

»Das ist eine schöne Uhr, Junge«, sagt er und steckt sie ein. »Mein Sohn Juri wird sich darüber freuen. Er hat bald Geburtstag, weißt du?«

Die Schmerzen im Handgelenk des Jungen sind unerträglich, er spürt seine Finger nicht mehr, nur ein dumpfes Kribbeln. Aber er vergießt keine einzige Träne, nicht eine.

Der Hauptmann zuckt mit den Schultern und steigt vom Handgelenk des Jungen. Dann dreht er sich um und geht zu der Pritsche, auf die sie seine Schwester geworfen haben. Jemand packt den Jungen am Kragen seines groben Leinenhemdes und reißt ihn auf die Beine.

»Bring ihn her«, ruft der Hauptmann dem Soldaten zu, dann grinst er den Jungen an. »Sieh dir das an, Kleiner! Vielleicht kannst du ja noch was lernen.«

Das Lachen der Soldaten antwortet dem Hauptmann, und der, der den Jungen am Kragen festhält, schleift ihn noch näher zu der Pritsche.

Der Junge versucht, sich loszureißen, doch der Griff an seinem Nacken ist unnachgiebig. Und er ist nur ein kleiner Junge.

»Halt ihn gut fest«, sagt der Hauptmann.

Nur ein kleiner, dummer Junge.

»Das hier wird dir gefallen«, sagt der Hauptmann.

Der Junge tritt nach hinten aus, erwischt überraschend etwas Weiches, und der Griff um seinen Nacken löst sich.

Er reißt sich los, springt den Hauptmann an, prügelt blindlings auf ihn ein. Ein Floh, der einen Berg anspringt. Doch der Junge erwischt ihn. Einmal, zweimal, bevor sie ihn von dem Hauptmann runterzerren.

»Schafft mir dieses Vieh aus den Augen!«, tobt der Hauptmann. Ein Blutstropfen bildet sich an seiner Unterlippe, doch das ist nicht mehr als ein Kratzer.

Ein anderer Soldat packt den Jungen, schleift ihn zur Tür und wirft ihn in den Gang, wo er gegen eine Wand kracht.

»Bleib da«, sagt der Soldat, »das rate ich dir!«

Dann dreht er sich um und tritt die Tür mit dem Stiefelabsatz zu.

Jenseits der Tür beginnt seine Schwester zu schreien.

Der Junge streckt die Hand nach der Tür aus, verliert das Gleichgewicht und kippt vornüber. Ihm ist übel, etwas will seine Speiseröhre hinaufkriechen, doch da ist nichts in seinem Magen. Seit zwei Tagen nicht. Sie haben es aufgespart, in einem Versteck. Für unterwegs.

Der Junge spürt ein Kitzeln an seiner Stirn, und als er danach tastet, ist es feucht und klebrig. Er muss wohl mit dem Kopf voran gegen die Wand geprallt sein. Er wischt es fort.

Er ist immer noch benommen und kann nicht richtig sehen, doch er rappelt sich auf die Beine. Taumelt auf die Tür zu, legt die Hand auf den Türknauf, doch dann zögert er.

Blinzelt.

Bemerkt das Licht am anderen Ende des Ganges.

Wo es eine weitere Tür gibt.

Diese Tür, weiß der Junge, führt hinaus in den Hof. Der jetzt nicht bewacht ist, weil die Soldaten alle dem Hauptmann nach drinnen gefolgt sind. Da ist ein Wachhäuschen, in dem sie Decken aufbewahren, etwas zu essen. Warme Stiefel und Pistolen. Vielleicht sogar ein Gewehr. Das Wachhäuschen gehört zu einem Zaun, und jenseits dieses Zauns ...

Immer noch steht der Junge reglos vor der Tür zu dem Zimmer, in dem die Soldaten sind und seine Schwester auf der Pritsche liegt. Doch sie schreit jetzt nicht mehr.

Vielleicht ist da ein leises Wimmern, aber dessen ist sich der Junge nicht sicher, durch die geschlossene Tür.

»Ich komme zurück, Mariko«, verspricht er leise. Ein Flüstern, das ungehört bleibt.

Dann wendet er sich ab. Schleicht den Gang entlang, auf die Tür zu, die hinaus auf den Hof führt, zu dem Wachhäuschen, und von dort in die Wälder.

Als er ins Freie tritt, schlägt ihm die Kälte wie eine Wand entgegen, doch er geht einfach weiter, durch den Schnee, mit nichts bekleidet als einem Paar Wollsocken und dem blutverschmierten Leinenhemd, geht einfach weiter.

Er wischt die Tränen fort und das Blut, das ihm über das Gesicht strömt, und er bemerkt, dass er seine rechte Hand nicht mehr richtig schließen kann, doch er spürt keine Schmerzen, keine Kälte.

Er spürt überhaupt nichts mehr.

TEIL I:
ERSTER SCHNEE

Weg ohne Wiederkehr

12. Dezember
Leipzig, Lindenau

Er drückt die Klingel noch einmal. Lässt sie wieder los, kaum dass sie zu schellen begonnen hat. Wenn er diesmal keine Geräusche hinter der Tür hört, wird er sich umdrehen und verschwinden. Was er vermutlich längst hätte tun sollen.

Das Läuten verhallt im Inneren der Wohnung. Nichts, keine Reaktion. Dennoch bleibt er stehen. Betrachtet die rissige grüne Farbe, die von der Tür und dem Rahmen blättert. Die abgegriffene Messingklinke. Den Dreck.

Sein Blick wandert erneut zum Klingelknopf, dann seine Hand. Verharrt. Schließlich drückt er noch einmal drauf. Dann dreht er sich um, mit einem Ruck, wie um den Bann zu brechen.

Als er den Fuß auf die erste der Stufen setzt, die nach unten führen, hört er die Stimme jenseits der Tür.

»Ich komm ja schon, verdammt noch mal!«

Irgendetwas fällt im Inneren der Wohnung zu Boden. Ein gedämpfter Fluch, ein heiseres Husten, das in einen kleinen Anfall übergeht. Das muss von den Zigaretten kommen, denkt er. Unmengen von Zigaretten, die den Kerl eigentlich längst hätten ins Grab bringen müssen.

Für einen Augenblick ist er versucht, einfach davonzulaufen, die Stufen hinab. In der Hoffnung, dass ihn der andere nicht erkennt, bevor er den unteren Treppenabsatz erreicht hat und außer Sichtweite ist. Hinterherrennen wird der Kerl ihm nicht mit seiner Raucherlunge.

Aber er bleibt.

Dreht sich um. Erhascht noch einen letzten Blick auf die Reste der verwitterten, ehemals grünen Tür. Dann wird sie mit einem Ruck aufgerissen.

Ein graues Gesicht mit tief liegenden Augen starrt ihn an. Borstige Bartstoppeln, eingefallene Wangen. Der Kerl blinzelt. Noch mal. Die buschigen Brauen ziehen sich zusammen, und seine Miene verfinstert sich.

Dann: Erkennen.

Die Mundwinkel gehen beiderseits in tiefe Falten über, die aussehen, als hätte sie jemand mit einem Messer hineingeschnitzt. Daran ändert sich auch nichts, als sich die Gesichtszüge des Kerls zu so etwas wie einem Lächeln verziehen.

»Scheiße …«, bringt er hervor, und dann, nach einer Ewigkeit des ungläubigen Starrens, bittet er ihn hinein in die Schwärze und den Dreck und den Gestank von Fäulnis und nahendem Tod, der jenseits der ehemals grünen Tür auf den Besucher wartet.

»Komm rein«, sagt der Kerl, und es entgeht seinem Besucher nicht, dass er einen flüchtigen Blick ins Treppenhaus wirft, bevor er die Tür hinter ihnen beiden schließt.

Dann sitzen sie am Tisch in der Küche. Der Kerl hat

einen gewaltigen Stapel schmutzstarrender Teller in die Spüle gewuchtet, um den Tisch freizuräumen. Als der Besucher versehentlich über die Tischplatte wischt, bleibt ein öliger schwarzer Film an seiner Fingerspitze zurück. Kalter Rauch hängt in der Luft wie eine Decke aus Blei. Als der Kerl sich eine neue Zigarette ansteckt, bietet er ihm auch eine an. Der Besucher nimmt sie, obwohl er eigentlich schon vor Jahren damit aufgehört hat. Er saugt den Rauch tief ein und hofft, dass das Gift in seinen Lungen hilft, den Gestank zu übertünchen.

»Ich brauche eine Waffe«, sagt er dann. Der Kerl atmet pfeifend ein und sieht ihn aus zusammengekniffenen Augen an. Beim Ausatmen scheint sich irgendwas in seiner Lunge zu lösen, und ein Hustenanfall lässt seine massige Gestalt beben.

»Scheiße …«, hustet er hervor, »eine …«

»Eine Pistole brauch ich.«

Der Kerl nickt zwischen den Eruptionen seines Hustenanfalls. Auf seinen Wangen haben sich tiefrote Flecken gebildet, was aussieht, als hätte ein Geisteskranker versucht, eine Leiche zu schminken. Der Anfall verklingt, und der Kerl nimmt einen tiefen Zug von seiner Zigarette.

»Eine Pistole«, wiederholt er nachdenklich, und für einen Moment hängt das Wort zwischen ihnen in der rauchgeschwängerten Luft. Macht sie noch etwas schwerer, noch etwas giftiger.

»Hast du Geld?«

Ja, sagt der Besucher, er habe Geld. Und dass er nichts Besonderes brauche. Nur eine Pistole und eine Ladung Munition dafür. Es heißt Magazin, verbessert ihn der Kerl, und nicht Ladung. Dann eben das, sagt der Besucher.

»Ich könnte dir eine Makarow besorgen. Russisches Fabrikat, neun Millimeter. Schon was älter, aber unverwüstlich. Kriegst du nicht kaputt, sozialistische Produktion eben.«

Jetzt grinst er, fletscht seine gelben, schief stehenden Zähne, und das lässt ihn noch ein bisschen mehr wie die Leiche aussehen, die er vermutlich schon bald sein wird. Die roten Flecken stehen immer noch auf seinen Wangen, das Grinsen ist ein Anstrich, eine reine Formalität. Der Besucher senkt den Blick auf die Tischplatte.

Dann nickt er. Ja, sagt er, und dass er die Makarow nehmen würde.

»Gute Wahl«, sagt der Kerl und kratzt sich die Brust unter der Jacke des schmutzigen Jogginganzugs, den er trägt. Dann steht er auf und geht zu einem Küchenschrank hinüber, auf dem sich leere Bierflaschen stapeln.

»Die stammt noch aus Suhl, aus dem Fahrzeugwerk ›Ernst Thälmann‹«, erklärt er, und der Besucher nickt pflichtbewusst. Aus Suhl oder vom Mond, ihm ist das völlig egal.

Der Kerl kichert, was erneut in einem Hustenanfall endet. Dann zieht er ein Schubfach auf und holt ein Päckchen daraus hervor, das er vor dem Besucher auf den Tisch legt. Er schlägt das ölfleckige Leinentuch beiseite und enthüllt eine schwarze Pistole mit dunkelbraunen Griffschalen aus Kunststoff, in die auf jeder Seite ein Stern eingeprägt ist. Der Geruch von Waffenöl schlägt dem Besucher entgegen. Als er danach greifen will, senkt sich die teigige Hand des Kerls auf die Waffe.

»Du bist dir ganz sicher damit?«, fragt er.

Der Besucher blickt ihn an. Mit Skrupel hätte er nicht gerechnet. Nicht bei dem Kerl. Dann nickt er, langsam. So als ob er sich seiner Sache wirklich sicher wäre. Oder irgendeiner Sache überhaupt. Er schmeckt die Galle, die seine Kehle heraufkriecht.

»Ist ein Weg ohne Wiederkehr, weißt du? Wenn man den einmal geht, gibt's kein Zurück. Für die allermeisten jedenfalls nicht«, sagt der Kerl.

Unverhofft tiefgründig, findet der Besucher und nickt noch einmal. Rasch, bevor er es sich anders überlegt. Vermutlich amüsiert es den Kerl sowieso nur, eine Show daraus zu machen. Vermutlich macht er das bei jedem so.

Dann streckt der Besucher die Hand aus.

Der Kerl zuckt mit den Schultern und überlässt ihm die Waffe.

Das Mädchen

14. Dezember
Leipzig, Hauptbahnhof

Mittlerweile ist sie sicher, dass der Mann zu ihr herüberschaut. Dass er sie schon seit einer ganzen Weile beobachtet, aus dem Schatten neben dem Eingang zum Bahnhof heraus, wo er sich eine Kippe nach der anderen ansteckt. Ob er glaubt, dass sie ihn dort nicht sehen kann?

Jetzt geht er zur Straße hinüber, wartet sogar an der Fußgängerampel, obwohl das lächerlich ist, weil um diese Uhrzeit sowieso kaum noch Autos unterwegs sind. Der Mann schlingt den Mantel fester um seinen Körper, während er darauf wartet, dass die Ampel auf Grün springt. Das Mädchen weiß, was sein Ziel ist, noch bevor er sich in Bewegung setzt.

Er überquert die Straße, dann kommt er direkt auf sie zu. Sie spürt, wie ihr Puls sich beschleunigt. Warum sind ihr Kerle wie der da eigentlich früher nie aufgefallen? Weil sie nie nach ihnen Ausschau gehalten hat, lautet die ebenso simple wie einleuchtende Antwort. Manche Schatten sieht man erst, wenn man weiß, wo man hinschauen muss. Das hat sie schon vor langer Zeit begriffen.

Er setzt sich auf den freien Sitz neben sie, unter dem Vordach der Straßenbahnhaltestelle. Er schaut sie nicht an, als er zu sprechen beginnt. Dennoch ist klar, dass seine Worte nur ihr gelten können. Es ist sonst niemand in der Nähe.

»Bist du öfter hier?«, fragt er, und das Mädchen muss beinahe kichern. Sie hat schon originellere Anmachen gehört.

»Kann sein«, sagt sie. Nicht einmal abweisend. Neutral. Abwartend. Und hofft, dass er das Zittern in ihrer Stimme nicht bemerkt.

»Verstehe«, sagt der Mann.

Als ob, denkt sie.

Dann holt er eine Zigarette aus der Tasche, steckt sich den Filter in den Mund, zündet sie mit einem Feuerzeug an. Seine Bewegungen wirken irgendwie achtlos, als würde auch er nur einem vorher festgelegten Spielplan folgen. Als seine Zigarette endlich brennt, nimmt er einen tiefen Zug und stößt den Rauch in die kalte Nachtluft.

»Bekomm ich auch eine?«, fragt sie und wundert sich ein bisschen, weil er nicht von selbst auf die Idee gekommen ist, ihr eine anzubieten. Wäre doch eine prima Gelegenheit.

Der Mann erwidert nichts, aber er holt die Packung wieder aus der Innentasche seines Mantels hervor, klappt den Deckel auf und streckt sie ihr hin. Sie nimmt eine Zigarette.

Als er ihr sein Feuerzeug reichen will, sagt sie: »Für später«, und steckt sich die Kippe hinters Ohr.

Dazu muss sie die Kapuze abnehmen. Jetzt zuckt sein

Blick herüber, wandert für den Bruchteil einer Sekunde über ihr Gesicht, das lange glatte Haar, bevor sie die Kapuze wieder aufsetzt. Sie weiß, dass ihm dieser eine Blick vorerst genügen wird. Sie ist hübsch, und ihr ist klar, wie sie das bei ihm einsetzen muss, es ist beinahe wie ein Instinkt. Sie liebt es, ihren Instinkten nachzugeben. Das redet sie sich zumindest ein.

Er sitzt schweigend da, zieht an seiner Kippe, und dann kommt der Moment, an dem es nicht mehr so läuft wie geplant.

Der Mann wirft die halb gerauchte Zigarette vor sich auf den Boden und macht sich nicht einmal die Mühe, sie auszutreten. Dann zieht er etwas aus seiner Manteltasche. Das Mädchen erkennt, dass er ein Foto in der Hand hält, und sie wirft einen Blick darauf. Das Foto zeigt ein Mädchen, etwa in ihrem Alter, vielleicht ein bisschen jünger. Die Kleine auf dem Foto lächelt, aber man kann sogar bei diesem miesen Licht erkennen, dass sie das ziemlich gezwungen tut. Es ist eins von diesen professionellen Porträts, wie man sie bei einem Fotografen machen lassen kann. Die Art Fotografen, die einen aus unerfindlichen Gründen immer zum Lächeln zwingen. Auch wenn einem gar nicht danach zumute ist.

»Hast du sie gesehen?«, fragt der Mann. Scheiße, denkt das Mädchen, ist der Kerl vielleicht ein Bulle? Oder ein Gestörter, also … über das zu erwartende Maß hinaus gestört, oder …

»Ich meine, hier irgendwo?«, sagt der Mann, und jetzt

klingt er echt verzweifelt. Nie und nimmer ist der ein Bulle. Also ein Gestörter? Vielleicht.

Shit.

»Ist sie …« Der Mann räuspert sich. Dann versucht er es noch mal. »Ich meine, treibt sie sich hier irgendwo herum? Hast du sie gesehen?«

Das Mädchen hebt den Blick von dem Foto und schüttelt langsam den Kopf. Dabei streift sie seine Alkoholfahne. Er muss sturzbetrunken sein. Dass der überhaupt noch einigermaßen vernünftig laufen und reden kann, grenzt an ein Wunder.

»Nee«, sagt sie und rückt ein Stück von ihm weg.

Ihr Körper spannt sich, ist sprungbereit. Instinktiv. Mit dem Kerl stimmt ganz entschieden etwas nicht, und das hat nicht allein mit dem Alkohol zu tun. Es hat vor allem mit dem Foto in seiner Hand zu tun und damit, wie diese Hand jetzt zittert und wie ihm vorhin die Stimme beim Reden versagt hat und …

»Bist du sicher?«, fragt er, gleichzeitig schnellt seine Hand vor und packt ihr Handgelenk, bevor sie noch eine Chance hat, dem zu entgehen.

»Sieh es dir doch mal genau an«, jammert er und greift noch fester zu. »Bist du wirklich sicher?«

»Hey, Mann!«, schreit sie. »Lass mich los!«

»Aber …«

Sie reißt sich los und springt von ihrem Sitz auf. Er rührt sich nicht, guckt sie aus großen, feuchten Augen an, eine Hand ausgestreckt wie ein Bettler, in der anderen das Foto. Beinahe könnte man Mitleid mit ihm bekommen, aber das Mädchen weiß es besser. Ihr Instinkt sagt ihr, dass irgendetwas mit dem Kerl nicht stimmt und dass es im Moment ihre oberste Priorität sein sollte, möglichst viel Abstand zwischen sich und ihn zu bringen.

Sie greift in die Jackentasche, zieht ihr Handy hervor und hält es ans Ohr.

»Ja?«, sagt sie, obwohl niemand am anderen Ende der Leitung ist. Sie keucht, denn jetzt wummert ihr das Herz in der Brust, ihr ganzer Kopf dröhnt, sodass sie ihre eigene Stimme kaum hören kann. »Ja, ich bin noch hier, aber hier ist so ein Kerl. Oh, ihr seid gleich da? In Ordnung, ich warte.« Dann drückt sie auf das Display und beendet das fiktive Gespräch.

»Das war mein Freund«, sagt sie und geht noch einen Schritt auf Abstand. »Er und ein paar seiner Kumpels werden jeden Moment hier sein.«

Da begreift der Mann endlich. Er steht von dem Sitz auf, langsam. Ohne ein weiteres Wort dreht er sich um und entfernt sich in Richtung Ampel. Diesmal wartet er nicht, bis sie auf Grün schaltet, sondern geht gleich hinüber, um kurz darauf im Schneetreiben und in der Dunkelheit zu verschwinden.

Das Mädchen atmet erleichtert auf.

»Alles in Ordnung hier?«, fragt eine feste Stimme hinter ihr. Sie fährt herum. Die Bullen, denkt sie, weil die Stimme selbstsicher und irgendwie professionell klingt, ganz anders als die des Spinners von eben.

Verdammt, wieso hab ich die blöden Bullen nicht kommen sehen?

Es ist nicht die Polizei, sondern ein älterer Mann, der sie jetzt von oben herab anschaut. Auch er trägt einen Mantel, aber seiner sieht wesentlich teurer aus als das abgetragene Kaufhausmodell des Spinners. Und er lächelt. Sein Gesicht, leicht gerötet von der Kälte, wirkt gepflegt. Glatt rasiert. Freundlich. Sie schätzt ihn auf Ende fünfzig. In der Hand hält er einen Kaffeebecher aus Pappe, aus dem ein verführerischer Duft aufsteigt. Noch verführerischer ist allerdings das kleine Dampfwölkchen über dem Deckel des Bechers.

Alles klar, denkt sie und lächelt dem Mann zu. Viel besser.

Etwas Heißes könnte sie jetzt gut gebrauchen, und aus irgendeinem Grund pocht ihr Herz jetzt nicht mehr ganz so stark.

»Wollte der Typ was von dir?«, fragt der Mann, und ihr fällt auf, dass er das »R« ein bisschen rollt.

»Ach, das war nur so ein Spinner«, sagt sie.

»Verstehe«, sagt der Mann, lächelt und wirft einen flüchtigen Blick in Richtung Bahnhof. Dorthin, wo der andere Mann im Dunkel verschwunden ist.

Der hier bietet ihr keine Zigarette an und auch keinen Schluck von seinem Kaffee, leider. Er setzt sich auch nicht neben sie.

Er fragt: »Bist du allein?«

Sie nickt, und keiner von ihnen hört auf zu lächeln,

während sie sich gegenüberstehen. Er *flirtet*, denkt sie, und das macht er nicht mal schlecht. Ganz beiläufig.

»Du weißt nicht, wo du hinsollst, hm?«, fragt er und lässt es wie unverbindliche Fürsorge klingen. Nicht zu bedauernd. Nur eine Frage im Vorübergehen.

»Doch, schon, na klar«, sagt sie. »Ich wohne bei einem Freund. Darf seine Wohnung benutzen, während er nicht da ist, wissen Sie?«

»Verstehe«, sagt der Mann, und sie glaubt, dass er das wirklich tut. Er macht das hier, im Gegensatz zu ihr, ganz bestimmt nicht zum ersten Mal.

Dann schweigt er eine Weile, vermutlich um ihr Zeit für den nächsten Schritt zu lassen. Nur um keine Missverständnisse aufkommen zu lassen. Denn bis jetzt ist das hier nur ein zufälliger Dialog zwischen einem netten Mann und einem frierenden Kind.

»Dahin war ich gerade unterwegs«, sagt sie. »Also, zu der Wohnung. Aber dann hab ich die Bahn verpasst, und die nächste ist auch nicht gekommen. Scheiß Straßenbahn.«

»Verstehe«, sagt er wieder. Sein Lächeln wird eine Winzigkeit breiter. Er hat sehr weiße Zähne.

Er sieht auf seine Armbanduhr, es ist eine goldene. Sie sieht teuer aus, bemerkt das Mädchen. Vielleicht eine Rolex. Ja, ganz bestimmt eine Rolex. Umso besser.

»Es wird keine Bahn mehr kommen«, sagt er und betritt damit nach kurzem Zögern das Drahtseil, das sie ihm soeben gespannt hat.

»Aber ich habe ein Auto.«

Natürlich hat er ein Auto, die normalste Sache der Welt, und vermutlich ein ziemlich cooles, wenn man dem Eindruck trauen darf, den sein Mantel und seine Armbanduhr erwecken. Auch wenn das vielleicht nicht erklärt, wieso er mitten in der Nacht am Bahnhof unter einem Wartehäuschen für eine Straßenbahn steht, die nie kommen wird, und ein dreizehnjähriges Mädchen anquatscht. Vermutlich könnte er das woanders sehr viel bequemer haben. Vielleicht braucht er ja den Kick oder so.

Sie nickt, langsam, als müsste sie noch überlegen.

»Ein Auto«, sagt sie dann. »Das wäre echt toll. Danke, Mann.«

»Kein Problem«, sagt er und wirft einen Blick hinüber zum Bahnhof, wo manchmal Polizisten patrouillieren. Jetzt sind keine hier.

Schließlich fragt er, immer noch lächelnd und beinahe unverbindlich: »Wie alt bist du?«

»Sechzehn«, sagt das Mädchen, und er nickt. Sie wissen beide, dass das nicht stimmt. Er dreht sich um und geht hinüber zum Parkplatz, wo vermutlich sein Wagen steht.

Sie folgt ihm.

15. Dezember

Malinowski

Leipzig, Elster-Saale-Kanal, Nähe Auensee

»Gott, es sind gerade mal fünf Grad unter null, Milo«, sagt Seiler. Sie lächelt ein bisschen, damit es nicht ganz so bemutternd wirkt. »Du siehst aus, als wolltest du nach Sibirien auswandern.«

»Mir ist kalt, Hanna«, antwortet Novic.

»Ist nicht zu übersehen«, seufzt Seiler und wendet ihren Blick wieder der Straße vor ihnen zu. Das heißt, sie versucht es. Die Scheibenwischer kommen kaum gegen die weiße Masse an, die sich auf sie herabsenkt, weich und fluffig wie Zuckerwatte, nur eine ganze Spur gefährlicher. Dennoch nimmt Hanna Seiler den Fuß kaum vom Gas, auch nicht als sie von der Straße abbiegen, um in einen schmalen Waldweg einzubiegen, der sich parallel zum Kanal tiefer in den Forst schlängelt.

»Wann haben sie ihn denn gefunden?«, will Novic wissen. Seiler glaubt zu hören, wie der Hauptkommissar ein Zähneklappern unterdrückt. Um seine Überempfindlichkeit gegenüber der Temperatur beneidet sie ihn wirklich nicht.

»Gegen sieben heute Morgen«, sagt sie. »Einer von diesen verrückten Joggern hat das Auto im Graben liegen sehen und … na ja, den Rest wirst du ja alles gleich selbst sehen.«

»Der Mann war verrückt?«, fragt Novic interessiert.

Seiler schüttelt den Kopf. »Also ehrlich, Milo. Manchmal weiß ich nicht, ob du dich über mich lustig machst. Ich meine, dass es doch verrückt ist, bei so einem Wetter morgens um sechs laufen zu gehen. Wo sich doch jeder normale Mensch in seinem warmen Bett noch mal rumdrehen würde.«

»Es soll ja gesund sein«, wendet Novic ein. »Gut für das Immunsystem.«

Und das aus seinem Mund. Sie gibt ein schnaufendes Lachen von sich. Ihres Wissens besteht Novics einzige gesundheitsfördernde Aktivität darin, gelegentlich seine Kaffeetasse zum Mund zu führen, während sie dreimal die Woche das Fitnessstudio besucht, um in Form zu bleiben, und jeden Morgen kalt duscht. Manchmal, wenn sie den spindeldürren Novic betrachtet, fragt sie sich trotzdem, wozu das alles eigentlich gut sein soll.

Als sie um eine Baumgruppe biegen, sehen sie schon den Krankenwagen und kurz darauf auch die Autos der Kollegen im trüben Grau des Wintermorgens, beleuchtet vom gleichmäßigen Flackern eines einzelnen Blaulichts. Dann entdecken sie die Baustrahler und schließlich auch die Kollegen, kaum zu erkennen in ihren weißen Schutzanzügen, wie sie schwerfällig durch den Schnee stapfen, der die Uferböschung bedeckt. Wie Raumfahrer auf einem fremden, weißen Planeten, denkt Seiler.

»Ich bin sicher, die freuen sich wie verrückt, hier draußen sein zu dürfen«, sagt sie düster. »Wo es doch so gesund ist fürs Immunsystem.«

»Ja«, sagt Novic, der den Witz wohl nicht kapiert hat.
Dann steigen sie aus. Novic setzt sich seine übergroße
Fellmütze auf und zieht sie tief ins Gesicht. Das Ding
lässt ihn aussehen wie ein russischer Gesandter zu Ras-
putins Zeiten, findet Seiler und muss kichern, was zu
einem nicht unbeträchtlichen Teil an der bierernsten
Miene liegt, mit der Novic unter dem Fellungetüm hervorlugt.

»Was?«, fragt Novic.

»Nichts, Zar Alexander. Schöner Hut.«

»Das ist eine M-m-m-ütze«, sagt Novic zähneklap-
pernd. »Und sehr warm.«

»Glaub ich glatt«, sagt Seiler, dann wendet sie sich
kopfschüttelnd ab. Manchmal macht sich Novic unfrei-
willig selbst zur Witzfigur, zumindest bis man ihn näher
kennenlernt. Falls man je in den Genuss kommt, heißt
das. Ihr ist nicht entgangen, dass er müde aussieht, abge-
spannt, und das schon seit einer ganzen Weile. Vielleicht
hat ihn ja doch mal die Grippe am Wickel, denkt Seiler
mit einem Anflug von Neid, auch wenn es das erste Mal
bei ihm wäre.

Oder es ist das andere, wieder mal. Und darauf wäre
niemand neidisch.

Für eine Weile stehen beide am Abhang und blicken die
Böschung hinunter auf den schwarzen Audi und die wei-

ßen Gestalten drumherum. Jetzt zittert Novic am ganzen Körper, trotz der Uschanka und dem marineblauen Lodenmantel, und deutet auf den Wagen. Durch klappernde Zähne presst er hervor: »Das ... das war kein Unfall.«

»Der Winkel«, sagt Seiler, und Novic nickt.

Der Wagen steht fast rechtwinklig zum Ufer des Kanals. Niemand würde auf diese Weise versehentlich vom Weg abkommen. Vielmehr sieht es aus, als wäre der Wagen absichtlich die Böschung hinabgesteuert worden.

»Also wenn der im Wasser landen sollte ...«, sinniert Seiler.

»... w-w-war der Fahrer jedenfalls nicht halb so gut wie du«, überrascht sie Novic mit einem Kompliment. Falls es eins war.

»Na, dann finden wir mal heraus, was dieses Manöver stattdessen bezwecken sollte. Und wieso sie uns hier überhaupt brauchen.«

Novic nickt, dann steigen sie hinunter, Novic auf seine gewohnt staksige Art, die Seiler an eine Spinne mit Muskelkater denken lässt. Sie kriegt dabei Schnee in ihre flachen Schuhe, was sie mit einem leisen Fluch quittiert. Die gefütterten Stiefel sind ihr zu warm fürs Büro und es hatte ja keiner ahnen können, dass sie ihren Tag ausgerechnet mit einem Ausflug in die Arktis beginnen würden. Neue Schuhe, irgendwas Atmungsaktives. Sie setzt es gedanklich auf ihre Einkaufsliste, gleich unter die Lego-Burg, die sich Jonas dieses Jahr zu Weihnachten wünscht, und vielleicht irgendwas Kleines für Isabelle. Oder lieber doch nicht. Sie schüttelt den Kopf und konzentriert sich wieder auf den Abstieg.

Eine der weiß gekleideten Gestalten kommt ihnen entgegen – der Erste, der sie überhaupt zur Kenntnis zu nehmen scheint, seit sie angekommen sind. An der Absperrung oben sind sie problemlos vorbeigekommen, genauso gut hätten sie Schaulustige oder Pressefotografen sein können. Dann allerdings welche mit einem ausgeprägten Hang zum Masochismus – bei diesen Temperaturen.

Es ist Weiß, der Chef der Kriminaltechnik, der erst Novic und dann Seiler die behandschuhte Rechte entgegenstreckt. Man sieht ihm an, dass er genauso gern hier draußen ist wie sie.

»Na dann«, sagt er, ohne sich mit dem obligatorischen »Guten Morgen!« oder sonstigen Nettigkeiten aufzuhalten, dann dreht er sich um und stapft ihnen voran auf das Fahrzeug zu. Der Wagen wirkt erstaunlich niedrig, was daran liegt, dass sich die Vorderreifen tief in die feuchte Erde des Flussufers gewühlt haben. Die Fahrertür steht offen, der untere Teil des Blechs ist verbeult und steckt eine Handbreit tief im Boden.

Davon abgesehen ist der Wagen noch verblüffend gut in Schuss. Es ist ein schwarzer A6 mit getönten Scheiben. Nicht das neueste Modell und ein bisschen schmutzig, aber für einen Gebrauchtwagenhändler wäre es sicher immer noch ein guter Fang.

Weiß deutet auf die offene Fahrertür oder vielmehr ins

Innere des Wagens. Der Fahrersitz und die linke Seite des Armaturenbretts sind von einer dünnen Schneeschicht bedeckt. Unter anderem.

»Wann ist es denn passiert?«, fragt Seiler, und Weiß zuckt mit den Schultern. »Gestern Nacht vermutlich«, sagt er dann, »oder in den frühen Morgenstunden. Ich warte noch auf die Daten vom Wetterdienst.«

Novic zieht eine kleine Taschenlampe aus der Tasche seines Mantels. Er versucht sie anzuknipsen, aber das gelingt ihm nicht gleich wegen der dicken Wollhandschuhe, die er trägt. Geduldig fummelt er weiter an dem kleinen Metallzylinder herum, bis Seiler, die inzwischen einen ihrer Handschuhe ausgezogen hat, ihm zu Hilfe kommt. Weiß schüttelt den Kopf.

Dann schauen die drei ins Innere des Wagens, das jetzt unbarmherzig vom Licht der kleinen Lampe erhellt wird.

»Scheiße …«, entfährt es Seiler.

Novic sagt gar nichts.

Der Mann liegt hingestreckt auf dem Beifahrersitz. Sein Körper ist in einer Pose erstarrt, die an einen römischen Imperator erinnert, der sich auf einer Liege räkelt, während ihn ein Jüngling mit Weintrauben füttert und ein anderer ihm mit einem Palmwedel Luft zufächert.

Wenn da nicht der Kopf wäre oder vielmehr das, was davon noch übrig ist.

Das bleiche Gesicht ist zu einem stummen Ausdruck der Überraschung verzogen, in der Unterlippe klafft ein senkrechter Riss, das Kinn ist blutbeschmiert.

Novic zeigt darauf und fragt: »Das könnte bei der Kollision passiert sein, nicht wahr?«

Seiler nickt. »Aber dazu hätte er auf dem Fahrersitz sitzen müssen, wo das Lenkrad ist. Auf dieser Seite gibt es nichts in der richtigen Höhe. Oder er hatte das schon. Schließlich hat er sich noch das ganze Kinn vollgeblutet, bevor ...«

Sie zeigt auf das Einschussloch mitten auf der Stirn des Mannes. *Bevor jemand sein Herz und damit weitere Blutungen gestoppt hat.*

Novic und Weiß nicken synchron.

Abgesehen von den Blutspritzern auf dem ansonsten blütenweißen Hemdkragen wirkt der Mann gepflegt, ein Geschäftsmann im besten Alter. Glatt rasiert, das grau melierte Haar links gescheitelt und im Frost erstarrt, als hätte er ein besonders kräftiges Haarwachs benutzt. Auf den Pupillen der aufgerissenen Augen haben sich ein paar Schneeflocken niedergelassen. Sie müssen einmal blau gewesen sein, bemerkt Seiler, jetzt wirken sie wie verwaschen, milchig-grau. Darüber prangt ein etwa pfenniggroßes Einschussloch, rundherum ist etwas Schmauch zu erkennen.

Aus der rötlich-grauen Masse, die großzügig auf der Rückenlehne des Fahrersitzes und dem Armaturenbrett verteilt ist, lässt sich schließen, dass der größte Teil des Hinterkopfes fehlt.

»Aus n-nächster ... N-N-Nähe«, stottert Novic mit klappernden Zähnen.

»Ja«, sagt Weiß. »Kaliber neun Millimeter, wenn ich raten müsste, aber das werden wir bald genau wissen. Wenn Sie hier fertig sind, werden wir den Wagen abschleppen lassen und ihn auseinandernehmen, bis wir die Kugel gefunden haben. Sie ist definitiv hinten wieder rausgekommen, wie Sie sehen.«

Seiler wird ein bisschen bleich und wendet den Blick ab. Ihr ist eingefallen, woran sie das Muster auf dem Armaturenbrett und den Sitzbezügen erinnert. Franz hatte sich eine Zeit lang für die Gemälde von Jackson Pollock begeistert.

»Falls sich die Kugel im Wagen befindet«, wendet Novic ein.

»Ja«, sagt Weiß. »Aber davon gehe ich aus. Die Scheiben sind alle noch heil und die Karosse, soweit ich das sehen kann, auch. Und alles andere …« Er deutet auf die im Auto verteilte Hirnmasse. »Alles andere ist ja auch noch da.«

Seiler versucht, den Pollock (*Rubinroter Zirkus*, hieß das Bild, wenn sie sich richtig erinnert) aus ihrem Kopf zu kriegen und an etwas Erbaulicheres zu denken. Kandinsky, vielleicht. Oder zur Not Picasso.

Sie wendet sich an Weiß und fragt: »Selbstmord können wir wohl ausschließen?«

Weiß nickt düster. »Es lag keine Waffe im Wagen oder in der Nähe. So, wie er liegt, hat man ihn erst auf den Beifahrersitz gehievt, nachdem er erschossen wurde. Ergo war er nicht allein im Auto.«

»Das ist ein schöner Anzug, den der Mann anhat«, sagt Novic unvermittelt, zieht seinen rechten Fausthandschuh aus und drückt ihn Weiß in die Hand. Dann setzt er vorsichtig einen Fuß in den Einstieg und beugt sich hinein.

»Maßgefertigt, würde ich vermuten«, sagt Weiß. Novic nickt. Er beugt sich noch etwas tiefer in den Wagen, wobei er peinlich darauf achtet, weder den Leichnam noch dessen zahlreiche Hinterlassenschaften zu berühren.

»Ist aber kein neuer Anzug. An den Ellenbogen ist er ein bisschen abgenutzt«, brummt seine Stimme aus dem Wageninneren.

Als der Kopf des Kommissars mit der riesigen Fellmütze wieder auftaucht, hat er einen Kaffeebecher aus Pappe in der Hand.

»Der steckte in der Getränkehalterung«, sagt er.

Seiler fällt auf, dass Novic weiße Latexhandschuhe anhat. Die muss er schon während der Fahrt hierher unter seinen Fäustlingen getragen haben. Clever.

Novic pult den schwarzen Plastikdeckel ab, und sie schauen in den Kaffeebecher. Der Rest der gefrorenen Flüssigkeit bedeckt geradeso den Boden, ein schlammfarbener Klumpen Eis. *Hädinger's Backshop* steht in geschwungenen Lettern auf der Außenseite des Bechers, darunter ein Werbespruch. »›Das Lächeln gibt's bei uns gratis dazu!‹ Na wundervoll«, liest Seiler mit einem schiefen Grinsen vor.

Novic übergibt den Becher an Weiß, der ihn etwas unschlüssig in den ebenfalls gummierten Händen hält, bevor er ihn schließlich in einen Asservatenbeutel steckt.

»Hatte der Mann Papiere dabei?«, fragt Seiler, und Weiß zuckt mit den Schultern.

»Wir haben ihn noch nicht angerührt. Schließlich wollten wir am Tatort alles so lassen, wie wir es …«

Er verstummt, als Novic noch einmal auf Tauchfahrt geht. Diesmal stützt er sich mit einer Hand auf der Mittelkonsole ab, um besser an die Leiche auf dem Beifahrersitz heranzukommen. Dann macht er sich an dem steif gefrorenen Oberkörper zu schaffen.

Aus der Innentasche des nicht mehr ganz neuen Maßanzugs zieht er ein schwarzes Lederetui hervor. Vorsichtig legt er es auf den Fahrersitz und schlägt es auf. Es ist auch steif von der Kälte. Darin befindet sich ein Personalausweis mit einem Passfoto, das zweifellos den Toten zeigt, wenn auch in jüngeren Jahren und in deutlich besserem Zustand.

»Michail Jegorowitsch Malinowski«, liest Novic vor.

Seiler stößt die Luft geräuschvoll aus ihren Lungen und blickt dann wieder schweigend auf den Kanal hinaus. Trotz der Kälte ist alle Farbe aus ihren Wangen gewichen. Ein toter Russe, ausgerechnet. Shit.

»Hier steht«, sagt Novic, »dass er in Wolgograd geboren wurde.«

Als das keine erkennbare Reaktion bei irgendwem auslöst, schaut Novic beide Kollegen mit großen Augen an und fügt dann hinzu: »Das ist nämlich in Russland.«

Aljoscha

»Hey«, sagt sie. »Aljoscha.«

»Kiska«, sagt er und verzieht den Mund zu diesem ganz speziellen Lächeln, irgendwie mit nur einem Mundwinkel, und schaut sie an, wie nur er es kann.

Kiska heißt Kätzchen, hat er ihr erklärt. Sie mag, dass er sie so nennt. Mag es, sein Kätzchen zu sein. Immerhin ist Aljoscha beinahe sechzehn. Aber manchmal ist er trotzdem einfach wie ein großes Kind. Aber selbst dann ist er so viel cooler als die anderen Jungs, die sie kennt. Die, mit denen sie früher nach der Schule abhing. Was für Kinder.

Aljoscha ist anders, aufregend. Mit dem geht immer was ab. Er ist wie ein krasses Abenteuer. Er ist lebendig, und damit steckt er sie an. Mit ihm rumzuziehen ist ein Kick.

Und nur das zählt schließlich.

Nur der Kick.

Aljoscha drückt sich lässig von der Mauer ab, an der er gelehnt hat, dann bleibt er dort stehen. Er trägt eine ziemlich coole Lederjacke. Sie läuft auf ihn zu, nicht umgekehrt. Auch das ist völlig anders. Die anderen Jungs sind höflich zu ihr, versuchen, ihr zu gefallen. Sind nett. Langweilig. Aljoscha ist ganz das Gegenteil.

Das mag sie an ihm. Aljoscha weiß, was er will, und dabei lässt er sich von niemandem reinreden. Schon gar nicht von ihr, seiner Kiska.

Grinsend beugt er sich zu ihr herab und schließt sie in die Arme. Es sind starke Arme, das gefällt ihr. Arme, in denen sie sich geborgen fühlt. Tief atmet sie den Geruch seiner Lederjacke ein. Er tut so, als wollte er sie küssen, aber dann spürt sie seine Finger, die durch ihre Leggings nach ihrem Hintern greifen.

»Lass das!«, sagt sie und schlägt seine Hand beiseite, aber sie kichert dabei. Und wünscht sich vielleicht auch, er würde trotzdem weitermachen, wenigstens noch ein bisschen. Das hat sie sich weiß Gott oft genug vorgestellt, nachts in ihrem Bett und manchmal sogar in der Schule. Die meisten Jungs in ihrer Klasse stellen sich bestimmt noch überhaupt nichts vor, nachts in ihren Betten. Außer vielleicht irgendwelchen Kinderkram mit Prinzessinnen, die sie retten müssen.

Er geht einen Schritt zurück. Grinst. In einer gespielt entschuldigenden Geste hebt er die Hände und verschränkt sie hinter seinem Rücken. Dann beugt er sich plötzlich runter und küsst sie diesmal wirklich. Sie öffnet sofort den Mund, weil sie glaubt, dass man es so machen muss. Sie spürt, wie sich seine Lippen zu einem Lächeln verziehen, also macht sie es vermutlich richtig. Als sie diesmal seine Hände an ihren Hüften spürt, lässt sie es geschehen. Auch als sie tiefer wandern. Es kribbelt, und irgendwie ist es ungewohnt. Aber das stört sie kein bisschen. Nein, es macht sie neugierig. Und wenn sie sich jetzt ziert, merkt er das am Ende noch und hält sie für ein Kind.

Unvermittelt hört er auf, sie zu küssen, packt ihre Hand, und dann stürmt er los, zieht sie hinter sich her wie ein Gepäckstück. Sie rennen um die Ecke an der Ostseite des Bahnhofs und über den großen Parkplatz, wo die Busse stehen. Dabei lachen sie und kümmern sich nicht um das Fluchen der Passanten, die sie dabei mit Schneematsch bespritzen. Die Spießer werden sich schon wieder einkriegen. Seine kräftige Hand schließt sich groß und angenehm warm um ihre eigene. »Fick dich!«, ruft sie einem der Spießer zu. Lachend rennen sie weiter.

Später spazieren sie durch die Stadt, und sie friert jetzt ganz schön in ihren dünnen Leggings, aber das ist es wert, findet sie. Er zieht ihren Körper an seinen, um sie zu wärmen, und das ist voll süß von ihm. Ab und zu wandern seine Lippen in ihren Nacken und senden zusätzliche Schauer über ihren Rücken. Vermutlich mag er die Leggings an ihr. Ihre Eltern würden sie umbringen, wenn sie sie darin sähen. Aber ihre Eltern sehen sie nicht.

»Ey, Elise«, sagt er plötzlich, und es entgeht ihr nicht, dass er sie bei ihrem richtigen Namen genannt hat. Gott, sieht er gut aus, wie ihm das Haar so unter seiner Wollmütze in die Stirn fällt, ein bisschen feucht noch vom

Schnee, der sich darin gesammelt hat. Sie könnte ihn auf der Stelle wieder küssen und am besten gar nicht damit aufhören. Vielleicht sogar mit Zunge.

»Was geht?«, fragt sie stattdessen und tut betont gelangweilt.

»Ich hab mir was Neues stechen lassen«, sagt er und grinst sie an.

»So?«, sagt sie träge. »Und?«

»Willst du's sehen?«

Sie zuckt nur mit den Schultern. Natürlich will sie es sehen, auf der Stelle will sie das. Sie liebt seine Tattoos, damit sieht er nämlich noch männlicher aus als so schon. Die beiden Sterne auf seiner Brust unter den Schultern, die ein bisschen aussehen wie Windrosen auf einem Kompass. Sein Geburtsdatum auf der Innenseite seines Handgelenks und – am coolsten – die Wörter auf den Fingerknöcheln seiner Hände. Die sind schon krass, er sieht aus wie ein Rockstar damit. Die kyrillischen Buchstaben kann sie nicht lesen, aber er hat ihr erklärt, dass sie die Wörter »Hass« und »Liebe« ergeben. Je nachdem, hat er gesagt und sie schief angegrinst. Je nachdem.

Es kostet sie einige Anstrengung, ihre Gedanken wieder zurück in die Gegenwart zu bugsieren. Inzwischen hat Aljoscha den linken Ärmel seiner Jacke nach oben gezogen und präsentiert ihr seinen Unterarm. Da ist ein neues Tattoo, tatsächlich.

»Es ist ein bisschen verwischt, weil es noch ganz neu ist«, kommentiert Aljoscha, und sie nickt nur abwesend.

Was da auf seinem Arm steht, ist nicht in kyrillischen Buchstaben geschrieben. Damit sie es lesen kann, begreift sie. Aber es ist ein russisches Wort. *Kiska* steht dort nämlich, und daneben liegt ein kleines Kätzchen, das sich zufrieden zusammengerollt hat, wenn es dabei auch ein bisschen schief aus der Wäsche guckt. Wer immer ihm diese Tätowierung verpasst hat, versteht offenbar mehr davon, geschwungene Buchstaben zu zeichnen als kleine Kätzchen, aber das ist nicht weiter wichtig.

»O mein Gott!«, ruft sie und ist ganz aus dem Häuschen. Vorbei ist es mit dem Cooltun.

»Für meine Kiska«, sagt er beiläufig. »Für dich.«

Da schlingt sie ihre Arme um seinen Hals und küsst ihn und öffnet ihren Mund dabei ganz besonders weit, obwohl sie es irgendwie eklig findet, wenn er seine Zunge so tief in ihren Mund schiebt wie jetzt. Aber das spielt gerade überhaupt keine Rolle. Er hat sich tätowieren lassen, nur für sie!

Als sie spürt, dass sich etwas Hartes gegen ihren Bauch drückt, dauert es einen Moment, bis sie begreift, was das sein muss. Da zuckt sie erschrocken zurück, aber dann entscheidet sie, dass auch das okay ist, und kuschelt sich wieder an ihn. Sei nicht so ein verdammtes Kind, ärgert sie sich. Immerhin hat er sich ihren Kosenamen auf den Arm tätowieren lassen. *Ihren* Namen. Kiska. Und das andere bedeutet eben auch irgendwie, dass er auf sie steht, na und?

Als er seine Lippen schließlich von ihren nimmt, vergräbt sie ihr Gesicht in seiner Halsbeuge und flüstert: »Ich liebe dich, Aljoscha«, und Aljoscha nickt. Dann greift er wieder nach ihrer Hand und zieht sie weiter.

»Hey, wo willst'n du hin?«, will sie wissen.

»Wirst du schon sehen«, sagt er und zieht sie einfach weiter in eine Nebenstraße hinein, auf einen kleinen Laden zu. Es ist ein Spezialgeschäft für russische Lebensmittel, erkennt Elise.

»Hast du denn Kohle?«, fragt sie.

Er schüttelt grinsend den Kopf und betritt den Laden. Drinnen geht er schnurstracks auf ein paar Regale zu, vorbei an einem älteren Typ mit einer dicken Hornbrille und kaum noch Haaren auf dem Kopf, der im Eingangsbereich hinter seiner Kasse steht. Vermutlich ist das der Besitzer.

Aljoscha nestelt am Verschluss seiner Jacke herum und öffnet sie. Es ist angenehm warm hier drin, aber sie werden wohl nicht lange bleiben dürfen. Auch Elise hat kein Geld dabei.

»Guck mal«, sagt Aljoscha. Er hat seine Jacke ein Stück beiseitegeschoben, und als Elise hinsieht, dauert es ein bisschen, bis sie begreift, was da aus dem Hosenbund seiner Jeans hervorlugt. Erschrocken schnappt sie nach Luft.

»Bist du irre?«, zischt sie. »Ist das etwa eine echte …?«

»Klar ist die echt«, sagt Aljoscha stolz. »Ist 'ne Neunmillimeter.«

»Scheiße!«, ruft Elise leise. »Willst du etwa den Laden

ausrauben? Bist du verrückt? Ich meine … die haben bestimmt Kameras und …«

Aber irgendetwas in ihr findet, dass das eine echt *übertrieben* krasse Aktion wäre. Irgendetwas in ihr will vielleicht sogar, dass er weitermacht, wie dieser Teil von ihr auch will, dass er weitermacht, wenn er seine Hand auf ihren Hintern legt. Etwas in ihr will, dass er die Waffe zieht und … und ist es nicht so, dass ihnen in dem Alter sowieso noch nichts passieren würde? Aber dann fällt ihr ein, dass die Bullen es ihren Eltern trotzdem sagen würden, und ihr wird ganz schlecht.

»Nee, wirklich«, sagt sie, und ein flehender Ton hat sich in ihre Stimme geschlichen. »Lass uns abhauen, Aljoscha … bitte.«

»Keine Angst, Kiska«, sagt er. »Hab ich gar nicht nötig. Ich hab hier auch so das Sagen, dafür brauch ich die gar nicht. Wirst schon sehen.«

Dann schiebt er sein T-Shirt wieder über den Griff der Waffe. Aber die Jacke lässt er offen. Total gangstermäßig, wie im Film.

»Aber wozu brauchst du das Ding denn?«, fragt Elise flüsternd. Ihr ist noch immer ganz flau.

»Och, nur für den Fall«, sagt er geheimnisvoll und schließt den Reißverschluss seiner Jacke.

In ihrer Erleichterung fällt Elise erst jetzt auf, dass es wohl die Pistole war, die sie vorhin an ihrer Hüfte gespürt hat.

»Was lachst'n so blöd?«, fährt er sie an.

»Nichts«, sagt sie und zwingt sich, mit dem Lachen aufzuhören.

»Hast du Hunger, Kiska?«

»Klar. Und für einen Kaffee würd ich töten«, sagt sie, weil sie findet, dass das cool klingt. Sie hat natürlich noch nie Kaffee getrunken, aber sie weiß, dass ihre Mutter den morgens immer trinkt. Unmengen davon. Unter anderem.

»Yeah, das ist meine Bitch ... äh, Kiska«, sagt er. Sie weiß, dass er diesen »Versprecher« mit voller Absicht gemacht hat. Nicht, dass es sie groß stören würde. Kätzchen oder Bitch, das ist schließlich kein allzu großer Unterschied, oder? Nicht, wenn man mit einem wie Aljoscha abhängt. Nicht, wenn man seine Kiska ist.

Sie tritt ihn scherzhaft mit ihrem Knie in den Oberschenkel, aber dabei lächelt sie. Er tut, als hätte er ihren Tritt nicht mal gespürt. Ein Tropfen löst sich von einer der Haarsträhnen, die ihm in die Stirn hängen, und zerplatzt auf seiner Wange. Beinahe wie eine einzelne Träne. Zum Sterben schön, findet sie.

»Na, dann pass mal gut auf«, sagt er und lässt sie stehen, während er zum Tresen des Ladens schlendert.

Dort steht der Verkäufer hinter seiner Kasse, gebeugt und ausgezehrt, aber mit einem gütigen Großvaterlächeln im Gesicht, während er in irgendeiner russischen Zeitung liest. Er trägt ein sauberes weißes Hemd und darüber eine Kittelschürze, auf die ein Korb voller Äpfel und Birnen gestickt ist. Vielleicht hat seine Frau ihm die gemacht oder seine Tochter, denkt Elise. Vielleicht auch eine Enkelin, alt genug wäre er ja. Ist nicht mal allzu lange her, schießt es ihr durch den Kopf, da hätte sie selbst noch so was gemacht und ihrem Opa zum Geburtstag geschenkt. Ach, Kinderkacke, denkt sie dann.

Aljoscha spricht den Mann an, auf Russisch, und das Lächeln fällt augenblicklich in sich zusammen. Er hebt die Hand, wie um Aljoscha zu schlagen, aber der packt das Handgelenk des Alten mit Leichtigkeit und spricht einfach weiter. Diesmal auf Deutsch, vermutlich damit Elise alles mitbekommt.

»Hör zu, Väterchen«, sagt Aljoscha zu dem Mann, der ihn jetzt aus weit aufgerissenen Augen anstarrt, »ich will zwei Scheine sehen, und zwar gleich. Verstehen wir uns?«

Dann dreht er sich zu Elise um und zwinkert ihr verschwörerisch zu.

Sie schüttelt den Kopf und hofft, dass die Kameras, falls es welche gibt, den Bereich zwischen den Regalen nicht erfassen. Warum sollte der Opa ihm zweihundert Euro geben, einfach so? Der wird höchstens die Bullen rufen, wenn sie nicht gleich von hier verschwinden.

Der Alte, der ihn offenbar verstanden hat, speit ein paar russische Worte aus, die sie nicht versteht. Aber selbst Elise kann die plötzliche Unsicherheit in seiner Stimme hören. Das, was Aljoscha zuvor auf Russisch gesagt hat, irgendwas von einem Iwan oder so, muss ihn wohl doch ganz schön mitgenommen haben. Fast tut ihr der alte Mann ein bisschen leid.

»Aljoscha«, zischt sie, aber der ignoriert sie, während er das Handgelenk des Verkäufers immer noch festgepackt hält.

»Der Onkel«, fährt er an den Alten gerichtet fort, »der Onkel will zwei Scheine sehen, Genosse. Geht das in deinen klapprigen alten Hirnkasten?«

Der Alte öffnet den Mund, aber dann gleitet sein Gesichtsausdruck in eine schmerzverzerrte Grimasse ab, als Aljoscha den Druck um sein dürres Handgelenk verstärkt. Bestimmt hat er Arthritis oder so. Elises Opa hatte Arthritis, aber jetzt liegt er schon seit einem Jahr in einem Pflegeheim, und meistens erkennt er sie gar nicht, wenn sie ihn mal besuchen.

»Zwei Scheine«, wiederholt der Junge, »für Onkel Iwanow. Nun mach schon.«

Der Alte klappt den Mund zu, und auf seinem Gesicht macht sich jetzt ein Ausdruck allgemeiner Resignation breit. Die Augen, viel zu groß hinter der starken Brille, werden irgendwie leer, als er die Hand runternimmt.

Das ist der Gesichtsausdruck von jemandem, denkt Elise, der den Großteil seines Lebens am falschen Ende eines langen Hebels verbracht hat.

Ihr anfängliches Mitleid schlägt plötzlich in Abscheu um.

Genau das Ende, denkt sie, an dem ich mich mal nicht wiederfinden werde. Plötzlich findet sie den Alten nur noch widerlich, seine bescheuerte Schürze mit der dummen Obstschale und sein beklopptes Hemd und diesen

Gesichtsausdruck des ewigen Verlierers, genau wie Opa, dem der Sabber übers Kinn läuft in seinem dämlichen Krankenhausbett im Heim und wie widerlich das ist. Nie, denkt sie, nie und nimmer werde ich so enden.

Der alte Mann schlurft hinüber zur Kasse, öffnet sie und entnimmt ihr ein Bündel Geldscheine, das er Aljoscha ohne ein weiteres Wort hinstreckt. Der nimmt sie betont langsam, zählt sie durch und steckt sie ein.

»Besten Dank, Genosse«, ruft er fröhlich, »und frohes Fest!«

Dann wirft er Elise einen grinsenden Blick zu.

»Los, raus hier«, sagt er, »jetzt hauen wir mal ein bisschen auf die Kacke.«

Der Alte murmelt ihnen irgendetwas auf Russisch hinterher, und es klingt nicht besonders freundlich, aber auch nicht nach ernsthaftem Widerstand. Elise stimmt lauthals in Aljoschas Gelächter ein, als sie aus dem Laden hinaus auf die Straße stürmen.

Haut

»Das passt nicht«, sagt Seiler und schüttelt den Kopf. »Ich meine, der Anzug und das alles. Der Mann war immerhin Anwalt. Und dann so was? Wie wird man Anwalt mit so was?«

Sie und Novic betrachten die Fotos, die Löwitsch vor ihnen ausgebreitet hat. Sie zeigen Malinowskis Tätowierungen. Insgesamt sind es vierzehn.

»Das sind Zugehörigkeitszeichen«, sagt Novic bestimmt. »Normalerweise erhält man die in einem Gefängnis. Gemeinsam ist man nämlich stärker. Das hab ich in einem Film gesehen.«

Seiler wirft ihm einen Blick zu, in dem sich ein Teil Amüsiertheit mit zwei Teilen Skepsis mischen.

»Na ja, ich glaube nicht«, sagt sie, »dass der Herr Malinowski die in einem Gefängnis bekommen hat. Dazu sind die Bilder zu sauber gestochen. Siehst du, hier und dort? Scharfe Kanten, da ist nichts verlaufen. Das ist eine professionelle Arbeit.«

»Hm«, sagt Novic.

»Also hat sich der feine Herr Anwalt alle Mühe gegeben, wie ein Verbrecher auszusehen?«, fragt Löwitsch interessiert und bemerkt dann: »Allzu viel Sinn ergibt das aber auch nicht, oder?«

»Nein«, Seiler schüttelt den Kopf. »Und das hier sollte vermutlich auch nicht von jedem gesehen werden.« Sie deutet auf eine besonders obszöne Hautmalerei, die beinahe den gesamten Rücken des Mannes bedeckt.

»Was stellt das dar, Ihrer Meinung nach?«, fragt Löwitsch.

»Jedenfalls nichts für die Sauna«, murmelt Seiler.

»Vielleicht ja eine Art Rangabzeichen«, vermutet Novic. »Oder er ist mal zur See gefahren. Früher haben sich die Seeleute angeblich Kreuze auf den Rücken tätowieren lassen, um den Teufel ...«

»Das soll Mütterchen Russland sein«, sagt Seiler.

»Wie bitte?«, keucht Löwitsch. »Mütterchen?«

»Ja«, Seiler nickt.

»Diese junge Frau«, erklärt sie, »die sich an dem Kreuz festklammert, während sie ... na ja, das sehen Sie ja selbst. Beachten Sie, dass es das Kreuz der orthodoxen Kirche ist. Diese Frau stellt demnach Russland dar, offenbar als Prostituierte, sehen Sie die Geldscheine hier in ihrem Höschen? Das Ganze ist ein Sinnbild für die korrupte Politik.«

»Ah«, macht Novic und beugt sich noch tiefer über das Foto. Irgendetwas scheint sein Interesse geweckt zu haben.

»Und dieses ... Ding, das sie von hinten ...?«, fragt Löwitsch kopfschüttelnd.

»Richtig«, sagt Seiler. »Sie wird von einem Geißbock bestiegen, der auf zwei Beinen geht. Dem Teufel. Also, symbolisch gesprochen natürlich. Der steht für das organisierte Verbrechen. Es soll wohl ausdrücken, dass der Arm der Mafia bis in die hohen Regierungskreise reicht.«

»Starkes Stück«, sagt Löwitsch leise, und dann: »Der Kerl gehörte also zur Russenmafia?«

Seiler nickt. »Würde ich sagen, ja. Obwohl ich nicht glaube, dass er ein richtiges Mitglied des inneren Zirkels war. Dazu sind seine Tätowierungen zu wenig sichtbar, Hals und Hände sind komplett ausgespart, das ist untypisch für solche Zugehörigkeitsabzeichen.«

Novic nickt. Das leuchtet ihm ein.

»Dann war er wohl eher so etwas wie ein Angestellter«, sagt er. »Er hat gewisse Dinge für sie erledigt, und deshalb durfte er diese Tätowierungen tragen. Oder musste. Wahrscheinlich eher Letzteres.«

»Ja«, sagt Seiler. »Das würde es erklären.«

»Sag mal, woher weißt du überhaupt so verdammt viel über dieses ganze Zeug?«, fragt Novic. »Knasttattoos und innere Zirkel und das alles.«

Seiler weicht seinem Blick aus. »Hab's in einem Film gesehen«, antwortet sie schließlich.

Novic mustert sie mit einem skeptischen Blick.

»Vielleicht bist du ja nicht der Einzige mit Schlafproblemen, okay?«, sagt Seiler verschnupft. Novic akzeptiert es, erst mal, und wendet sich wieder den Fotos zu. Bloß ist der Novic keiner, weiß Seiler, der so etwas anschließend gleich wieder vergisst.

»Haben Sie sonst noch etwas Neues herausgefunden?«, fragt Seiler den Gerichtsmediziner.

Löwitsch schüttelt langsam den Kopf.

»Nur die Bestätigung dessen, was Sie und Weiß schon am Tatort vermutet haben. Ein Schuss aus nächster Nähe, frontal in die Stirn. So.«

Er deutet es an, mit Zeige- und Mittelfinger seiner Rechten am eigenen Kopf.

»Die Austrittswunde direkt gegenüber, es hat einen Großteil der hinteren Schädelwand herausgesprengt. Wir haben aufgrund der gefundenen Spritzer im Auto mal eine Skizze des möglichen Tathergangs gemacht. Warten Sie.«

Löwitsch wühlt zwischen den ausgebreiteten Fotografien, bis er das entsprechende Bild findet. Es ist eine schematische Darstellung des Wageninneren, Malinowskis Leiche ist durch eine eckige weiße Silhouette dargestellt.

»Vermutlich saß der Täter auf dem Beifahrersitz neben dem Opfer«, erklärt Löwitsch. »Er drückte ihm die Pistole an den Kopf, so, und dann … eine regelrechte Hinrichtung.«

»Moment«, sagt Seiler. »Er wurde vom Beifahrer getötet?«

»Ja. Alle Spuren deuten darauf hin. Wir haben das Projektil in der B-Säule gefunden, und zwar auf der linken Seite.«

»Oh«, sagt Novic. »Aber das ist ziemlich riskant, oder? Für den Beifahrer, meine ich. Auf den Fahrer zu schießen, während man selbst mit drin sitzt.«

»Nicht, wenn der Wagen steht«, sagt Löwitsch. »Ich vermute, das ist auch der Grund, warum Sie Malinowski auf der Beifahrerseite gefunden haben.«

»Der Mörder hat ihn erschossen, zur Seite geschoben und ist dann noch ein Stück mit dem Wagen gefahren«, sagt Seiler. »Zum Beispiel den kleinen Abhang hinunter zum Fluss.«

Löwitsch nickt.

»Vermutlich wollte er den Wagen tatsächlich in den Fluss fahren, aber er hat den Winkel falsch eingeschätzt, deshalb haben sich die Vorderräder in den Schlamm gegraben.«

»Hm«, sagt Novic. »Tief genug, damit er auch die Tür nicht mehr aufbekam, ohne sie zu demolieren.«

»Seltsame Hinrichtung«, meint Seiler, und Novic nickt.

»Wie bitte?«, fragt Löwitsch.

»Na ja, wenn der Kerl ein Profi war«, sagt Seiler, »sollte man doch annehmen, er hätte einen etwas besseren Fluchtplan gehabt als das da.« Sie deutet auf eine Fotografie, die den Audi zeigt, der bis zum Bodenblech in die Erde gegraben ist.

»Keine Ahnung«, sagt Löwitsch. »Pläne gehen auch mal schief, nehme ich an. Das herauszufinden, ist dann aber glaube ich auch eher Ihr Gebiet.«

»Stimmt«, sagt Novic und bringt es tatsächlich fertig,

zu grinsen. Fehlt bloß noch, denkt Seiler, dass er sich vor lauter Vorfreude die Hände reibt.

Löwitsch wendet sich wieder Seiler zu: »Und übrigens hatte Weiß recht mit seiner Vermutung die Waffe betreffend. Es war tatsächlich eine Pistole vom Kaliber neun Millimeter. Sogar eine ganz besondere.«

Löwitschs Augen leuchten ein bisschen auf, wie bei einem Sammler, der über ein seltenes Stück berichtet.

»Wie denn besonders?«, fragt Seiler.

»Eine neun mal achtzehn. Dieses Kaliber ist einmalig.«

»Makarow«, sagt Novic sofort, und Löwitsch nickt wieder. Eindeutig anerkennend diesmal. Offenbar teilen sie dieselbe Sammelleidenschaft.

»Mann, du hast echt zu viel Freizeit«, sagt Seiler und bereut es einen Augenblick später, als sie einen Blick in Novics müdes Gesicht wirft. Das, denkt sie, oder du hast noch viel größere Schlafprobleme als ich, mein Lieber.

»Oh, und Raub können wir übrigens auch ausschließen, glaube ich.«

Seiler und Novic blicken den Gerichtsmediziner für einen Moment an, dann ist es Novic, der sagt: »Die Rolex an seinem Arm. Eine Yacht-Master, Referenz 16 628.«

Seine andere Sammelleidenschaft, denkt Seiler. Oder zumindest eine davon.

»Richtig«, bestätigt Löwitsch. »Teilweise aus Gold, achtzehn Karat, wir haben's spaßeshalber im Labor überprüft. Ein bisschen zerkratzt, aber immer noch gut ihre zehntausend Euro wert, schätzungsweise.«

»Eher fünfzehntausend«, berichtigt Novic abwesend, dann blickt er von den Fotos des Toten zu Löwitsch auf. Dabei zeigt er ein Lächeln, das für Seilers Geschmack viel zu fahl und kränklich wirkt.

Später starren Seiler und Novic auf einen Computermonitor. Dort stehen die Informationen, die sie bis jetzt über das Mordopfer zusammengetragen haben.

»Für einen Rechtsanwalt«, murmelt Seiler, »hatte der eine verdammt kurze Klientenliste.«

»Wadim Gregorewitsch Iwanow«, liest Novic vor.

Seiler, die ein bisschen zusammengezuckt ist, als sie den Namen entdeckt hat, seufzt, und dann sagt sie leise: »Das erklärt dann wohl die goldene Rolex und den A6. Und die sehr speziellen Tätowierungen. Scheiße.«

»Du kennst diesen Iwanow?«, fragt Novic.

»Ja«, sagt Seiler unbehaglich. »Und vermutlich sollte ich ihm mal einen Besuch abstatten. Ach, verdammt …«

»Wir«, berichtigt Novic, »*wir* statten ihm einen Besuch ab.«

Da wird Seiler noch etwas unbehaglicher zumute.

Geheimnis

»Das war stark, Aljoscha«, sagt sie, »dem alten Knacker hast du richtig Angst gemacht.«

»Kann schon sein«, meint er und nippt von der heißen Schokolade, die sie sich teilen. Obwohl sie im Moment locker zwei davon kaufen könnten. Oder hundert. Und es ist auch viel besser als Kaffee, vermutlich.

»Was war das für ein Typ, von dem du gesprochen hast, dieser Onkel Iwanow oder so?«

»Ach der«, sagt Aljoscha. »Nur so ein Typ, den ich kenne.«

»Scheint ja ein ziemlich wichtiger Typ zu sein«, sagt Elise und schmiegt sich an ihn. Er trainiert, da ist sie ganz sicher. Die Muskeln seiner Arme fühlen sich so fest an. »Bestimmt hängst du doch da mit drin.«

»Wo drin?«, fragt Aljoscha und mustert sie skeptisch.

»Na ja, in irgendwelchen illegalen Sachen oder so.« Sie lächelt ihn an, so von unten, weil er das bestimmt gut findet.

»Und wenn's so wäre?«, fragt er. »Dann würd ich dir das ja wohl kaum erzählen können, oder?« Er lacht, aber es klingt ein bisschen, als habe sie ihn bei etwas ertappt.

»Stimmt«, sagt sie. »Aber weißt du …«

»Es macht dich an, oder?«, fragt er plötzlich, und sein Mundwinkel zieht sich nach oben. »Gefahr und das alles. Das macht dich richtig geil.«

»Ja«, sagt sie zögernd. »Irgendwie schon, glaub ich.«

»Und das mit dem Kerl, den wir gerade abgezockt haben? Wie hat dir das gefallen?«

»Ich hatte voll den Puls, zuerst«, sagt sie leise. Und den hatte sie wirklich. Sie hat geglaubt, ihr Herz müsste kaputtgehen, so heftig hat es in ihrer Brust gewummert. Doch dann … ist alles irgendwie normal gewesen. Ruhig, kalt. Der Instinkt hat das Ruder übernommen. Wenn er das damit meint, dass es sie geil macht. Dann ja.

»Sag mal«, fragt sie und nippt nun ihrerseits an dem heißen Getränk. »Wie kommst du eigentlich auf solche Sachen? Ich meine diesen ganzen verrückten Kram, den du andauernd abziehst? Bist du'n Gangster oder so?«

Aljoscha blickt in Richtung Weihnachtsmarkt, lässt den Blick schweifen, und sie weiß genau, was er jetzt denkt, denn sie denkt genau das Gleiche.

Irgendwelche Buden, an denen sich irgendwelche Idioten irgendeinen überteuerten Mist andrehen lassen. Jämmerlicher Scheiß, das alles. Kommerzmist.

»Bin halt ein cleveres Kerlchen«, sagt er schließlich.

Aber Elise lässt nicht locker.

»Ja«, sagt sie, »aber für so was braucht man doch echte Connections. Ich meine, irgendwer muss dir doch verraten haben, vor wem der Alte in dem Laden Angst haben würde … oder wo die Perversen hingehen, wenn sie Kinder abschleppen wollen. All solche Sachen, wie kommt's, dass du das weißt?«

In dem Moment, als sie es ausgesprochen hat, wird ihr klar, dass es dafür eine sehr einleuchtende Erklärung geben könnte. Besonders für Letzteres. Die ebenfalls sein plötzliches Schweigen erklären würde und warum Aljoscha jetzt mit zusammengepressten Lippen auf die dämlichen Buden starrt, als ob es da Wunder was zu sehen gäbe.

»Tut … tut mir leid«, flüstert sie schließlich. »Ich hätte nicht fragen sollen.«

Aljoscha schweigt. Schweigt und starrt auf die Buden.

»Ich wollte … ich hab nicht nachgedacht«, sagt sie, aber er blickt sie immer noch nicht an. Er will nicht, dass sie seine Schwäche sieht. Seine einzige Schwäche. Begreift er denn nicht, dass ihn das umso anziehender für sie macht, umso begehrenswerter? Dass sie jetzt wirklich alles für ihn tun würde? Jetzt, wo sie weiß, was er durchgemacht haben muss?

Dass sie jetzt vielleicht sogar *es* mit ihm tun würde?

Wenn er sie nur will.

»Ich liebe dich, Aljoscha«, sagt sie wieder und presst ihren Körper an seinen, ganz fest.

Iwanow

Im Westen von Leipzig

Als sie den Nachtklub erreicht haben, versucht Seiler ein letztes Mal, es Novic beizubringen.

»Vielleicht sollte ich allein reingehen«, sagt sie und starrt zur Windschutzscheibe hinaus.

»Warum?«, fragt Novic interessiert. Er kapiert es einfach nicht.

Seiler seufzt. »Der Kerl ist ein harter Brocken. Der Kopf einer der wichtigsten kriminellen Organisationen in der Stadt.«

»Oh«, sagt Novic, »aber dann sollte er im Gefängnis sitzen, oder? Wo du das doch weißt, meine ich.«

»Mann, Novic. So einfach ist das nicht. Er ist … na ja, er ist manchmal kooperativ. Und er ist auf jeden Fall eines der besseren aller denkbaren Szenarien, was das organisierte Verbrechen betrifft. Iwanow hält im Großen und Ganzen den Ball flach, er …«

»Verstehe«, sagt Novic. »Er hält den Ball flach.«

»Ja.«

»Na, dann wird er ja nichts gegen ein paar Fragen haben«, sagt Novic und steigt aus. Seiler zieht den Schlüssel aus dem Zündschloss und tut es ihm gleich, dann verschließt sie den Wagen umständlich an der Fahrertür. Sie hatte noch keine Zeit, sich um die kaputte Zentralverriegelung zu kümmern. Sie setzt es auf die Liste, zu all dem Rest. Nach Weihnachten, spätestens.

Als sie auf die Tür zu Iwanows Nachtklub zugehen, sagt Seiler: »Pass auf, Milo, lass mich mit ihm reden, wenn wir da drin sind, okay?«

»Weil du eine Frau bist«, sagt Novic und nickt, und dafür ist ihm Seiler beinahe dankbar.

»Ja, genau. Du weißt ja, wie das ist mit diesen Russen. Tradition und Respekt und all das.«

»Hm.«

»Ich weiß, das wird dir gegen den Strich gehen, aber ein toter Mafia-Anwalt … Das könnte leicht in einen Bandenkrieg ausarten. Und das sollten wir um jeden Preis verhindern. Lass mich mit ihm reden, okay?«

»Einen Bandenkrieg sollten wir verhindern, ja«, pflichtet Novic ihr bei. Und lässt Seiler mit dem schalen Gefühl zurück, dass er ihr nicht mal richtig zugehört hat.

Vor der Tür des Exotica Tanzklubs stellt sich ihnen ein glatzköpfiger Hüne in den Weg. Der macht sich gar nicht erst die Mühe, die Waffe zu verbergen, die er in einem Holster unter seiner Anzugjacke trägt. Für die er vermutlich sogar einen Waffenschein hat, denkt Seiler, was hoffentlich auch Novic begreift. Außerdem muss der Mann sich regelrecht die Eier abfrieren hier draußen, was vermutlich seinen Gesichtsausdruck erklärt, als er sie auf sich zukommen sieht.

Da erkennt der Kerl sie. Auch das noch.

»Frau Kommissarin«, sagt er mit deutlich osteuropäischem Akzent. »Was kann ich heute für Sie tun?«

Novic wirft ihr einen fragenden Seitenblick zu, dann dem Hünen. Das hier läuft überhaupt nicht nach Plan. Wenn es denn einen gäbe.

»Sagen Sie Herrn Iwanow bitte, dass ich gern ein paar Fragen an ihn richten würde«, sagt Seiler.

»Oh, ich fürchte, Herr Iwanow ist gerade in einer Besprechung und momentan unabkömmlich«, antwortet der Mann in perfektem Amtsdeutsch, bis auf den Akzent natürlich. »Aber wenn Sie wollen, bestelle ich ihm gerne ... Sika Bljat!«

Seiler fährt herum, um dem Blick des glatzköpfigen Riesen zu folgen. Sie verkneift sich einen Fluch, während sie hinter Novic herhastet, der kurzerhand die Tür geöffnet und das Gebäude betreten hat, während der Glatzkopf durch Seiler abgelenkt war.

Der Lieferanteneingang des Nachtklubs präsentiert sich eher schmucklos. Nackte Betonwände und ein langer, nahezu lichtloser Flur. Eine verschlossene Tür aus Stahl, die aussieht, als wäre sie für mehr als nur für Brandschutz gedacht, vielmehr so, als könnte sie auch einem Panzerangriff für eine Weile standhalten. Vermutlich führt die in den vorderen Teil des Gebäudes, wo der eigentliche Klubbereich ist. Das heißt: eine schummrig beleuchtete Bar und eine Treppe, die zu jeder Menge geräumiger Zimmer im ersten Stock führt, in denen jetzt vermutlich noch geschlafen wird. Neben- und übereinander.

Weit kommt Novic allerdings nicht, weil ein weiterer Riese aus dem Dunkel des Flurs auftaucht und sich ihm in den Weg stellt. Dieser hier trägt keinen Anzug, sondern Jogginghosen und ein weißes Feinripp-Unterhemd, dazu eine breite goldene Panzerkette um den Hals sowie, völlig unpassend zur Jahreszeit, nichts als ein Paar ausgelatschte Sandalen an den Füßen. Als Seiler in den Flur kommt, hat der Mann Novic bereits mit einer Hand am Mantelkragen gepackt und drückt ihn unsanft gegen den rissigen Putz, während er auf Russisch auf ihn einbrüllt.

Die übergroße Fellmütze ist dem Hauptkommissar vom Kopf gerutscht und liegt jetzt wie ein totes, pelziges Tier zwischen den Füßen des brüllenden Russen.

»Stopp!«, ruft Seiler, aber das scheint im Moment keinen zu interessieren.

Novic scheint sich der Gefahr der Situation in keiner Weise bewusst zu sein, denn er blickt dem Russen ernst, aber ohne jede Spur von Furcht ins Gesicht. Dann spricht er ihn an in – soweit es Seiler beurteilen kann – absolut authentisch klingendem Russisch. Der Redeschwall des Riesen verstummt urplötzlich, und er hört zu, was Novic zu sagen hat. Viel ist es nicht, aber es sorgt dafür, dass der Russe den Kommissar zurück auf den Boden stellt und ein bisschen was von dem Putz abklopft, der auf den Schultern von Novics Mantel gelandet ist. Dann bückt er sich, um die Pelzmütze aufzuheben, und gibt sie dem Kommissar zurück.

Als Seiler und der Glatzkopf bei Novic angelangt sind, ist der Kerl im Feinripp-Unterhemd schon in ein intensives Gespräch mit seinem Ohrstecker vertieft, vermutlich um Iwanow seine beiden Besucher anzukündigen.

»Was zum Teufel hast du dem denn bloß erzählt?«, zischt Seiler Novic zu, aber in dem Moment öffnet sich die Stahltür, und das Feinripp-Unterhemd fordert sie auf einzutreten.

Onkel Iwanow habe nun Zeit für sie, sagt er zu Novic.

Seiler scheint er gar nicht mehr bewusst wahrzunehmen. Die beiden Polizisten folgen ihm durch die Tür, den Gang entlang und eine schmale Wendeltreppe hinunter. Der Glatzkopf bleibt am oberen Ende der Treppe stehen, seine riesige Pranke ruht auf dem Holster unter seinem Jackett.

Der Keller des Hauses ist ähnlich schmucklos eingerichtet wie der Flur. Nackter Beton, wohin das Auge blickt. Nur wenig Licht, dafür aber jede Menge Staub und düstere Winkel. Ein paar Türen, die wer weiß wohin führen mögen, die meisten davon ebenfalls aus Stahl. Auf der rechten Seite des Ganges gehen sie auf eine davon zu, und erst da fällt Seiler auf, dass keine einzige der Türen hier unten über Klinken an der Außenseite verfügt.

Mit einem Klacken schiebt sich ein Riegel im Inneren beiseite, dann öffnet sich die Tür ein Stück. Der Russe schiebt die Finger in den Spalt und zieht sie vollends auf.

Er lässt Novic und Seiler vorgehen und folgt ihnen in den Raum. Als sie drin sind, zieht er die Tür hinter sich wieder ins Schloss.

Der Raum ist groß und erstaunlich wohnlich eingerichtet. Offenbar verbringt Iwanow viel Zeit hier unten. Was wohl hauptsächlich mit den unzähligen Monitoren zusammenhängt, welche beinahe die gesamte Wand hinter ihm einnehmen. Diese in Betrieb zu sehen, dürfte der feuchte Traum jeden Ermittlers aus dem organisierten Verbrechen sein, aber deshalb sind sie jetzt nicht hier.

Jetzt sind die Bildschirme alle schwarz, ausgeschaltet.

Das Licht, das den Raum in einen angenehm bernsteinfarbenen Schimmer taucht, stammt von einem guten Dutzend Salzkristalllampen, die überall aufgestellt sind und aufgrund ihrer Vielzahl mehr als nur ein bisschen kitschig wirken. In der Mitte des Zimmers steht ein wuchtiger Schreibtisch – schwarzer Klavierlack und komplett frei von irgendwelchen Gegenständen, abgesehen von einem altertümlich anmutenden Schreibset aus Bronze. Dahinter sitzt ein kleiner Mann in einem Anzug, der ihm ein bisschen zu groß zu sein scheint und aussieht, als stammte er aus dem Sonderangebot eines Kaufhauses.

Als Iwanow stumm auf zwei Sessel gegenüber des Schreibtischs deutet, bemerkt Seiler, dass er eine billige schwarze Casio-Plastikuhr am Handgelenk trägt. Novic und sein blöder Uhrenfimmel, denkt sie ungehalten, jetzt färbt das schon auf mich ab.

Dann setzen sie sich.

Iwanow lächelt.

»Glückwunsch zur Beförderung, Frau Seiler«, sagt er. Seiler nickt. Sie schaut nicht zu Novic, sie kann sich seinen verblüfften Gesichtsausdruck auch so gut vorstellen. Und die kleinen Rädchen, die sich vermutlich in diesem Moment hinter seiner Stirn zu drehen beginnen. Und wohin das führen wird, wenn Novics verdammte Rädchen erst mal zu arbeiten begonnen haben.

»Wie man hört, haben Sie ein paar Tschetschenen in eins Ihrer hübschen Gefängnisse gesteckt, wo sie in den Genuss diverser Annehmlichkeiten kommen, allesamt finanziert vom deutschen Steuerzahler.«

Iwanow grinst, und seine Augen funkeln sie schelmisch an.

Seiler schweigt und versucht einen Trick, den sie als Kind oft angewandt hat, als sie beim Zahnarzt saß. In zehn Minuten, sagt sie sich, ist das hier vorbei, so oder so.

»Ich fürchte nur, dass der Steuerzahler sein Geld da verschwendet«, fährt Iwanow ungerührt fort. »Die Tschetschenen sind wie Tiere, wirklich. Hacken ein Loch in den Zimmerboden und scheißen in den Keller. So sind die drauf.«

Er lächelt Seiler an, und der glatzköpfige Riese hinter ihnen gibt ein amüsiertes Schnaufen von sich.

»Aber das wissen Sie ja selbst, nicht wahr? Das mit dem Hacken.«

Seiler nickt. Ja, das weiß sie nur zu gut.

Iwanows Lächeln verblasst, und er deutet auf Novic, ohne den Blick von Seiler abzuwenden.

»Wer ist das?«

»Hauptkommissar Milo Novic«, antwortet Seiler, bevor derjenige, um den sich das Gespräch gerade zu drehen beginnt, selbst irgendetwas dazu sagen kann.

Iwanow nickt, scheint sich gedanklich eine Notiz zu machen, dann geht die Fragerunde weiter. Die Augen des alten Mannes sind ganz gespannte Aufmerksamkeit, der Rest seines Körpers strahlt die gesetzte Gelassenheit des Alters aus, während er jetzt wieder so tut, als wäre das hier nur ein belangloses Gespräch unter flüchtigen Bekannten. Und das tut er ziemlich gut. Man könnte ihm die leicht tatterig wirkende Erscheinung beinahe abkaufen, denkt Seiler. Wenn man es nicht besser wüsste.

»Warum seid ihr hier?«

Iwanow bekommt das Kunststück hin, die Polizisten zu duzen, ohne dass es unhöflich oder überheblich wirkt. Vermutlich hängt das mit seiner bescheidenen Erscheinung zusammen. Nur ein altes Väterchen. Ein harmloser »Onkel«, wie ihn seine Leute manchmal nennen. Aber es gibt auch andere Namen für Wadim Gregorewitsch Iwanow in der Szene, und die klingen überhaupt nicht nett oder bescheiden.

»Wir sind wegen Michail Malinowski hier«, sagt Seiler, um auf Iwanows Frage zu antworten. Vermutlich spricht sie den Namen des Anwalts dabei völlig falsch aus.

Für einen langen Moment blickt der Alte sie an, das

Gesicht bar jeder Regung. Dann nickt er kaum merklich.

»Der Anwalt. Was ist mit dem?«

»Er ist tot«, sagt Novic. »Wurde erschossen, in seinem Wagen.«

»Verstehe«, sagt Iwanow.

Dann lehnt er sich in seinem Sessel zurück und verschränkt die Hände vor dem kleinen Bauchansatz. Seiler bemerkt, dass sein Haar, obwohl ordentlich frisiert, an seinem Hinterkopf etwas absteht, so als wäre er gerade erst aufgestanden. Es ist ziemlich dünnes Haar.

Nach einer Weile zeichnet sich die Andeutung eines Lächelns auf dem Gesicht des Russen ab, das seine Augen jedoch nicht erreicht. Er öffnet seine Hände und wiederholt seine Frage mit einer wohldosierten Spur von Ungeduld.

»Aber warum seid ihr dann hier? Bei mir?«

»Wir glauben, er wurde hingerichtet«, sagt Seiler und gibt sich Mühe, nicht zu Novic zu blicken. Ja, es handelt sich um vertrauliche Details einer laufenden Ermittlung. Aber dieses Spiel hier funktioniert nun mal nur, wenn man auch etwas gibt. Quid pro quo und das alles. Novic würde das vermutlich nicht verstehen. Sie versteht es ja selbst kaum.

»Glaubt ihr das, ja?«, fragt Iwanow.

»Ein Schuss aus nächster Nähe ins Gesicht. Mit einer Makarow.«

Der Leibwächter hinter ihnen an der Tür gibt ein verächtliches Schnaufen von sich, und um die Mundwinkel von Iwanow zuckt es verräterisch.

»Eine Makarow, soso«, sagt er und tauscht einen vielsagenden Blick mit dem Feinripp-Unterhemd.

»Wieso ist das lustig?«, platzt Novic rein.

»Kein Mensch benutzt so etwas noch«, sagt Iwanow in einem Tonfall, als hätten sie ihn als neutralen Experten zum Thema Schusswaffen um eine Stellungnahme gebeten. Und in gewisser Weise stimmt das ja auch.

»Er war für Sie als Anwalt tätig«, sagt Novic.

Für einen Moment ruht Iwanows Blick noch auf Seiler, dann wendet er sich langsam Novic zu, so als sähe er ihn gerade zum ersten Mal.

»Das stimmt, Herr Novic«, sagt er dann. »Das letzte Mal habe ich ihn vor etwas über fünf Jahren gesehen. Unsere Wege haben sich getrennt, ich habe ... wie sagt man? Die Zusammenarbeit mit ihm beendet.«

»Aber warum ...?«, beginnt Novic, aber Seiler legt ihm rasch eine Hand auf den Unterarm.

»Verstehe«, sagt Seiler, dann erhebt sie sich. »Ich danke Ihnen, dass Sie Zeit für uns hatten, Herr Iwanow.«

Iwanow nickt knapp, dann lässt er den Blick noch für einen Moment auf Novic ruhen. Es ist ein abschätzender Blick, der Blick eines erfahrenen Händlers. Der Riese hinter ihnen öffnet lautstark die Stahltür, und damit ist die Audienz beendet.

»Das war merkwürdig«, bemerkt Novic, als sie wieder im Auto sitzen. »Ein sehr merkwürdiges Gespräch.«

»Sie waren es jedenfalls nicht«, erwidert Seiler, »das war keine von Iwanow angeordnete Hinrichtung.«

Und ich hätte nur allzu gern darauf verzichtet, das von Iwanow selbst zu erfahren, fügt sie in Gedanken hinzu, noch dazu in diesem scheißgruseligen Keller. Aber es war nun einmal der schnellste Weg zu der Information, die sie dringend gebraucht hatten.

»Die Konkurrenz war es demnach auch nicht«, vermutet Novic. »Ich glaube, das versuchte er uns mitzuteilen, als er sagte: ›Kein Mensch benutzt so eine Waffe noch‹.«

»Wow«, sagt Seiler, »nicht schlecht!« Unheimlich, wie treffsicher Novic diese Chiffre entschlüsselt hat, von der sie dachte, dass sie Iwanow nur an sie gerichtet hatte. »Und ich denke, wir können ihm das glauben.«

»Und er hat von deinen Tschetschenen gewusst.«

»Ja«, sagt Seiler.

»Kaum verwunderlich«, sinniert Novic, »immerhin waren die wohl so was wie direkte Konkurrenz für ihn, bevor du sie geschnappt hast.«

Arschloch, denkt Seiler. Sag es doch einfach.

»Die haben eine Frau zerstückelt«, sagt sie leise. »Mit einer Machete.«

Novic nickt. Sie schweigen beide eine Weile. Das mit dem Zahnarzt funktioniert nicht, denkt Seiler. In Wahrheit ist es nie vorbei. Eine dumpfe Übelkeit steigt in ihr auf, und wie so oft in letzter Zeit muss sie an Jonas denken. Was die Sache kein bisschen besser macht.

»Es schmeckt mir trotzdem nicht«, sagt Novic schließlich. »Man sollte einem Mann wie Wadim Iwanow nicht trauen. Und man sollte darauf achten, ihm keinen Gefallen zu schulden. Zumal als Polizist.«

»Du hast gut reden«, sagt Seiler, und ihr Blick zuckt zur Seite, in Richtung des Klubs. »Bloß ist es eben so, dass man nicht immer die große Auswahl hat. Dieses Gespräch gerade hat uns jedenfalls einen Monat Ermittlungsarbeit erspart, die uns vermutlich auch zu keinem anderen Ergebnis geführt hätte. Malinowski ist Iwanow schnuppe, tot oder lebendig. Und vor allem wissen wir jetzt, dass uns kein Bandenkrieg bevorsteht. Jedenfalls nicht deswegen.«

»Wenn wir ihm glauben, heißt das«, sagt Novic.

»Ja«, Seiler nickt, »und ich glaube nicht, dass Iwanow gelogen hat. Das tun meiner Erfahrung nach nämlich nur Menschen, die sich vor irgendetwas fürchten. Ich denke nicht, dass das auf Iwanow zutrifft.«

»Das wird man sehen müssen«, sagt Novic nachdenklich, während er auf den Eingang des Exotica starrt, wo der Glatzkopf inzwischen wieder Position bezogen hat.

Seiler startet den Wagen.

Elise

Es ist längst dunkel, als Elise die Villa in der Waldstraße erreicht. Sie nähert sich dem Haus nicht von der Straße her, sondern läuft einen Bogen, wobei sie die andere Straßenseite benutzt. Sie versucht, außerhalb der Lichtkegel zu bleiben, welche die Laternen auf den Fußweg werfen, nur für den unwahrscheinlichen Fall, dass sie vielleicht doch einer der vorbeihastenden Menschen erkennen könnte. Elise hat den Kopf gesenkt, ihr Gesicht ist unter der großen Kapuze ihres Sweatshirts verborgen, die Wollmütze darunter hat sie tief in die Stirn gezogen. Vor der nächsten Querstraße überquert sie die Straße, nachdem sie aus sicherer Entfernung ein Taxi hat passieren lassen, das sich gemächlich durch den Schneematsch wühlt. Es ist leer bis auf den Fahrer, aber sicher ist sicher.

Die Gasse endet nach ein paar Metern in einem Mauervorsprung, auf welchem ein Zaun befestigt ist. Nicht besonders hoch, aber ausreichend, um klarzumachen, dass hier irgendjemandes Privatgelände beginnt.

Elise blickt über die Schulter zurück in die menschenleere Gasse, dann krallt sie ihre Finger in die Maschen des Zauns. Sie bohrt die Spitzen ihrer abgelaufenen Chucks in das nachgiebige Drahtgitter und zieht sich daran hoch. Mit ein paar schnellen, geübten Bewegungen ist sie drüber. Auf der anderen Seite setzen ihre Sohlen geräuschlos auf der weichen Erde auf. Im Sommer wächst hier Rasen, aber jetzt ist hier wenig mehr als eine löchrige Schneedecke, die kaum die aufgeweichte Erde darunter bedeckt.

Sie schleicht weiter, überquert noch einen Zaun und duckt sich dann hinter den Büschen, bis sie das Grundstück erreicht hat, das an die Rückseite der Villa anschließt.

Auf der Veranda brennen drei Laternen, aber sie weiß, dass das nichts zu bedeuten hat. Genau wie die beiden Lampen neben der Einfahrt sind diese mit einem Sensor ausgestattet, der sie anspringen lässt, sobald es dunkel wird. Mit den Lampen startet eine Zeitschaltung, die in zufälligen Abständen das Licht in einigen der Zimmer anmacht und wieder löscht. Das soll potenziellen Einbrechern vorgaukeln, dass jemand zu Hause ist.

Bloß dass die Intervalle sich nach ungefähr fünf Minuten exakt wiederholen, was jedem auffällt, der nur lange genug zu der Villa hinüberschaut. Zum Beispiel, während er sich im Garten vor den neugierigen Blicken der Passanten auf der Straße verbirgt. So wie sie jetzt.

Allerdings ist ihr Ziel nicht die Villa.

Noch nicht.

Sie steuert ein kleines Spielhaus an, das im Garten steht, auf den man von der Veranda aus blickt. In der kleinen Holzhütte steht ein winziges Tischchen und dazu passend ein paar Ministühle, und es gibt eine Kiste voller alter Puppen. Solche, mit denen ein Mädchen eine prima Teeparty feiern könnte in diesem dämlichen kleinen Kinderhaus. Vorausgesetzt, dass besagtes Mädchen kindisch genug wäre für eine derartige Zeitverschwendung. Sie zieht einen kleinen Schlüssel aus der Jackentasche und öffnet damit das Vorhängeschloss, das vor der winzigen Tür des Spielhauses hängt. Dann schlüpft sie hinein.

Minuten später kommt sie wieder heraus und ist nun kaum wiederzuerkennen. Ihre aufreizenden schwarzen Leggings hat sie gegen konservative Markenjeans getauscht. Statt der drei T-Shirts und der beiden Pullover, die sie übereinander getragen hat wie die Schalen einer Zwiebel, hat sie nun einen Pullover aus Alpakawolle an, den vorn ein Zopfmuster schmückt. Dazu trägt sie eine atmungsaktive Jack-Wolfskin-Winterjacke, die allein ungefähr das Dreifache ihres vorigen Outfits gekostet hat.

Außerdem hat sie jetzt den Rucksack mit ihren Schulsachen dabei. Die glänzenden Billigleggings und die Kapuzenshirts, die aus verschiedenen Kleidersammlungstonnen stammen, hat sie in der Kiste bei den Puppen zurückgelassen.

Sie geht um die Villa herum, gerade als die Lichter in der Diele im Erdgeschoss verlöschen und die im Gästeschlafzimmer oben angehen. Sie zieht einen Schlüsselbund aus der Innentasche der Winterjacke und öffnet die Haustür.

Dann betritt sie die Villa, in der die Bergers »glückliche Familie« spielen, zumindest dann, wenn ihre einzige Tochter nicht gerade das Straßenkind mimt.

Im Flur schlüpft sie aus den gefütterten Winterschuhen, an denen kaum Schnee und nur ein wenig Lehm aus dem Garten kleben. Sie reiht ihre Schuhe ordentlich auf dem Abtropftablett neben die anderen Paare ein, die da stehen. Dann verweilt sie einen Augenblick und mustert das beinahe idyllische Bild. Die Schuhe sind der Größe nach geordnet: Vater, Mutter, Kind.

Trautes Heim, Glück allein. Zum Kotzen.

Während sie nach oben in ihr Zimmer schleicht, denkt sie, dass das vermutlich überhaupt der Grund ist, warum Eltern ihren Kindern Puppen schenken, mit denen sie in kleinen Häusern wie dem im Garten spielen sollen. Um sich schon mal vorzubereiten auf die Scheiße, die sie für den Rest ihres erbärmlichen Lebens erwartet.

Trautes Heim, Glück allein.

Trautes, verficktes Heim.

Das bringt sie zum Kichern. Sie mag es zu fluchen, auch wenn sie es hier drin selbstverständlich nur in Gedanken tut. Hier drin in dieser falschen Spiegelwelt, die sie früher mal für die Realität gehalten hat. *Lächerlich.*

Bei Aljoscha kann sie sagen, was sie denkt. Da kann sie fluchen und sich sexy anziehen, denn Aljoscha ist es *scheißpiepegal*, was die Nachbarn denken. Darüber muss sie wieder kichern, weil *scheißpiepegal* so ein Kinderschimpfwort ist.

Auf dem Weg zu ihrem Zimmer bemerkt sie, dass die Tür zum Ankleidezimmer ihrer Mutter einen Spalt offen steht.

Hat Ana, diese diebische Fettkuh, etwa wieder hier herumgeschnüffelt? Bestimmt hat sie nach Geld gesucht oder nach …

Genau.

Da kommt Elise ein anderer Gedanke. Etwas, das sie noch erledigen kann, bevor sie sich auf ihr Bett wirft, sich mit voller Lautstärke »Heaven Shall Burn« gibt (mit Kopfhörern natürlich) und dabei vielleicht ein bisschen an Aljoscha denken wird.

Ihre Eltern dürften bald nach Hause kommen, aber bis zum Abendessen wird ohnehin niemand bemerken, dass sie da ist.

Elise schlüpft durch den Spalt in das Ankleidezimmer ihrer Mutter. Ankleidezimmer, denkt sie, als sie drin ist, was für ein Hohn. Eher ist es eine Art Gesellschaftszimmer für einen ganz bestimmten Anlass, denn zum Ankleiden benutzt ihre Mutter schon seit jeher das Schlafzimmer, das sie mit Elises Vater teilt. Das kleine Zimmer mit der Frisierkommode dient ihr für etwas anderes.

Anfangs hat sie Elise deswegen sogar leidgetan. Anfangs hatte Elise noch geglaubt, das, was sie in dem Ankleidezimmer treibt, wäre etwas, vor dem sie ihre Mutter irgendwie hätte bewahren können. Etwas, an dem vielleicht sie, Elise, Schuld hatte, wenn sie auch noch nicht begriff, wieso.

Schließlich hatte sie es eingesehen. Als sie begriffen hatte, *warum* sich ihre Mutter hier fast jeden Abend betrank, hatte sie es aufgegeben. Nein, nicht aufgegeben, einfach bleiben lassen. Und damit war dann auch das Mitleid irgendwann verschwunden.

Manchmal fragt Elise sich, ob es tatsächlich eine Zeit gegeben hat, als das Spielhaus ihr Freude bereitet hat.

Wann war das, gestern? Vor hundert Jahren?

Ist es vielleicht doch nicht nur Einbildung, dass sie zu dritt da drin gesessen haben, Papa, Mama und sie? Dass sie gespielt und gelacht und imaginierten Tee getrunken haben, eingepfercht zwischen all den Puppen mit ihren bunten selbst genähten Kleidern. Ob das alles jemals wirklich stattgefunden hat in dieser seltsamen Welt jenseits der Spiegel? Ist das wirklich erst ein paar Jahre her?

Sie fragt sich, wann sie aufgehört hat, ein Kind zu sein.

Und wessen Schuld das ist.

Dann wischt sie die Gedanken beiseite, denn sie hat die Frisierkommode erreicht.

Sie öffnet die oberste Schublade. Da sind Kämme drin und eine Haarbürste, aber beides findet nur noch selten Verwendung. Dazwischen liegt eine Schachtel Zigaretten. Elise nimmt sie heraus und öffnet sie. Sie hat Glück, die Schachtel ist noch zu gut zwei Dritteln voll. Sie nimmt drei Zigaretten heraus, überlegt es sich noch mal und nimmt noch zwei, bevor sie die Schachtel wieder zuklappt und sie so zurück in die Kommode legt, wie sie sie vorgefunden hat.

Dann öffnet sie die Schranktür unter der Schublade. Hier bewahrt ihre Mutter die wirklichen Schätze auf. Elise hockt sich vor das Fach und öffnet ihren Rucksack. Dann holt sie eine Plastikflasche heraus, die heute Morgen noch Wasser aus dem Spender in der Küche enthalten hat. Die gibt ihr ihre Mutter jeden Morgen mit, weil sie nicht will, dass Elise das Wasser trinkt, das in der Schule aus den Hähnen im Waschraum kommt.

Elise schraubt den Deckel ab und trinkt den letzten Schluck Wasser, der noch darin ist. Dann schnappt sie sich wahllos die erste Flasche aus der Schublade. Sie dreht den Verschluss auf und kippt einen Schluck in die Plastikflasche, gerade so viel, dass ihre Mutter den Unterschied nicht bemerken wird. Dann macht sie mit der nächsten Flasche weiter.

Als sie fertig ist, ist die Plastikflasche zu einem guten Drittel gefüllt. Den Rest wird sie mit Cola auffüllen, wie Aljoscha es ihr gezeigt hat. Er wird stolz auf sie sein, und außerdem hat sie ja noch die Zigaretten. Sehr stolz sogar, denkt sie zufrieden und verstaut die Flasche wieder in ihrem Rucksack. Dann schließt sie die Schranktür, dreht sich um und ... erstarrt.

In der Tür steht jemand, und für einen schrecklichen Moment glaubt Elise, dass es ihre Mutter ist.

Doch es ist Ana, die Putzhilfe, auch bekannt als die *diebische Fettkuh.*

Verdammt, denkt Elise und dann: Heute ist Dienstag. Putztag. Shit.

Dann versucht sie ein schiefes Lächeln. Das an Anas breitem, teigigem Gesicht vollkommen abprallt.

»Was du tun?«, fragt die Frau mit einem deutlichen Akzent. Sie kommt aus der Ukraine, und Aljoscha hat ihr erklärt, dass dort sowieso nur menschlicher Abschaum lebt, abgesehen natürlich von den paar Russen, denen das Land eigentlich zusteht. Wie recht er doch hat.

»Nichts«, sagt Elise und verknotet in aller Seelenruhe ihren Rucksack.

»Du hast genommen *Wodka*!«, sagt Ana und deutet auf die Frisierkommode. Das Wort klingt wie *Wahd-ka*. »Und du hast Zigaretten genommen. Du darfst nicht nehmen die Sachen von deine *maty*!«

Mah-tij.

Elise zuckt nur mit den Schultern. Wessen Haus ist das hier eigentlich? Dämliche, ukrainische Fettkuh.

»Sie werden denken, dass ich genommen habe!«, ruft die Putzhilfe aus und starrt Elise wütend an.

»Na und?«, sagt Elise. Ist ja nicht so, dass das nicht stimmen würde. Bestimmt hat Ana auch schon mal an den Flaschen ihrer Mutter genippt und ein paar Kippen mitgehen lassen. Ganz sicher sogar.

»Ich werde sagen deine Eltern, was du hast gemacht.«

»Das wirst du nicht«, sagt Elise leise. Aber vollkommen sicher ist sie sich dann doch nicht. Würden ihre Eltern der Putzhilfe glauben oder ihr? Das ist eine einfache Rechnung: Wann glauben diese scheiß Erwachsenen denn schon mal etwas, das ihnen Kinder erzählen?

Und genau dafür halten sie dich, Kiska. Für ein Kind.

Sie hört die Stimme von Aljoscha, als sie das denkt. Und wie immer hat Aljoscha recht. Sie setzt ein unschuldiges Kleinmädchengesicht auf und sagt:

»Ich meine, bitte sagen Sie's nicht meinen Eltern, ja? Ich schütte es auch weg, versprochen.« Dabei spielt sie Ana ein schüchternes Lächeln vor. Aber auch das funktioniert nicht.

»Sie wird merken, dass Flasche leer«, beharrt Ana, »und dass Zigaretten fehlen aus Packung!«

»Nein, wird sie nicht«, sagt Elise, »sie ist doch eh den ganzen Abend wieder nur bes...«, aber dann hält sie inne. Das geht die Putzfrau nun wirklich nichts an. Elise steckt auch so schon tief genug im Schlamassel.

Dann hat sie eine andere Idee.

»Warten Sie«, sagt sie und kramt in ihren Taschen herum. Hoffentlich habe ich es nicht in der Jacke im Spielhaus liegen lassen, denkt sie. In der Gesäßtasche ihrer Jeans wird sie schließlich fündig. Sie zieht den zerknitterten Geldschein heraus.

»Hier, für Sie«, sagt sie und hält Ana lächelnd den Einhundert-Euro-Schein hin.

Die Putzhilfe beäugt das Geld skeptisch.

»Hundert Euro?«, fragt sie. Elise findet, es klingt wie *Hjunderteujro.*

»Ja«, sagt sie, »für Sie. Weil doch bald Weihnachten ist und so.« Dabei versucht sie wieder das schüchterne Kleinmädchenlächeln. Diesmal funktioniert es.

Warum habe ich den dämlichen Schein bloß nicht irgendwo kleingemacht?, denkt sie ärgerlich.

Ana schnappt sich den Schein und vergräbt ihn in einer Tasche ihres Nylonkittels. Dann verlässt sie wortlos das Zimmer, als wäre überhaupt nichts passiert.

Draußen auf dem Flur fängt sie an, ein Lied zu summen.

16. Dezember

Verlassen

Seiler holt den Schlüssel, den sie aus Malinowskis Hosentasche haben, aus dem Asservatenbeutel und versucht ihn ins Schloss zu stecken. Noch während sie das tut, schwingt die Tür nach innen.

»Nicht verschlossen?«, fragt Novic interessiert.

Seiler schüttelt den Kopf, dann beäugt sie das Schloss und den Schlüssel.

»Ich glaube, der passt hier auch gar nicht«, flüstert sie dann.

»Ah!«, macht Novic und will nach dem Türknauf greifen.

»Warte«, sagt Seiler leise, zieht ihre Waffe und deutet in die Wohnung hinein. Novic nickt, geht hinter der Wand in Deckung und zieht nun ebenfalls seine Waffe.

Als er so weit ist, verpasst Seiler der Tür einen Tritt, sodass sie ganz nach innen aufschwingt. Novic richtet die Waffe in den Flur und ruft: »Polizei! Wir kommen rein!«

Auch wenn ihr das recht martialisch vorkommt, weiß Seiler insgeheim, dass das allemal besser ist, als von jemandem erschossen zu werden, der das noch nicht mal vorhatte und sich einfach nur furchtbar erschreckt hat. Und bei Malinowskis Hintergrund kann man schließlich nie wissen.

Aus dem Inneren der Wohnung antwortet niemand, und auch der Flur bleibt schwarz. Wenn da einer drin ist, denkt sie, lässt er es drauf ankommen. Oder er schläft tief und fest. Was der Malinowski ja tut, gewissermaßen. Der hier ja angeblich gewohnt hat. Dessen Schlüssel aber nicht zu der Adresse passt, die in seinem Ausweis steht. Also bleiben sie erst mal wachsam und lassen die Waffen im Anschlag, als sie die Wohnung betreten.

Im Vorbeigehen wirft Seiler einen Blick auf das Schloss.

»Aufgebrochen«, sagt sie, »aber so, dass es von außen keine Spuren gibt. Das waren jedenfalls Profis.«

Das erklärt das mit dem Schlüssel. Offenbar braucht man überhaupt keinen, um hier reinzukommen. Novic nickt, während er sich weiter an der Wand entlang in den Flur vortastet, auf den Lichtschein zu, der aus dem nächsten Zimmer fällt. Die Wohnung ist leer, das spüren sie inzwischen. Aber sich nur auf sein Gefühl zu verlassen, kann manchmal riskant sein.

Ein paar Minuten später *wissen* sie, dass sie tatsächlich allein in der Wohnung sind, und stecken ihre Waffen weg.

Es gäbe in der Tat auch nicht all zu viel, für das es sich jetzt noch lohnen würde, hier zu sein. Wer immer sich an dem Schloss zu schaffen gemacht hat, ist längst wieder fort und hat vermutlich alles mitgenommen, was sich einigermaßen zu Geld machen lässt. Die Wohnung ist nicht menschenleer, sie ist verlassen. Und das offenbar schon seit einer ganzen Weile.

»Stark«, sagt Seiler, während sie den Blick durch das geräumige Wohnzimmer mit der breiten Fensterfront schweifen lässt, vor der ein paar zerrissene Vorhänge hängen. An der Wand daneben prangt ein gigantischer Penis, den jemand mit roter Farbe und deutlich mehr Enthusiasmus als künstlerischer Begabung an die Wand gesprüht hat.

Malinowskis Wohnung ist ein Saustall. Vollgestopft mit Altbaumöbeln in beinahe jedem Zustand von Alter und Verfall, zu wüsten Bergen aufgeschichteten Klamotten, offenbar die fette Beute aus einem Raubzug durch die umliegenden Altkleidercontainer, dazwischen haufenweise Sperr- und Hausmüll aller Arten, Formen und Größen.

Novic geht in die Hocke, holt einen Kuli aus der Tasche und fischt einen violetten Damenslip aus einem der Klamottenhaufen, was Seiler zum Grinsen bringt. Der Slip ist mindestens Größe 48.

»Jedem Tierchen sein Pläsierchen«, erklärt sie Novic, was ihr ein verständnisloses Stirnrunzeln von ihm einbringt.

»Also, der Herr Anwalt wusste jedenfalls zu leben«, sagt Seiler und deutet auf die unzähligen Bierflaschen, die ein altes Küchenbord bis in den letzten Winkel ausfüllen. Das Ding steht unpassenderweise mitten im Wohnzimmer wie der hässlichste Raumteiler aller Zeiten.

Die Flaschen sehen aus, als stammten sie zu einem nicht unbeträchtlichen Teil ebenfalls aus dem Müll.

»Vielleicht war der Malinowski ja nebenberuflich Pfandsammler«, sagt Seiler nachdenklich. »Du weißt schon, für schlechte Zeiten.«

Novic zuckt mit den Schultern. Natürlich ist auch ihm längst klar, dass sie hier nicht die Hinterlassenschaften von Malinowski betrachten, sondern von dessen Nachmieter. Und irgendwie sieht das Ganze so aus, als hätte auch der sich inzwischen eine neue Bleibe gesucht.

Solche Anblicke hat jeder Polizist schon zur Genüge gesehen, wenn man sie auch nicht unbedingt in der Wohnung eines Anwalts vermuten würde. Es ist wirklich ein Jammer um die schöne Wohnung. Sie liegt im zweiten Stock eines eleganten Altbaus aus der Gründerzeit, vermutlich irgendwann Mitte der Zweitausender grundsaniert. Das Gebäude ist, wenn auch nicht brandneu, ziemlich gut in Schuss. Nicht eben billig, eine Wohnung in dieser Gegend, denkt Seiler, aber wer weiß, wie einer wie Malinowski da drangekommen ist. Wer weiß, ob einer wie er überhaupt je Miete zahlt. Irgendwo müssen schließlich auch Mafia-Anwälte wohnen.

Es ist eiskalt in der Wohnung. Wenigstens in dieser Hinsicht, denkt Seiler, müsste sich Novic hier ja fast heimisch fühlen.

Sie haben inzwischen die Küche erreicht. Hier setzt sich das Chaos nahtlos fort. Und ebenso die Staubschicht. Leere Bierflaschen, wohin das Auge blickt, in manchen schwimmen kleine weißliche Inseln. Ein essigsaurer Geruch liegt in der Luft.

»Alkoholiker«, sagt Novic überflüssigerweise, dann wischt er mit dem Zeigefinger über den Küchentisch und zeigt Seiler seine Fingerkuppe. Sie ist schwarz.

Sie werfen einen zweiten Blick ins Schlafzimmer, auch hier das gleiche Bild, das gleiche versiffte Chaos. Die Flügeltüren eines gigantischen Echtholzschranks stehen weit offen, darin ist nichts als noch mehr Staub. Auf dem Bett liegt ein zerwühltes Laken, das ist alles. Kein Kissen, keine Bettdecke.

»Wer auch immer hier gewohnt hat«, sagt Seiler, »er ist schon eine ganze Weile fort. Und ich glaube nicht, dass Malinowski in seine eigene Wohnung eingebrochen ist, weil er den Schlüssel verloren hat.«

»Ja«, sagt Novic. »Da fragt man sich allerdings, wenn der Herr Malinowski nicht hier gewohnt hat, wo wohnte er dann?«

Pläne

»Wow«, sagt Elise, als sie in den Wagen steigt, denn der ist ziemlich cool. Oder vielleicht auch, weil Aljoscha ihr die Tür aufgehalten hat wie ein echter Gentleman, was er sonst nie tut.

Der Wagen ist ein aufgemotzter Golf, nachtschwarz mit abgedunkelten Scheiben. Als sie drin sitzt, steigt ihr ein künstlicher Duft nach Pfirsich in die Nase. Am Innenspiegel hängt ein dickes Bündel Duftbäume, auf denen nackte Frauen in verführerischen Posen prangen.

»Das ist Sergej«, sagt Aljoscha, »mein Brüderchen.«

Darauf boxt ihn Sergej in die Seite, und Aljoscha krümmt sich kichernd auf dem Beifahrersitz zusammen. Dann dreht der Ältere sich zu Elise um und nickt ihr lächelnd zu.

»Hallo, schöne Frau«, sagt er lässig, schenkt ihr einen langen, intensiven Blick und lässt den Wagen an. Erst dann dreht er sich wieder um. Noch nie hat jemand Elise als Frau bezeichnet, schon gar nicht ein richtiger Mann. Und ein Mann ist Sergej ganz bestimmt. Sicher hat er schon jede Menge Frauen gehabt, denn auch er ist ziemlich attraktiv. Außerdem ist er ihr sofort sympathisch, auch wenn er nicht ganz so süß ist wie sein kleiner Bruder.

Ein paar Minuten später parken sie den Wagen und steigen aus. Erst jetzt erkennt Elise, wo sie sind. Sie hat das Haus bisher nur noch nie bei Tageslicht gesehen.

»Aljoscha«, fragt sie zögernd, »was wollen wir denn hier?«

»Keine Angst«, sagt der, »nur ein bisschen abhängen. Die Bude gehört Sergej.«

»Ach so«, sagt sie, während sie ihren Rucksack zurechtrückt. Der ist jetzt ebenfalls ein billiges Modell mit einem kaputten Reißverschluss am Außenfach, nicht der, den sie in der Schule trägt. Sie hat ihn irgendwo in einem Mülleimer gefunden und den abgerissenen Gurt mit ein paar Stichen wieder angenäht.

Als sie oben angekommen sind, schließt Sergej die Wohnungstür auf und lässt sie ein. Es ist warm hier drin, die Hitze schlägt Elise förmlich entgegen. Sie entledigt sich der beiden Kapuzenpullover, die sie über einer weiteren Lage T-Shirts trägt. Nach kurzem Zögern zieht sie diese ebenfalls aus, bis auf eines. Als sie damit fertig ist, bemerkt sie, dass beide Jungs sie grinsend anstarren, und da muss sie auch ein bisschen kichern.

»Blödmänner«, sagt sie leise und öffnet den Rucksack, holt die Zigaretten hervor und die Plastikflasche. Dann setzt sie sich zu Aljoscha auf die Couch.

»Hast du Cola?«, fragt sie Sergej.

»Klar«, sagt der und geht in die Küche. Elise hört, wie

er sich am Kühlschrank zu schaffen macht, und Aljoscha nimmt ihr die Flasche aus der Hand. Schraubt sie auf, schnuppert daran.

»Alter …«, sagt er und pfeift anerkennend durch die Zähne. »Wo hast du denn den Stoff her?«

Gute Frage, denkt Elise, und für einen Moment verflucht sie sich für diese dumme Idee. Wenn er oder Sergej nun wirklich was verstehen von Schnaps und einer von ihnen herausschmeckt, was das ist? Denn ganz sicher ist es guter Stoff. *Teurer* Stoff, und wie soll sie ihnen das erklären? Dann hat sie eine Idee.

»Hab's geklaut«, sagt sie, »im Supermarkt. Bin einfach mit meiner Plastikflasche rein und hab ein paar von den Schnapsflaschen aufgemacht und umgefüllt. Hat keine Sau gemerkt.«

»Starke Idee!«, sagt Aljoscha und lacht, als er von der Flasche aufsieht. »Bist eine schlaue, kleine Kiska.«

»Willst du damit etwa sagen, ich wär 'ne Streberin?« Sie gibt sich Mühe, die Worte noch ein bisschen mehr hinzurotzen als sonst.

»Ach, halt's Maul«, sagt Aljoscha lachend und strahlt sie weiter an.

Aus irgendeinem Grund ist Sergej immer noch nicht aus der Küche zurück, aber sie hört ihn jetzt auch nicht mehr klappern. Wer weiß, was er treibt.

Aljoscha dreht Elise zu dem Wandspiegel um, und sie betrachten sich beide darin. »Wer sind die Geilsten, hm?«, fragt er sie und tätschelt ein bisschen ihren Po.

»Na, ich bin die Geilste, würd ich mal sagen«, erwidert sie wie aus der Pistole geschossen. Das ist so was wie ein kleines Spiel zwischen ihnen.

»Aber nur, wenn ich nicht dabei bin, Bitch.«

»Kann sein«, sagt sie, und dann grinsen sie sich aus dem Spiegel entgegen. Er beugt sich zu ihr rüber und beginnt ihren Nacken zu küssen. Sofort richten sich die empfindlichen Härchen auf, die sie dort hat, während sie im Spiegel zuschaut, wie er sein Gesicht in ihr Haar gräbt.

»Hey, lass das«, sagt sie. »Wenn dein Bruder nun zuguckt?«

»Du meinst, wenn er hinter dem Spiegel dort steht?«, nuschelt er, während er nicht aufhört, ihren Hals zu küssen.

Sie nickt. Aber sie schmiegt sich noch ein wenig enger an seine muskulöse Brust. *Gott, er ist so cool.*

»Wenn er hinter diesem Spiegel steht«, sagt Aljoscha und dann mit lauter Stimme: »Wenn er da steht und sich einen runterholt?«

»Hey!«, sagt sie und dreht sich abrupt um. Das wäre nämlich eine durchaus denkbare Möglichkeit, obwohl sie eigentlich nicht glaubt, dass Aljoschas Bruder auf Mädchen in ihrem Alter steht. Aber andererseits hat er einen Spiegel in seiner Wohnung, der nur von einer Seite ein richtiger Spiegel ist und …

»Was hast du eigentlich deinen Alten erzählt?«, will Aljoscha wissen.

»Och, die«, sagt sie und stößt ein verächtliches Schnauben aus. »Die denken, ich wäre bei Beate. Ist 'ne Freundin. Also eigentlich nur jemand aus der Schule, mit der ich ab und zu rumhänge oder shoppen …«

Sie beißt sich auf die Unterlippe.

»… also klauen gehe, meine ich.«

»Hm«, nuschelt der Junge in ihren Nacken, »bring sie doch mal mit.«

»Was, Beate? Ach, vergiss es«, sagt sie hastig, »die ist echt *übertrieben* langweilig. Außerdem hat sie grad überall diese Pickel und so.«

Das stimmt zwar nicht, und es tut ihr auch ein bisschen leid, dass sie ihre ehemals beste Freundin gerade so verunglimpft, aber sie und Aljoscha werden sich ja sowieso nie treffen. Und außerdem – wann hat Beate denn wirklich zuletzt mal etwas mit ihr unternommen?

Sergej betritt das Zimmer und stellt die Colaflasche auf den Couchtisch.

»Wer holt sich hier einen runter, du Minipimmel?«, fragt er seinen kleinen Bruder. »Du etwa?«

»Ach, halt's Maul!«, erwidert der.

Mit einem Satz ist Sergej bei ihm und nimmt ihn lachend in die Mangel. Die beiden raufen ein bisschen, wobei jede Menge neue Schimpfworte fallen, die meisten auf Russisch, und die klingen ziemlich krass. Aljoscha wird gegen den Tisch geschleudert, und die Colaflasche kommt ins Wanken. Elise kann sie im letzten Moment auffangen, dann landet Aljoscha in einem Sessel in der

Ecke des Zimmers. Sein Kopf ist rot von der Anstrengung, und Elise glaubt, dass er ein paar ziemlich harte Treffer von Sergej kassiert hat, aber das scheint ihn nicht weiter zu stören.

Er grinst und ruft: »Unentschieden!«, was sein Bruder mit »Leck mich, Blödmann« kommentiert.

»Hast du Gläser?«, will Elise wissen.

Sergej macht ein verächtliches Geräusch, setzt die große Colaflasche an und trinkt sie in einem Zug halb leer. Anschließend rülpst er laut, was erneute Lachkrämpfe bei Aljoscha auslöst. Elise lacht mit, auch wenn sie das eigentlich ziemlich eklig findet. Jungs eben.

Dann kippt Sergej den Inhalt ihrer Plastikflasche in die andere Flasche zu der restlichen Cola, schraubt sie wieder zu und schüttelt das Ganze ein bisschen, damit sich alles gut vermischt.

»So«, sagt er, als er die Flasche wieder aufschraubt. Dann nimmt er einen großen Schluck.

»Scheiße«, ruft er aus, »guter Stoff. *Guter* Stoff!«

Dann reicht er die Flasche Elise. Die nimmt zögernd einen kleinen Schluck.

»Mach mal richtig, Kiska!«, lässt sich Aljoscha aus der Ecke vernehmen. Also nimmt sie noch einen zweiten Schluck und noch einen dritten. Das Zeug brennt und schmeckt widerlich nach Nagellackentferner, obwohl es mit der süßen Cola vermischt ist. Wie kann man so was freiwillig trinken?

Eine halbe Stunde später ist die Flasche beinahe leer.

Bei den letzten paar Mal hat Elise nur so getan, als tränke sie, und die Brüder haben es nicht gemerkt, oder es hat sie nicht mehr gestört.

Elise müsste mal aufs Klo, aber allein der Gedanke, auch nur von der Couch aufzustehen, fühlt sich wie ein unüberwindliches Hindernis an. Ihre Glieder sind so schwer, als wären sie aus Blei, und ihr ist ganz schön schwummerig. Sie fürchtet hinzufallen, wenn sie jetzt aufsteht, also lässt sie es bleiben. Nur bis das Drehen aufhört, danach kann sie ja immer noch aufs Klo.

Andererseits ist das aber auch ein irgendwie ganz gutes Gefühl, und außerdem hat sich Aljoscha inzwischen wieder neben sie gesetzt und seinen Arm um sie gelegt. Ihr Kopf ruht auf seiner Brust. Ja, das ist ein ausgesprochen gutes Gefühl, ein *übertrieben* gutes sogar.

»Du und ich«, sagt er, »wir sind *deutlich* die Geilsten, oder?«

Sie nickt nur und lächelt still.

»Oder, Sergej?«, fragt er seinen Bruder. »Sind wir nicht die Geilsten?«

Der zuckt nur mit den Schultern. »Keine Ahnung, womit du dieses Babe rumgekriegt hast, aber irgendwas scheint sie ja an dir zu finden, Kleinpimmel.«

»Ach, halt dein Maul, *Bolvan*!«, sagt Aljoscha, und dann grinsen sie alle drei. Diese kleinen Neckereien gehören eben einfach dazu. Und sie sind eben nur das: kleine Neckereien. Nicht das Programm, das sie von anderswo kennt.

»Ich hab nachgedacht, Kiska«, hört sie Aljoscha sagen. Es klingt irgendwie, als spräche er von einem der benachbarten Zimmer, obwohl er doch direkt neben ihr auf der Couch sitzt. Abgefahren.

»Hmm?«, fragt sie mit schläfriger Stimme.

Sergej steht auf und geht wieder in die Küche, vielleicht um Nachschub zu holen. Nur noch ein bisschen sitzen bleiben, denkt sie, während ihre Blase sich wieder bemerkbar macht.

»Du und ich, wir sollten abhauen«, sagt Aljoscha.

Zuerst kapiert sie gar nicht, worauf er hinauswill.

»Abhauen?«

In ihren Ohren klingt das Wort seltsam gedehnt. Aabhaau-eeeen. Ein komisches Wort. Sie muss ein bisschen kichern.

»Im Ernst«, sagt er, »wir sollten von hier verschwinden, weg aus dieser beschissenen Spießerstadt. Nur du und ich, Kiska.«

»M-hm«, sagt sie. Was auch immer. Sie muss jetzt echt aufs Klo.

»Ich hab mir das alles schon zurechtgelegt. Ich hab 'nen Onkel, der hat ziemlich dick Kohle. Bei dem könnten wir erst mal unterkommen. Und dann suchen wir uns was Eigenes. Könnten richtig Kohle machen, wie letztens mit dem alten Kerl. Du hast da echt 'n Talent für.«

»Das war eklig«, nuschelt sie und rutscht noch etwas mehr in sich zusammen. »Ich will sowasssnich machen.«

»Klar, Babe. Das versteh ich doch. Aber irgendwie war es ja auch lustig, oder? Ziemlich stark, wie du ihn angemacht hast und das alles.«

»Ich will sowasssaber nich nommal machen.«

»Musst du ja auch nicht«, lenkt er ein. »War eben nur so 'ne Idee. Gibt tausend Möglichkeiten, wie wir da an Kohle kommen können, wenn wir erst mal drüben sind, glaub mir!«

Sie schweigt einen Moment. Ihre Gedanken sind seltsam langsam, wie kleine träge Schneeflocken treiben sie durch ihr Gehirn.

»Drüben?«

»Ja«, sagt er, »in Russland. Mein Onkel wohnt in der Nähe von Moskau und ...«

»Russland?«

»Na klar. Das wird klasse.«

»Moskau? Was redest du da?«

»Na klar, Babe. Ich und meine Kiska, Mann. Für immer ...«

»Du verarschst mich doch, oder?«

»Ist mein voller Ernst, ich schwöre!«

Sie setzt sich auf, blinzelt ihn an. Er scheint das tatsächlich ernst zu meinen. Russland. Moskau. Hat er den Verstand verloren? Plötzlich ist sie gar nicht mehr so betrunken. Dafür ist ihr jetzt richtig schlecht.

»Du willst mit mir nach Moskau abhauen? Bist du bescheuert? Meine Eltern ...«

»Du hast doch selbst gesagt, deine Alten interessieren

sich 'nen Scheiß für dich. Und dass du von zu Hause abhauen willst.«

»Ja klar, aber ...«

»Na also. Und du hast gesagt, dass du mich liebst, Mann! Dass du meine Kiska bist. Ich hab mir 'n verdammtes Tattoo stechen lassen für dich!«

»Das ... ich ...«, stammelt sie. »Ja klar, aber ich bin doch noch nicht mal vierzehn. Die würden doch durchdrehen ...«

»Na und?« Er hat seine Stimme erhoben und starrt sie wütend an. »Ich war grade mal zwölf, als ich ...«

Dann ist plötzlich etwas Verletzliches in seinem Blick, und das bricht ihr beinahe das Herz. Sie will ihn streicheln, aber er schlägt ihre Hand beiseite. Jähzornig, denkt sie, das ist das Wort für das, was er jetzt ist. Und irgendwie gibt das den Ausschlag. Denn jähzornig kennt sie schon.

»... grade mal zwölf, als ich von zu Hause abgehauen bin«, bringt er den Satz zu Ende.

»Aber ich kann nicht einfach so verschwinden, Aljoscha. Die würden mich suchen. Die würden die Bullen rufen, was weiß ich. Und so schlecht ist's hier doch gar nicht. Ich meine, wir können doch auch hier jede Menge Scheiß machen und das alles und zusammen rumhängen. Wie bisher und irgendwann ...«

»Ach, ihr Weiber seid doch alle gleich«, ruft er, und als er sie von sich wegstößt, fällt ihr Blick auf das Tattoo auf seinem Unterarm. Kiska, das Kätzchen, und plötzlich kommt ihr das alles unsagbar dämlich vor. Sie selbst kommt sich dämlich vor, vor allen Dingen. Auf was hat sie sich da bloß eingelassen?

Sie steht auf, viel zu hastig, und gerät ins Schwanken.

Ihm ist das egal, er hält ihr nicht mal die Hand hin, um sie zu stützen, weil er immer noch voller Jähzorn ist. Sie taumelt, knallt mit dem Schienbein gegen die flache Tischplatte und verkneift sich einen Fluch, während der Schmerz durch ihr Bein schießt. Aber er starrt sie nur weiter wütend an, das alles scheint ihn plötzlich überhaupt nicht mehr zu interessieren.

»Du bist wie ein bockiges Kind!«, wirft sie ihm an den Kopf und bereut es sofort wieder. Doch es ist schon gesagt und zu spät, es zurückzunehmen.

»Und du bist eine kleine *Hure*!«, brüllt er, »und deine Mutter ist eine Hure, und dein Vater ist ein …«

Aber da hat Elise schon ihren Rucksack und die Klamotten zusammengerafft und ist in den Flur gestürmt.

Sergej kommt in dem Moment aus der Küche zurück, als die Wohnungstür geräuschvoll hinter Elise ins Schloss fällt, einen Schuhkarton in der Hand, mit dem er sich offenbar in der Küche beschäftigt hat. Er erfasst die Situation auf einen Blick.

»Durak!«, schimpft er und stellt den Karton auf den Couchtisch. Der ist vollgestopft mit Geldscheinen, die meisten alt und zerknittert, manche brandneu. »Jetzt ist sie abgehauen! Du verdammter Idiot! Und was machen wir jetzt?«

»Ach, die«, sagt Aljoscha und verschränkt die Arme vor der Brust, während er finster seinen eigenen Blick im Spiegel erwidert. »Die kommt schon zurück. Die Weiber kommen doch immer zurück.«

Die Ohrfeige, die Sergej ihm verpasst, lässt seinen Kopf gegen die Wand hinter der Sofalehne prallen. Der Schmerz ist so heftig, dass ihm Tränen in die Augen schießen. Aber er schweigt, als er zu seinem Bruder aufblickt.

»Durak!«, sagt Sergej noch einmal. »Beschissener, kleiner Dummkopf! Kannst dich einfach nicht zusammenreißen, wie?«

Dann schnappt er sich den Schuhkarton wieder und geht kopfschüttelnd zurück in die Küche, während Aljoscha sich den schmerzenden Hinterkopf reibt.

Unten wankt Elise auf den Bürgersteig. Tränen rinnen über ihre Wangen, als sie hinaus in die Dunkelheit stolpert.

Ihr Zeuge, Matlock

Ehemaliges Gewerbegebiet in Leipzig-Schönefeld

Das Büro des toten Rechtsanwalts ist in einem ähnlich desolaten Zustand wie seine Wohnung, auch wenn man sofort merkt, dass er hier noch vor Kurzem gewesen sein muss. Drei Neonröhren, die ziemlich wackelig von der Decke hängen, spenden ein blasses Licht, das den Raum in ein kränkliches Weiß taucht. Eine der Röhren beginnt zu flackern, nach einer Weile gibt sie auf und erlischt ganz.

Seiler und Novic bestaunen das Innere der baufälligen Baracke, die man nur mit viel gutem Willen überhaupt als Büro, geschweige denn als Anwaltskanzlei bezeichnen kann. Es gleicht vielmehr einer Rumpelkammer.

»Wenn sich tatsächlich mal ein Klient hierher verirrt hat«, murmelt Seiler, »wie verzweifelt muss der dann wohl gewesen sein?«

Der kleine Raum ist an drei Seiten mit Regalen vollgestopft, aus denen unordentliche Stapel von Aktenordnern quellen. Davon abgesehen gibt es in dem stickigen Kabuff nur einen wuchtigen Schreibtisch, auf dem weitere Papierstapel in die Höhe gewachsen sind wie windschiefe Türme. Auf einem der Regale stehen die traurigen Überreste einer vor Monaten vertrockneten Topfpflanze.

»Wann haben Sie Herrn Malinowski denn zum letzten Mal gesehen?«, ruft Seiler in Richtung Ausgang, wo ein Mann namens Wozniak steht, der sie reingelassen hat. Er vermietet die geräumigen Büroanlagen, wie er sie nennt, seit drei Jahren an Malinowski. Der ehrfürchtige Respekt, mit dem er von dem jüngst verstorbenen »Herrn Anwalt« spricht, legt nahe, dass er dessen Kanzlei noch nie von innen gesehen hat.

»Ist schon eine Weile her, dass ich hier war«, sagt Wozniak. »Ich geh nicht mehr so oft raus. Aber die Miete hat er immer pünktlich bezahlt, der Herr Anwalt. In bar!«

Und damit vermutlich steuerfrei für Wozniak, denkt Seiler.

»Man fragt sich, wovon«, murmelt Novic, der sich derweil am Fenster zu schaffen macht, in dem verzweifelten Bemühen, es zu öffnen. Natürlich hat er recht mit seinem Gemurmel. Malinowskis Einkünfte dürften kaum genug Geld abgeworfen haben, um davon die Miete hier zu bezahlen, geschweige denn einen Audi und eine Luxusuhr.

»Das geht so nicht auf«, sagt der Alte, der seinen Kopf zur Tür reingesteckt hat und Novics Kampf mit dem Fenster verfolgt. »Man muss von außen gegendrücken. Warten Sie!«

Dann verschwindet er, um kurz darauf aus der Finsternis jenseits der schmutzigen Scheibe wieder aufzutauchen. Gemeinsam mit Novic rüttelt er am Fensterrahmen, und schließlich gibt das Ding mit einem Knirschen nach, und das Fenster schwingt nach außen auf.

Gierig saugt Novic die Luft ein. »Danke.«

»Keine Ursache«, sagt Wozniak. »Aber wenn Sie mich jetzt nicht mehr brauchen, würde ich gern zurück in meine Wohnung, ja? Meine Serie fängt gleich an.«

»Welche Serie denn?«, fragt Novic mit plötzlich erwachtem Interesse.

»*Matlock*«, sagt Wozniak wie aus der Pistole geschossen und grinst ein bisschen, als müsse man sich dafür entschuldigen. »Sie wiederholen die alten Folgen. Ich liebe den Kerl.«

»Andy Griffith ist der Größte«, sagt Novic ernst und imitiert den alten Anwalt erstaunlich gut: »Einspruch, Euer Ehren! Hörensagen!« Dabei blinzelt er Wozniak verschwörerisch zu.

»Genau!«, lacht Wozniak und macht mit Daumen und Zeigefinger seiner Rechten eine Pistole, die er anerkennend auf Novic richtet. Dann eilt er davon.

»Wusste gar nicht, dass du dir so was anschaust«, sagt Seiler, während sie durch die Tür dem alten Mann nachschaut, der im Eiltempo auf sein Haus zuhumpelt.

»Mach ich auch nicht«, sagt Novic, »aber mein Nachbar. Der hat alle Folgen davon auf DVD. Die schaut er jede Nacht, bis morgens um sechs. Ich kann die alle auswendig. Manchmal ist es auch *Columbo*.«

»Verstehe.« Seiler nickt. Da haben wir zumindest eine

der möglichen Erklärungen für die Ringe unter Novics Augen.

Es gibt Zeiten, da beneidet Hanna Seiler ihren Partner fast ein bisschen um seine außergewöhnliche Spürnase, aber in Momenten wie diesen vergeht ihr das schnell wieder. Es muss die Hölle sein, wegen ein bisschen Staub nicht atmen zu können und den Fernseher des Nachbarn in einer Lautstärke wahrzunehmen, als säße man direkt davor. So jedenfalls stellt Seiler sich die Sache manchmal vor. Es hat wohl jeder sein Päckchen zu tragen.

»Vielleicht sollten wir heute etwas eher Schluss machen«, schlägt sie dann vor, wohl wissend, dass das Unfug ist. Niemand macht während einer laufenden Ermittlung früher Schluss, schon gar nicht Novic. »Soll die KT sich doch drum kümmern und diese Bude auf den Kopf stellen. Dann kriegst du vielleicht auch mal wieder 'ne Mütze Schlaf, bevor dein Nachbar nach Hause kommt.«

Einen Versuch ist es wert.

»Das würde nicht funktionieren«, sagt Novic. »Ich trainiere.« In einem Ton, als erklärte das alles.

»Du trainierst?«, fragt Seiler mit einer hochgezogenen Augenbraue und mustert ihren Kollegen. »Irgendwie schwer vorstellbar, du in einem Fitnessstudio.«

»Nein«, antwortet Novic, der ein wirklich spindeldürrer Kerl ist. Sehnig, aber spindeldürr. »Ich trainiere meinen Körper darauf, um eine bestimmte Zeit einzuschlafen, indem ich jeden Tag zur selben Zeit zu Bett gehe.

Wenn ich kann, heißt das. Und ich stopfe mir Ohropax in die Ohren.«

»Und, hilft's?«

»Nein«, sagt Novic, und dann müssen sie beide ein bisschen grinsen.

Seiler deutet auf das Anwaltschaos.

»Also, wie's hier aussieht, war unser Matlock sowieso schon eine ganze Weile nicht mehr im Geschäft. Die Akten auf seinem Schreibtisch datieren alle so um Anfang 2014 herum.«

»Er war schon hier«, sagt Novic mit Bestimmtheit, »aber nicht zum Arbeiten.«

»Und das verrät dir dein Spinnensinn oder was?«

Novic schüttelt den Kopf. Inzwischen hat er den Schreibtisch umrundet und deutet auf etwas am Boden. Seiler kommt näher. Es ist eine Liege, genauer ein Feldbett, vermutlich aus alten Militärbeständen. Darauf liegen ein Kissen und eine Bettdecke.

»Meinst du, das Bettzeug stammt aus seiner Wohnung?«, fragt Novic, und Seiler nickt.

»Ich glaube schon. Ich schätze, hierhin ist er umgezogen, als er Iwanow als Klienten verloren hat.«

Das Kissen hat einen fettigen Umriss vom Hinterkopf, die Decke zieren einige unschöne Flecken.

»Offenbar war auch der Anwalt nicht gerade ein Sauberkeitsfanatiker«, sagt Seiler. »Aber hier ist es trotzdem nicht halb so schlimm wie in seiner Wohnung, mal von dem Bett abgesehen.«

Novic nickt. »Es gibt auch nicht massenhaft leere Bier-flaschen. Ich glaube, du könntest recht haben damit, dass Malinowski schon seit Längerem nicht mehr in der Wohnung war. Falls dem so ist, war er entweder knapp bei Kasse und hat sie vielleicht untervermietet, wogegen allerdings die Rolex und der Audi sprechen, oder ...«

»Oder jemand hat ihn rausgeworfen aus der Wohnung«, sagt Seiler. Vielleicht derjenige, denkt sie, der dafür gesorgt hat, dass er da mietfrei wohnen konnte, bis er dieses Privileg verlor. Sie wendet sich vom Schreibtisch ab und geht hinüber zu den Regalen, die mit unordentlichen Aktenstapeln vollgestopft sind. Es sind billige Stahlregale, vermutlich aus irgendeiner früheren Büroauflösung oder aus dem Schreibbüro einer russischen Kaserne.

»Hier liegt jedenfalls überall zentimeterdick Staub drauf«, sagt Seiler und pustet in das Regal hinein, um es zu demonstrieren.

»Bitte nicht aufwirbeln!«, keucht Novic und hält sich mit Daumen und Zeigefinger die Nase zu, während er vor einem der Regale in die Hocke geht. Oder in Deckung.

»'tschuldigung«, sagt Seiler.

Novic hat jetzt ein Auge zugekniffen und richtet sich langsam wieder auf.

»Da«, sagt er schließlich und deutet mit der freien Hand auf eine Stelle zwischen zwei Ordnern. Auch dieses Regalbrett ist kreuz und quer mit Akten vollgestopft, aber als Seiler herantritt, bemerkt sie, dass die Staubschicht hier eine Unterbrechung hat, ungefähr von der Breite des Aktenordners, der dahinter im Regal steht.

»Na, schau an«, sagt sie anerkennend. »Also doch Spinnensinn.«

Novic kramt seine Latexhandschuhe hervor und zieht sie umständlich an. Dann zieht er mit spitzen Fingern den Ordner aus dem Regal. Erstaunlicherweise schafft er das, ohne dass das fragile Gebilde der verbliebenen Akten in sich zusammenfällt.

Seiler schaut in das entstandene Loch. Hinter dem Ordner ist etwas versteckt.

»Na toll«, kommentiert sie seufzend und greift in die Lücke. Eine Wodkaflasche, so gut wie leer. Seiler stellt sie auf den Schreibtisch. Stolichnaya. Auch in dieser Hinsicht hatte Malinowski also offenbar mehr Stil, als zu der Bierflaschenpyramide in seiner Wohnung passt.

Derweil hat Novic den Ordner auf den Schreibtisch gelegt und schlägt ihn vorsichtig auf, während ihm Seiler über die Schulter schaut. Auf den ersten Seiten offenbart sich wenig Geheimnisvolles: schlampig zusammengestellte Fallakten, getippt auf einer uralten Schreibmaschine und ergänzt mit krakeligen kyrillischen Buchstaben in derselben Handschrift, die sich auch auf den Papieren am Schreibtisch findet. Also die vom Herrn Anwalt.

Als Novic weiterblättert, rutscht etwas raschelnd aus den Seiten und segelt zu Boden. Seiler fängt es noch im Flug.

Es ist das Foto eines halb nackten jungen Mädchens in

Ganzkörperaufnahme. Sie dreht dem Betrachter ihr Profil zu, wobei sie ihre Scham und den Brustbereich mit den Händen bedeckt hält. Dennoch sieht man, dass es ein sehr junges Mädchen ist und dass sie nicht mehr anhat als einen BH und einen einfachen Slip.

»Oh, Mann«, sagt Seiler, »die ist doch noch keine vierzehn.«

Es wird nicht besser, als sie weiterblättern.

Zwischen den Seiten finden sie die Fotos von insgesamt zwei Dutzend Kindern. Alle sind fast nackt und schauen auf einen Punkt außerhalb des Bildes, wo sich offenbar das Hauptgeschehen abspielt.

»Perverses Schwein«, kommentiert Seiler ihren Fund, dann dreht sie sich weg. Für eine lange Weile schaut sie durch die verdreckte Scheibe hinaus in den von Unrat übersäten Innenhof, hauptsächlich um Novic nicht anschauen zu müssen, der weiter stirnrunzelnd auf die Fotos blickt.

»Hier steht etwas«, sagt er.

Seiler dreht sich um und schaut auf das Foto in Novics Hand. Dabei versucht sie, sich auf die Stelle zu konzentrieren, auf die Novic zeigt. Nicht auf das Kind, das unsicher in Richtung seines unsichtbaren Gegenübers schaut. Nicht auf das Gesicht mit den viel zu großen, ängstlichen Augen.

»Das ist die Schrift von Malinowski«, sagt Seiler. »Ich kann's nicht lesen. Muss wohl Russisch sein. Vermutlich ...« Sie muss sich räuspern. »Die Namen der Kinder.«

»Das ist Russisch, ja«, sagt Novic, während er durch die Fotos blättert »Es sind russische Mädchennamen. Hier steht ›Katinka‹, ›Ilka‹, ›Katarina‹ …«

»Dann stammen sie wohl auch aus Russland. Und Malinowski hat sich die Bilder bestimmt nicht nur schicken lassen, um sich dran aufzugeilen. Das heißt, ich glaube nicht, dass er sich nur mit den Bildern begnügt hat. Das würde auch erklären, wieso er über Geld verfügte, obwohl seine Kanzlei nach außen hin praktisch insolvent war. Dann hatte er zu tun mit …«

»Kinderpornografie?«, fragt Novic, und irgendwie klingt es niedergeschlagen. Müde.

Wieder nickt Seiler.

»Aber das kann er nicht alleine aufgezogen haben. Ich denke, dass Iwanow …«

»Nein«, fährt ihm Seiler dazwischen. »Lass Iwanow da raus!«

»Aber …«

»Solange wir ihm keine hieb- und stichfesten Beweise vorlegen können, bringt das überhaupt nichts, verdammt noch mal!« Seiler schlägt mit der flachen Hand gegen das Regal. Die Ordner rutschen ineinander, einige stürzen zu Boden.

»Scheiße!«

»Wenn wir eine Razzia in seinem Nachtklub machen würden …«, setzt Novic noch einmal an.

Seiler schüttelt den Kopf. »Iwanow ist kein Idiot. Wenn er tatsächlich in dieser Sache mit drinhängen würde, hätte er längst dafür gesorgt, dass wir jetzt keinen einzigen Beweis mehr dafür finden. Und ich Idiotin bin auch noch hingegangen und habe ihm die ganze Geschichte brühwarm erzählt. Shit!«

»Verstehe«, sagt Novic. »Dann gibt es natürlich noch die Möglichkeit, dass Iwanow die Wahrheit gesagt hat und wirklich nicht in die Angelegenheit verwickelt ist.«

Seiler denkt nach.

»Davon sollten wir erst mal ausgehen«, meint sie schließlich. »Es bringt ja doch nichts, Iwanow damit zu belästigen, bevor wir uns nicht zu hundert Prozent sicher sind.«

»Belästigen?«

»Ja«, sagt Seiler, aber die Bitte in ihren Augen ist dabei nicht zu übersehen, nicht mal für Novic. *Lass es ruhen,* sagt ihr Blick, *tu mir diesen einen Gefallen! Als Kollege. Als Freund. Und frag nicht nach! Das vor allem nicht. Frag nicht nach!*

Novic schaut sie lange an. Schließlich nickt er. »Sehen wir, wie weit wir mit den Fotos kommen.«

Jonas

Seiler nimmt sich noch eine gebrannte Mandel und schiebt sie sich in den Mund. Sie blickt lächelnd zu dem Jungen, auch wenn der das momentan gar nicht sehen kann, weil er ihr den Rücken zudreht. Er hat seine eigenen Mandeln, die er bis gerade eben noch in rhythmischer Regelmäßigkeit in seinen Mund gestopft hat. Aber jetzt ist die Hand mit der Papiertüte herabgesunken. Er steht vor dem Schaufenster. Die Süßigkeiten sind vergessen.

So steht er, völlig versunken, als ein kleines Mädchen zu dem Schaufenster kommt und sich neben ihn stellt. Sie ist sieben, vielleicht acht Jahre alt, einen halben Kopf kleiner als Jonas. Gemeinsam schauen sie durch das Schaufenster.

Zuerst nimmt er sie gar nicht wahr, so fasziniert ist er von dem, was es auf der anderen Seite zu sehen gibt. Eine Ritterburg aus Legosteinen, wirklich hübsch gemacht, mit kleinen Rittern und einem Turm, aus dessen Fenster eine winzige Prinzessin lugt. Aber das Beste ist der große grüne Drache, den sie mit Angelschnur aufgehängt haben. Seine Flügel bewegen sich, während er auf und ab wippt, und vor das aufgerissene Maul, in dem eine rote Leuchtdiode flackert, hat ein findiger Dekorateur einen Wattebausch geklebt, sodass es aussieht, als würde das Plastikungetüm Feuer spucken.

Das Mädchen guckt sich die Burg eine Weile an, dann dreht sie den Kopf und schaut zu Jonas hoch, der sie jetzt auch bemerkt. Sie lächelt ihn an, völlig unbefangen. Vermutlich, weil sie noch so klein ist, denkt Seiler bitter, dann wischt sie den Gedanken fort.

Das Mädchen hebt zaghaft einen Finger und deutet auf die Papiertüte in Jonas' Hand. Er nickt, dann greift er rein und zieht behutsam eine Mandel daraus hervor. Plötzlich hält er inne, schüttelt den Kopf, weil man das nicht so macht, und hält der Kleinen stattdessen die geöffnete Tüte hin. Die strahlt über das ganze Gesicht und nimmt sich eine Mandel, steckt sie in den Mund und beginnt darauf herumzukauen. Dann drehen sich beide wieder zum Schaufenster um und gucken dem Drachen zu, wie er über der Burg kreist und Rauch und Feuer speit.

Seiler bemerkt, dass sie grinst, als sie sich die nächste Mandel in den Mund schiebt. Vielleicht würde Weihnachten dieses Jahr doch nicht so schlecht werden.

Kiska

10. Dezember

Der Mann schenkt sich noch einen Wodka ein. Es ist sein fünfter, seit er begonnen hat das Video anzuschauen. Trotzdem fühlt er sich stocknüchtern. Selbst die wohltuende Wärme, die das Getränk eigentlich in seinem Magen verbreiten sollte, ist bis jetzt ausgeblieben. Da ist überhaupt nichts, während er auf das starrt, was sich auf dem kleinen Display des Handys abspielt.

Das Mädchen wirkt schüchtern, beinahe verängstigt, als sie sich zögernd auszieht. Sie steht im Profil zur Kamera, aber manchmal zuckt ein scheuer Blick in die Richtung, offenbar weiß sie, dass sie gefilmt wird. Sie zieht den Pullover über den Kopf und entblößt einen schlanken, beinahe mageren Körper. Ihre Haut leuchtet milchig weiß trotz der schlechten Qualität der Handykamera.

Außer einem Sport-BH und einem grauen Slip trägt sie jetzt nichts mehr am Leib. Sie faltet den Pullover ordentlich zusammen, dann legt sie ihn zu ihrer Jeans auf die Couch, vor der sie steht. Hinter ihr hängt ein gerahmtes Poster an der Wand, aber die Auflösung der Kamera ist zu schlecht, um zu erkennen, was darauf abgebildet ist. Irgendein Platz, irgendeine Stadt, es spielt keine Rolle, und außerdem hängt es schief. Achtlos wie ein unwichtiges Detail einer billigen Kulisse.

Ein Mann kommt ins Bild, und sie wendet ihm ihre Aufmerksamkeit zu. Er ist etwa Ende fünfzig und hat sich selbst schon seiner Kleidung entledigt bis auf eine schwarze Hose, deren Gürtel er gelöst hat. Das Stück Leder steht ab wie die groteske Parodie seines Gliedes. Es schlenkert vor dem beträchtlichen Bauch des Mannes herum, während er auf das Mädchen zutritt. Die eingefallene Brust ist schlaff, das Fleisch hängt teigig daran herab. Da sind dunkle Flecken auf seiner Haut, das könnten Blutergüsse sein. Aber um das genau zu erkennen, ist das Licht in dem Zimmer zu dürftig und die Kamera des Telefons zu schlecht.

Der Mann tritt noch einen Schritt näher, dann streckt er eine Hand nach dem Mädchen aus. Sie weicht zurück, einen winzigen Schritt, und sagt irgendetwas zu dem Mann, worauf der sie angrinst. Dabei deutet sie auf die Couch. Der Mann setzt sich, sodass man sein Gesicht jetzt gut erkennen kann. Sein Wanst wirkt noch praller. Auf dem Tisch liegt etwas, das ein Handspiegel sein könnte, und daneben ein kleines Röhrchen. Ein kleines Häufchen eines weißen Pulvers. Der Mann winkt das Mädchen zu sich heran.

Sie gehorcht und setzt sich neben ihn auf die Couch. Doch bevor sie richtig sitzt, hat er sie schon lachend auf seinen Schoß gezogen. Für eine Weile sitzen sie einfach nur da, und er wiegt sie ein bisschen auf seinen Knien wie ein kleines Kind, das sie ja beinahe noch ist. Vor und zurück, vor und zurück. Jetzt lacht keiner mehr.

Dann fängt er an, sie zu streicheln, ihre Schenkel, ihren Bauch, die Ansätze ihrer kleinen Brüste unter dem Sport-BH. Nach einer Weile werden seine Bewegungen fordernder, drängender, und aus dem Streicheln wird ein Tasten und schließlich wollüstiges Kneten.

Er stoppt das Video und schüttet den Inhalt des Glases mit einem Zug herunter, dann schenkt er sich sofort nach. Dabei spritzt ein Teil des Wodkas auf den Ärmel seines abgetragenen Jacketts. Er bemerkt es nicht einmal.

Als das Glas voll ist, stellt er die Flasche beiseite und greift wieder nach dem Handy.

Dann startet er das Video erneut.

TEIL II:
GRAUPELSCHAUER

17. Dezember

Ermittlungen

Vor Seiler steht eine Tasse Kaffee, aber sie rührt sie nicht an. Grund dafür ist der Ordner, der danebenliegt. Darin sind die Fotos, die sie in Malinowskis Büro gefunden haben. Keiner von ihnen hat Lust, den Aktenordner zu öffnen und sich das immer gleiche Motiv auf den Fotos darin – mit wechselnden Darstellern – anzuschauen. Aber das werden sie noch müssen, sehr oft sogar.

Eigentlich will Seiler noch nicht mal in die Nähe dieses Ordners kommen. Aber auch das wird sie noch müssen.

»Okay, spinnen wir mal«, sagt Seiler, und Novic schaut sie erwartungsvoll an. Es ist ein seltsamer Blick, findet sie, bei dem man nie genau weiß, ob er tatsächlich gespannt auf das lauscht, was sein Gegenüber zu sagen hat, oder nur prüfen will, ob man auf die gleichen Schlüsse gekommen ist wie Novic. Doch im Gegensatz zu den meisten ihrer Kollegen stört dieser Blick Seiler nicht. Er schärft den eigenen, findet sie. Und das kann sie jetzt gebrauchen.

»Da ist also dieser arbeitslose Mafia-Anwalt. Irgendwie baut er Scheiße, und Iwanow wirft ihn raus. Wir wissen aber nicht, wieso.«

»Allzu schwerwiegend kann das Vergehen aber nicht gewesen sein«, wirft Novic ein.

»Richtig. Iwanow wollte ihn demütigen oder was weiß ich. Aber er hat ihn nicht einfach beseitigen lassen. Und wer kann schon sagen, was das für Gründe hatte?«

»Stimmt«, sagt Novic und pikst sich mit der Spitze seines Bleistifts in den Daumen. Und jetzt, findet Seiler, sieht er eindeutig aus, als habe er ehrliches Interesse an ihren Gedanken.

»Hab mir einen Splitter eingezogen«, erklärt er, als er ihren fragenden Blick bemerkt. »In Malinowskis Büro.«

Dann pikst er weiter auf seinen Daumen ein.

»Also, ich bin versucht, Iwanow zu glauben, wenn ich mir Malinowskis Wohnung ansehe. Die stand schon länger leer, und davor hat sie vermutlich ein Penner aufgebrochen und verwüstet.«

»Oder jemand, der zu diesem Zeitpunkt höher in Iwanows Gunst stand als Malinowski.«

Seiler grinst Novic an: »Aber nicht hoch genug, dass ihm Iwanow den Schlüssel mitgegeben hat?«

»Stimmt«, sagt Novic. »Also klammern wir den mysteriösen Nachmieter mal aus. Zurück zu Malinowski.«

»Ja«, sagt Seiler, und ihr Grinsen fällt in sich zusammen. »Irgendwie muss er an Geld gekommen sein, sonst hätte er wohl irgendwann sein Auto und die Uhr versetzt.«

»Prestige«, murmelt Novic.

»Hä?«

»Die Uhr, der Maßanzug und der Audi – all das sind Sachen, die man hat, um andere damit zu beeindrucken. Um, na ja, eben einen gewissen Eindruck zu hinterlassen. Wenn man so was vorhat, sind prestigeträchtige Accessoires wichtiger als eine Wohnung.«

»Hm«, macht Seiler. »Das, oder er wollte bewusst nicht auf dem Radar bestimmter Leute auftauchen.«

»Iwanow, zum Beispiel.«

»Ja«, sagt Seiler. »Oder auf unserem Radar. Zum Beispiel.«

»Okay. Und die …« Novic deutet auf den ockerfarbenen Hefter. »Und das da?«

»Kinderpornografie findet üblicherweise im Internet statt, genauer gesagt im Darknet.«

»Was?«

»Das ist, mal grob gesprochen, der Teil des Internets, der eine Art geschlossene Veranstaltung darstellt. Auf einen Teil der Websites kommt man nur mit Einladung, ansonsten sind die praktisch unsichtbar. Na ja, so hat es mir zumindest Alfons mal erklärt. Und auf solchen Websites tummelt sich dann alles, was irgendwie illegal ist. Da gibt es dann auch Onlineshops und Tauschbörsen und angeblich auch so was wie eBay.«

»Und?«, fragt Novic.

»Nur dass man dort keine gebrauchten Gitarren handelt, sondern alles Mögliche von Drogen über Waffen bis zum Auftragsmord.«

»Oder eben Kinderpornos.«

»Oder eben das, ja.«

»Aber dann wäre das ja praktisch eine ideale Verdienst-möglichkeit für einen Ex-Mafioso, der – aus welchem Grund auch immer – unter dem Radar fliegen und sich trotzdem einen gewissen Lebenswandel erlauben will.«

»Ja«, sagt Seiler. »Das waren so meine Gedanken.«

»Hm. Und Malinowskis Computer ist jetzt bei Alfons im Labor, nehme ich an?«

»Natürlich. Aber Malinowskis Computer ist ein 286er, der noch mit DOS läuft.«

»Der tut was?«, fragt Novic. Vermutlich hätte Seiler auch klingonisch sprechen können.

»Na ja, der ist ein bisschen zu alt, um damit im Internet zu surfen. Aber wer weiß ... vielleicht findet Alfons trotzdem irgendwas raus.«

»Okay«, sagt Novic, »und was machen wir inzwischen?«

»Was ich inzwischen schon gemacht *habe*, ist, mit den Behörden in Moskau Kontakt aufzunehmen. Es gibt da jemanden, der ...«

»Wieso Moskau?«, fragt Novic. »Wegen dem Wodka?«

»Äh ...«

»Stolichnaya«, sagt Novic. »Das Zeug in seinem Büro. Der kommt aus Moskau. Es heißt ›aus der Hauptstadt‹. Lecker.«

Ein typischer Novic, denkt Seiler, und das Grinsen kommt zumindest ein bisschen zurück. Mit so was kennt er sich nun wieder aus.

»Nee, du Schlaumeier«, sagt sie. »Aber auch Malinowski stammt aus Moskau. Da hatte er schon in ›gewissen Kreisen‹ zu tun, bevor er irgendwann hier auftauchte.«

»Sag bloß!«, staunt Novic.

»Ja. Die russischen Kollegen haben auch Akten und so was, weißt du?«

»Hm«, macht Novic, und Seiler glaubt, dass er vielleicht ein bisschen verschnupft klingt. Punkt für mich, denkt sie. »Und was hat dir dein russischer Kontaktmann noch so verraten, Mrs. Bond?«

»Kein Mann«, sagt Seiler, »sondern eine Frau. Und streng genommen ist sie eine Deutsche. Sie arbeitet in Moskau als Übersetzerin. Für die Polizei.«

»Wie auch immer.«

»Ich habe die Fotos rübergeschickt, und sie hat versprochen, dass sie der zuständigen Abteilung Druck macht.«

»Druck macht?«, fragt Novic und klingt enttäuscht. Offenbar läuft das alles nicht in dem von ihm bevorzugten Tempo ab.

»Ich glaube, du unterschätzt die Herausforderungen der Kollegen in Moskau. Beziehungsweise überschätzt ihre Möglichkeit angesichts dessen, was sie dort zu tun haben.«

»Kann sein«, meint Novic.

»Sie meldet sich, okay?«, sagt Seiler und stimmt einen versöhnlichen Ton an, auch wenn sie findet, dass Novic sich manchmal, ach was, meistens, benimmt wie ein ungeduldiges Kleinkind. »Und wenn sie sagt, dass sie sich darum kümmert, dann wird auch was passieren. Aber vermutlich nicht innerhalb der nächsten zwei Stunden.«

»Oder Tage?«

Seiler zuckt mit den Schultern.

»Also, ich kann ein bisschen Russisch«, wendet Novic ein.

»Hab ich mitbekommen. Und?«

»Wenn du willst, könnte ich auch mal dort anrufen und ...«

»Ja«, sagt Seiler. »Und wen genau willst du *dort* anrufen? Den Polizeipräsidenten? Einen der Präfekten? Oder besser gleich den Bürgermeister? Ich denke, die werden alles stehen und liegen lassen, um sich deine Geschichte anzuhören.«

»Ich meine ja bloß ...«, sagt Novic zappelig. Jetzt hackt er mit dem Bleistift förmlich auf seinen Daumen ein.

»Der offizielle Dienstweg ist eine Sackgasse, deren geschlossenes Ende aus Kaugummi besteht«, erklärt Seiler in einem Ton, als bete sie eine Dienstvorschrift herunter.

»Interessanter Vergleich«, sagt Novic anerkennend, aber dann legt er den Bleistift weg, weil er zwar ungeduldig, aber kein Dummkopf ist.

»Den ich zur Genüge ausprobiert habe, als ich wegen der Sache mit den Tschetschenen ermittelt habe, glaub mir. Da gab es jede Menge Kaugummi.«

Und manch einer klebt mir heute noch am Schuh.

»Okay«, sagt Novic, aber nun ist da ein Funkeln in seinen Augen. »Also warten wir jetzt auf Liebesgrüße aus Moskau.«

»Haha.«

»Ja. Und während wir das tun, sollten wir uns vielleicht noch mal mit dem eigentlichen Thema befassen.«

»Äh … und das wäre?«

»Na, der Mord an Herrn Malinowski.«

»Schon klar«, sagt Seiler. »Und ich Dummerchen dachte, wir versuchen gerade, das Motiv für diesen Mord herauszufinden.«

»Ja«, sagt Novic. Jetzt funkelt da eindeutig etwas in seinen Augen. »Aber da gibt es ja noch eine andere Spur.« Er streckt sich umständlich. »Also, ich brauch jetzt einen Kaffee, wie steht's mit dir?«

Seiler deutet auf die volle Kaffeetasse vor ihr auf dem Tisch, die sie bisher noch nicht angerührt hat, aber Novic ist bereits aufgestanden und dabei, seinen Mantel anzuziehen.

Schwarzer Kaffee

Leipzig, Hauptbahnhof

»Hädinger's Backshop«, liest Seiler vor. »Mann, Milo, hast du eigentlich jeden Kaffeeshop in der ganzen Stadt im Kopf?«

»Google«, sagt Novic, und Seiler meint ein kleines Lächeln auszumachen, das die Mundwinkel des Kommissars umspielt. »Ich hatte heute Morgen etwas Zeit.«

Na klar, Google, denkt Seiler. Was sonst? Und dann so tun, als wisse er nicht, was ein 286er ist.

»Der Apostroph gehört da nicht hin«, sinniert Novic, während er auf das beleuchtete Schild über dem Eingang zu dem kleinen Lädchen starrt, das man zwischen eine Buchhandelskette und ein Fast-Food-Restaurant gequetscht hat.

Seiler folgt seinem Blick.

»Der Apostroph, soso. Und mal abgesehen von der Meisterleistung, dass du den Ursprung von Malinowskis letztem Kaffee ausfindig gemacht hast, was machen *wir* hier, Sherlock?«

»Sherlock?«, fragt Novic.

»Vergiss es. Was willst du in dem Laden? Denen ein Foto von Malinowski zeigen?«

»Kaffee trinken?«, schlägt Novic vor. Heute ist er offenbar in besonders amüsanter Stimmung.

Aber einen ordentlichen Kaffee haben sie sich in der Tat redlich verdient, findet Seiler. Dieser Fall, in den sie sich da seit ein paar Tagen voller Inbrunst wühlen, entpuppt sich zunehmend als bodenlose Mistgrube. Die Ergebnisse ihrer bisherigen Ermittlungen sind allenfalls dürftig, und keiner von ihnen hat besonders viel Schlaf bekommen, wenn auch aus unterschiedlichen Gründen. Und das Zeug im Büro ist wirklich einfach ungenießbar, denkt sie.

»Also gut«, sagt sie. »Kaffee. Gute Idee.«

Nachdem sie sich welchen aus dem Backshop besorgt haben, geht Novic zielgerichtet auf die Treppe zu, die sie wieder zurück in das Menschengewühl im Foyer des Haupteingangs führen wird.

»Wie jetzt?«, fragt Seiler. »Das war's?«

Novic schaut sie an, als zweifelte er zumindest ein bisschen an der geistigen Gesundheit seiner Kollegin.

»Natürlich nicht«, sagt Novic dann. »Wir gehen einer Spur nach.«

»Der Spur des Kaffeebechers, schon klar«, erwidert Seiler und versucht, es belustigt klingen zu lassen. »Malinowski – oder sein Mörder, was das betrifft, oder vielleicht irgendwer, den er mal im Auto mitgenommen hat – mag also Kaffee, wie man ihn nur bei Hädinger's bekommt, nur echt mit dem falschen Apostroph, und das Lächeln gibt's gratis dazu.«

»Du hast doch nicht im Ernst geglaubt, dass die Verkäuferin da drin sich an Malinowski erinnern würde?«

Seiler nimmt einen Schluck vom Kaffee. Der ist nicht mal schlecht.

»Natürlich nicht«, sagt Novic. »Es ist aber so, dass es nur einen einzigen Hädinger's Backshop gibt in Leipzig. Oder sonst irgendwo.«

»Aha«, sagt Seiler. »Lass mich raten. Das hat dir ebenfalls Google verraten?«

Wenig später sitzen sie im Büro des Sicherheitsdienstes des Leipziger Bahnhofs und starren auf einen Bildschirm. Wieder einmal fragt sich Seiler, ob sie auf diese Idee auch selbst gekommen wäre. Vermutlich, denkt sie, früher oder später. Aber dieser Punkt geht an Novic.

Der Mann in der tiefblauen Uniform fragt sie nach dem Datum und der ungefähren Uhrzeit, die sie sehen möchten. Laut Weiß ist der Tod irgendwann zwischen acht Uhr abends am vierzehnten Dezember und den frühen Morgenstunden des nächsten Tages eingetreten, das wissen sie.

»Der Backshop hat an Wochentagen bis 22 Uhr geöffnet«, überlegt Novic. »Das stand jedenfalls draußen an der Tür. Mal angenommen, der Kaffee war noch heiß, als er …«, dann denkt er kurz nach. Schließlich bittet er den Beamten, ihm die Aufnahmen ab 20 Uhr zu zeigen.

»Okay«, sagt der und drückt ein paar Knöpfe. »Wir haben fünfzehn Kameras an den Bahnsteigen und zwanzig, die auf dem Außengelände verteilt sind.«

»Fangen wir mit der an, auf der Hädinger's drauf ist.«

»Wie bitte?«

»Hädinger's«, sagt Seiler. »Hädinger's Backshop. Die mit dem Gratis-Lächeln.«

»Äh …?«

Schulterzucken.

Der Typ kennt sich ja bestens aus, denkt Seiler und seufzt. »Zwischen der Buchhandlung und dem Burgerladen?«

»Oh«, sagt der Sicherheitsmann. »Ach so.«

Dann drückt er wieder ein paar Knöpfe, und die Show beginnt.

»Können Sie das irgendwie schneller machen?«, fragt Novic.

»Klar.«

Das Geschehen beginnt im Zeitraffer abzulaufen. Menschen hasten in viel zu schnellen Tippelschritten hierhin und dorthin, emsig wie die Bienen. Aber es werden immer weniger. Der Bahnhof lichtet sich, bis auf gelegentliche Schübe, wenn ein neuer Zug ankommt.

»Der Mann da, der mit dem Kaffeebecher in der Hand«, sagt Novic, aber da ist er schon wieder verschwunden. Gleich darauf taucht er nochmals auf, nur flüchtig, am Rande des Bildes. Der Sicherheitsmann hält es an, sodass der Mann zu einem verschwommenen Fleck in der Ecke des Bildausschnitts wird.

»Der ist jedenfalls nicht mit dem Zug gekommen«, sagt Seiler. »Oder zumindest hat er es nicht eilig, weiterzukommen. Dazu steht er viel zu lange da herum. Ist er es, was meinst du?«

Sie kneift die Augen zusammen, um den Mann besser erkennen zu können. Aussichtslos, das ist nur ein verschwommenes Gewimmel von Pixeln.

»Der trägt einen Mantel«, sagt Novic. Im Auto haben sie keinen Mantel gefunden. Trotz der empfindlichen Kälte, die an dem Tag geherrscht hat und die die Stadt seitdem im Griff hat.

»Stimmt«, sagt Seiler, »aber vielleicht hatte er früher einen an. Es war schweinekalt an dem Abend. Vielleicht hat ihn der Täter mitgenommen.«

»Hm«, macht Novic. »Kriegen Sie den näher ran? So-dass man sein Gesicht erkennen kann?«

»Nicht mit dieser Kamera, nein. Und fragen Sie mich jetzt bitte nicht nach irgendeiner magischen Software mit einem Superzoom oder so was. Das gibt's nur im Fern-sehen.«

»Können wir ihm folgen?«, fragt Novic. »Dem Mann mit dem Becher?«

»Kann ich versuchen«, sagt der Mann und drückt wie-der auf den Knöpfen der Bedienkonsole herum. Das Bild wechselt erneut. Diesmal sehen sie die Eingangshalle, in der sie selbst noch vor ein paar Minuten gestanden ha-ben. Kurz darauf taucht der Mann im schwarzen Mantel auf. Am oberen Absatz der Treppe bleibt er stehen, nippt an seinem Kaffee und geht dann weiter.

»Er ist es, oder?«, fragt Seiler, die wieder die Augen zusammengekniffen hat. Diesmal ist er etwas besser zu erkennen. Das grau melierte Haar, der Bauch, sogar unter seinem schwarzen Mantel deutlich sichtbar. Es könnte hinkommen.

»Die Kameras draußen haben eine bessere Auflösung«, sagt der Sicherheitsbeamte. »Wenn er rausgeht, kann ich vielleicht ...«

Er schaltet auf eine andere Kamera um, und auch diese passiert der Mann mit federnden Schritten. Nochmaliges Umschalten, diesmal auf die Kamera, die auf den Haupteingang gerichtet ist. Die Tür öffnet sich, der Mann kommt heraus, dann bleibt er stehen. Er nimmt noch einen Schluck von dem Kaffee, dann sieht er auf seine Armbanduhr, dann geradeaus, auf etwas, das sich vermutlich auf der anderen Straßenseite befindet.

Jetzt blickt er über seine Schulter. Der Sicherheitsmann friert das Bild ein.

»Er ist es«, schnauft Seiler. »Das ist mit Sicherheit unser Mann, Milo.«

»Da drüben fahren die Straßenbahnen«, sagt der Uniformierte überflüssigerweise. »Sieht aus, als wollte er die nächste erwischen.«

»Nein«, widerspricht Seiler. »Unser Mann ist in keine Straßenbahn gestiegen. Der hatte ein Auto.«

Genau in diesem Moment läuft der Mann los, auf die Straße und die Straßenbahnhaltestelle dahinter zu.

»Dann ist es wohl doch nicht Ihr Mann«, sagt der Uniformierte, stoppt das Bild und lehnt sich in seinem Bürostuhl zurück. Dabei lächelt er Seiler ein klitzekleines bisschen höhnisch an. Oder vielleicht hat dieses Lächeln in seiner Vorstellung ja irgendwas mit Flirten zu tun, schwer zu sagen.

»Verdammt«, flucht Seiler leise. »Dann wohl noch mal ab dem Backshop.«

»Warten Sie«, sagt Novic. »Gibt es nicht auch an der Haltestelle Kameras?«

»Klar«, sagt der Mann vor dem Monitor. »Allerdings gehört das nicht mehr zu unserem Bereich.«

»Können Sie die Aufnahmen besorgen?«

»Sicher«, sagt der Mann und greift zum Telefon. Mit dem Resultat, dass sie ein paar Minuten später das Geschehen betrachten können, das sich an jenem Abend an der Straßenbahnhaltestelle gegenüber des Bahnhofs abspielte.

»Er war nicht wegen der Straßenbahn dort«, sagt Novic und tippt auf den Bildschirm.

Der Mann mit dem Kaffee schlendert auf eine menschenleere Haltestelle zu, das heißt menschenleer bis auf ein Mädchen in einem dicken Sweatshirt mit Kapuze. Sie steht unter dem Dach der Haltestelle und schaut zunächst in eine andere Richtung, bis sie den Mann bemerkt, der auf sie zukommt. Da dreht sie sich – etwas ruckartig – in seine Richtung um.

Die beiden sprechen miteinander, allerdings sieht man nur den Mann wirklich sprechen, das Gesicht des Mädchens ist größtenteils unter ihrer Kapuze verborgen.

Aber ein Mädchen ist es bestimmt. Ein sehr junges Mädchen.

Der Mann kommt ihr langsam näher, während sie reden. Nicht so nah, wie sich Bekannte oder Freunde kommen würden, und sie geben sich auch nicht die Hand oder tauschen irgendeine andere Art von Körperlichkeiten aus. Nicht hier, vor den Kameras. Dann lächelt er. Das sehen sie, weil die Kameras hier drüben besser sind, hochauflösend, und das Gesicht des Mannes einer Leuchtreklame zugewandt ist.

Malinowski lächelt, und das Mädchen friert.

Sie trägt eng anliegende Hosen, die ihre schlanken Beine betonen. Dunkle Jeans oder Leggings, während ihre Kapuzenjacke aussieht, als wäre sie ihr ein paar Nummern zu groß. Jetzt dreht sich der Mann um und geht, und kurze Zeit später setzt sich auch das Mädchen in Bewegung. Einen Moment darauf sind beide aus dem Sichtbereich der Kamera verschwunden.

»Scheiße«, sagt der Uniformierte, »hat der die Kleine da gerade abgeschleppt, oder was?«

Keiner antwortet ihm, das ist auch gar nicht nötig. Jetzt grinst hier niemand mehr.

»Können Sie das Gesicht des Mädchens irgendwie sichtbar machen?«, fragt Novic.

»Das wird schwierig. Es gibt keine Kamera auf der gegenüberliegenden Seite.«

»Verstehe«, sagt Novic, »sehr bedauerlich.«

»Ja. Aber vielleicht kann ich versuchen, ihnen zu folgen.

Dazu müsste ich allerdings wieder mit den Kollegen telefonieren. Könnte eine Weile dauern.«

»Okay, tun Sie das«, sagt Seiler, »aber ich glaube, wir wissen, wo sie hingegangen sind. Sollte etwas anderes passieren, als dass sie und er in einen schwarzen Audi steigen und davonfahren, rufen Sie uns bitte an, ja?«

»Mach ich«, sagt der Uniformierte, und dann, leiser: »Wissen Sie, ich sehe hier jede Menge Scheiße. Leute, die direkt vorm Haupteingang Drogen verticken, durchgeknallte Junkies, Prügeleien. Nutten. Aber das hier … Mann, ich hasse diese Typen. Das sind doch noch halbe Kinder, mein Gott! Wie krank kann man bloß sein?«

Das, findet Seiler, ist in der Tat eine sehr interessante Frage. Und sie befürchtet, dass sie noch lange nicht zur Antwort darauf vorgedrungen sind, falls sie das je werden. Die bodenlose Mistgrube scheint stündlich tiefer zu werden, während sie darin versinken. Und da ist auch keiner, der ihnen ein Seil zuwirft, nicht einer.

Eines schönen Tages, das weiß Seiler tief in ihrem Inneren, wird sich das schmutzige Wasser einfach über ihrem Kopf schließen und sie in die Tiefe ziehen.

Genau wie es damals mit Franz passiert ist.

Vermisst

»Malinowski hat sich also am Bahnhof herumgedrückt, um Mädchen abzuschleppen«, sagt Seiler. »Vielleicht hat ihn das Geschäft mit den Kinderfotos aus Russland ja erst auf den Geschmack gebracht.«

»Vielleicht war's auch umgedreht«, wirft Novic ein und nippt an seinem Kaffee, den er immer noch umklammert, obwohl die Brühe in dem Becher schon seit Stunden kalt sein muss.

»Auf jeden Fall ist es nicht allzu schlimm, dass dieser Anwalt ins Gras gebissen hat«, murmelt Seiler. »Vielleicht hat ihm die Kleine ja eine Kugel in den Kopf gejagt. Notwehr, was weiß ich.«

Novic schüttelt den Kopf. »Nein. Das sah einvernehmlich aus zwischen den beiden.«

Seiler schüttelt sich. »Was immer das bedeuten soll, Milo. Die Kleine war doch noch keine vierzehn.«

Novic zuckt mit den Schultern und schlägt die Akte auf. Die viel zu dick ist für Seilers Geschmack und viel zu schwer. Irgendetwas in ihrem Magen krampft sich dumpf zusammen.

»Mir ist schlecht, Milo. Hab mir bestimmt was eingefangen. Und die russischen Kollegen haben sich in der Sache auch noch nicht zurückgemeldet. Und inzwischen ... Wer weiß, wo die Kinder inzwischen gelandet sind.«

»Ein paar der Fotos sind bereits ein bisschen ausgeblichen«, sagt Novic, »ich denke, das geht schon eine ganze Weile so. Gut organisiert offenbar. Würde mich wundern, wenn wir die Kinder jemals wiederfinden.«

Wie er das so sagt, so ohne jede Regung wie jetzt, denkt Seiler, da kann man verstehen, warum manche Kollegen mit dem Novic so überhaupt nicht klarkommen.

»Du bist echt ein Optimist, Milo.«

Novic schweigt. Er starrt auf die Tafel, an der sie die Fotos der Kinder aus Malinowskis Büro inzwischen aufgehängt haben. Als wären sie in dem Ordner nicht schlimm genug gewesen. Insgesamt sind es sechsundzwanzig. Sechsundzwanzig stumme Vorwürfe, und die Art, wie sie dastehen, nackt und verletzlich oder gekünstelt irgendwem außerhalb des Bildes zulächelnd. Das ist vielleicht noch schlimmer, als wenn sie direkt in die Kamera blicken würden.

»Nein«, murmelt Novic, »es passt nicht. Es passt einfach nicht.«

»Was passt nicht?«, fragt Seiler und ist sichtlich froh, den Blick jetzt wieder ihrem Kollegen zuwenden zu können, statt diesen verflucht armseligen Kindergesichtern. Ja, was passt hier nicht? Abgesehen von – *alles*?

»Erstens, der Kaffee. Und dann die Uhr. Malinowski hat drauf geschaut.«

»Er hat auf seine Armbanduhr geschaut«, bestätigt Seiler. »Na und? Das machst sogar du gelegentlich. Ungefähr hundert Mal pro Tag. Wobei dich da vermutlich mehr die Uhr interessiert als die Uhrzeit darauf.«

»Ja«, sagt Novic, »aber hast du nicht auch den Eindruck, dass er aussieht, als würde er zu einer Verabredung gehen? Er ist ein bisschen zu früh da, also kauft er sich noch einen Kaffee, dann schaut er auf seine Uhr. Jetzt ist es an der Zeit, also geht er rüber ... für mich sah das so aus.«

»Ja, oder er trank eben gern Kaffee und schaute dabei ab und zu auf seine Uhr, um zu erfahren, wie spät es ist. Das würde vermutlich ganz genauso aussehen.«

»Vermutlich, ja«, sagt Novic. »Und wenn die Kinder auf den Fotos nun gar nicht aus Russland stammen?«

»Du glaubst, es sind vielleicht andere, die er aufgegabelt hat? Auf diesem Babystrich am Bahnhof?«

»Ausreißer ...«, sagt Novic.

»Aber die Namen auf den Bildern«, gibt Seiler zu bedenken. »Die waren alle russisch. Hast du selbst gesagt.«

»Ja«, antwortet Novic. »Aber die hat Malinowski selbst drauf geschrieben. Das muss also gar nichts heißen.«

»Verdammt!«, ruft Seiler. »Wenn das stimmt, können sich die Russen ja totsuchen in ihren Akten. Und die Namen könnten genauso gut frei erfunden sein. Völlig nutzlos!«

»Ja«, sagt Novic, »aber vielleicht nicht für uns.«

Seiler reißt die Augen auf.

»Die Vermisstenkartei!«, ruft sie. »Es sind deutsche Kinder. Hier aus der Stadt.«

»Das wäre zumindest eine Möglichkeit«, sagt Novic. »Vielleicht haben wir Glück, und irgendjemand hat mal eins dieser Straßenkids als vermisst gemeldet. Und Straßenkids müssen es sein. Das ist einfach das Sicherste, weil die niemanden haben, der sie vermisst, wenn sie plötzlich verschwinden. Das wird auch Malinowski gewusst haben.«

»Na klar«, ruft Seiler, »und billig ist es noch dazu. Er bietet ihnen ein warmes Plätzchen an, und … Scheiße, Milo. Das ist widerlich.«

Novic nickt düster.

»Dann macht er ein paar Fotos zu seinem privaten Vergnügen«, sagt Seiler und deutet auf die Bilder an der Tafel. »Oder um sie zu verkaufen. Vielleicht an russische Kunden, und daher schreibt er entsprechende Namen auf die Fotos. Vielleicht als eine Art Chiffre.«

Dann fällt ihr etwas ein.

»Vielleicht müssen wir bloß eines von den Kindern finden, die er fotografiert hat. Das führt uns dann vielleicht zu den anderen. Ich meine, die könnten sich ja kennen. Oder sie erkennen Malinowski auf einem Foto.«

»Ja«, sagt Novic, »möglich. Irgendwann müssen diese Kids ja mal irgendwo abgehauen sein. Bevor sie auf der Straße landeten, meine ich. Wir sollten den Suchzeitraum ein bisschen weiter ausdehnen und die Gesichtserkennung drüber laufen lassen. Vielleicht haben wir ja Glück.«

»Okay«, sagt Seiler, »ich schick die Fotos den Kollegen von der Vermisstenstelle rüber.«

Novic nickt und starrt auf die Fotos. Aber eigentlich, das sieht Seiler, starrt er ins Leere.

Der Keller

Die beiden Kinder hocken in der hintersten Ecke des Kellers und pressen ihre zitternden Körper aneinander. Die Decke, die sie um sich geschlungen haben, ist dünn und voller Löcher, und sie stinkt nach Dreck. Manchmal sinken ihre Köpfe auf die Brust, aber dann schrecken sie hoch, in Erwartung der nächsten Salve. Draußen, oben auf der Straße.

Das Geknatter der Schüsse hat vor einer Weile aufgehört, zumindest in der Nähe. Vor einer Stunde oder zwei.

Milo weiß, das hat nicht viel zu bedeuten.

Er hat seiner Schwester seinen roten Wollpullover übergezogen, das einzige Kleidungsstück, das er außer seinem T-Shirt, seinen Jeans und Schuhen am Leibe trug, als sie aus der Schule fliehen mussten.

Das war vor drei Tagen.

Jetzt versucht er, sich unter der löchrigen Decke warm zu halten, indem er die Arme um seinen Oberkörper schlingt und gelegentlich die Muskeln anspannt.

Er hätte dem alten Ninko die Jacke ausziehen sollen, denkt er.

Aber dann hätte er in das blicken müssen, was die Krähen noch vom Gesicht des alten Ninko übrig gelassen haben.

Durch das Loch, das einmal ein Kellerfenster gewesen ist, weht es Schnee und Kälte in den dunklen, muffigen Raum. Er wünschte, er hätte etwas, um das Fenster zuzustopfen.

»Glaubst du, sie sind fort?«, fragt Romana. Ihr kleines Gesicht ist ganz erschöpft, genau wie Milo hat auch sie in dieser Nacht kein Auge zugetan. Er wischt ihr ein wenig Rotz von der Nase und schmiert ihn dann an seinem Hosenbein ab.

»So ist's besser, oder?«, fragt er und lächelt sie an, auch wenn ihn das ungeheure Anstrengung kostet.

Er will eigentlich nicht darüber nachdenken, was oben ist. Nicht über das, was unter der zusammengefallenen Wand liegt. Nicht über die Soldaten. Ob sie wirklich weg sind oder nur warten, bis die letzten Dorfbewohner aus ihren Löchern kriechen?

Ob sie wohl die letzten Dorfbewohner sind?

Romana lächelt tapfer zurück und presst sich an ihn. Ihr kleiner Körper ist warm, und Milo schlägt seine Arme um sie. Versucht, sie nicht spüren zu lassen, dass die zittern, weil er so erbärmlich friert.

»Ich hab Hunger, Milo«, flüstert Romana. Natürlich hat sie das. Sie haben seit gestern Mittag nichts mehr gegessen. Wie lange ist das her? Vierundzwanzig Stunden? Eine Woche? Ein halbes Leben?

In der Ferne das Wummern einer Explosion. Mörsergranaten. Ein paar Kilometer weg, vielleicht im nächsten Dorf. Milo kennt das Geräusch inzwischen gut. Jeder tut das. Jeder, der noch lebt.

»Ich werde hochgehen«, sagt er, und seine Schwester hebt das Gesicht. Blickt ihn aus großen, dunklen Augen an. »Sehen, ob ich was zu essen auftreiben kann.«

»Milo …«, sagt sie und versucht wieder ihr tapferes, kleines Lächeln.

»Du bleibst hier, hörst du? Bewegst dich nicht von der Stelle und bleibst mucksmäuschenstill. Egal, was passiert. Wenn du Schritte hörst oder …«

Er blickt sich suchend im Raum um.

»Wenn du jemanden kommen hörst, versteckst du dich hinter dem Stapel Kisten dort und machst dich ganz klein.«

»Wie wenn wir Mäuschen und Kätzchen spielen?«

»Ja«, antwortet er. »Genauso. Ganz klein.«

Sie nickt. Ernst und tapfer.

Dann steht er auf, legt ihr seinen Teil der Decke um die Schultern und schleicht zur Kellertür. Er schiebt sie auf, Zentimeter für Zentimeter. Das dauert ewig. Aber er schafft es, ohne dass die Scharniere quietschen.

Bevor er durch den Spalt schlüpft, sieht er sich noch einmal nach seiner Schwester um. Legt den Finger an die Lippen.

Sie nickt und wiederholt die Geste.

Ganz leise. Wie das Mäuschen in dem Spiel.

Dann huscht er durch die Tür.

Hier ist die Dunkelheit allgegenwärtig, weil das Licht fehlt, das durch das Loch in den Keller gefallen ist. Und es ist noch kälter hier. Er muss aufpassen, dass seine Zähne nicht zu klappern beginnen, also presst er sie aufeinander, bis die Kiefermuskeln schmerzen.

Dann geht er die Treppe weiter nach oben.

Sie endet unter einer Falltür, und hier beginnt der riskanteste Teil des Weges. Von dem Haus existiert nur noch ein Teil des Erdgeschosses, der Rest sind verkohlte Trümmer, Asche und Staub. Wenn er die Falltür öffnet, wird man das von der Straße aus sehen können.

Er hebt sie vorsichtig an, nur einen Zentimeter oder so, dann lugt er hindurch. Da ist nichts auf der Straße. Kein Geräusch. Nur ein paar Schneeflocken, die träge über die zerklüftete Straße tanzen.

Seltsam, denkt er, dass sich so etwas Schönes wie Schneeflocken auch hierher verirrt. Aber sie bleiben nicht liegen. Als würden sie lieber sterben, als den weißen Schleier der Unschuld über diese Landschaft zu legen, an der nichts Unschuldiges mehr ist.

Dann klappt er die Falltür ganz auf und zieht sich am Rand hoch. Er ist dünn für seine Größe, regelrecht dürr. Klappergestell hat ihn Darko immer genannt, sein bester Freund aus der Schule. Was wohl aus dem geworden ist? Ob Darko noch lebt oder seine Eltern?

Er bleibt mit dem Unterarm an irgendetwas hängen und verkneift sich einen Schmerzensschrei, als der spitze Gegenstand in sein Fleisch schneidet.

Eine Glasscherbe, und sie hat ihn ziemlich übel erwischt. Es ist ein Schlitz, so lang wie seine Hand breit ist, und er füllt sich rasch mit dunkelrotem Blut. Er wird etwas um seinen Arm binden müssen, sobald er wieder unten im Keller ist. Und sie etwas zu essen haben. Denn das ist wichtiger.

Er geht hinter einer der beiden noch verbliebenen Außenwände des Hauses in Deckung. Dann späht er erneut auf die Straße, dreht den Kopf. Sieht in die eine, dann in die andere Richtung.

Nichts.

Der Lebensmittelladen, der sein Ziel ist, befindet sich drei Häuser weiter die Straße hinab. Wenn er über die Straße rennt, könnte er ihn in ein paar Sekunden erreicht haben.

Nein, denkt er dann, zu gefährlich. Wenn sie ihn erwischen, wird Romana in diesem Keller festsitzen. Und wenn sie sie da unten finden ...

Er schlüpft an der Wand vorbei auf das nächste Haus zu, das noch einigermaßen komplett ist, dann betritt er den dazugehörigen Hinterhof. Früher hat hier ein Apfelbaum gestanden, der dem alten Ninko gehört hat. Der hat den Kindern immer reichlich gegeben, wenn sie ihm ein bisschen bei der Ernte halfen. Nun gibt es hier keinen Baum mehr und auch keinen Ninko. Und schon gar keine Kinder.

Er duckt sich hinter die blätterlosen Sträucher und schleicht weiter, bis er schließlich das Lädchen erreicht.

Den Laden selbst haben sie natürlich komplett leer geräumt, aber er weiß, dass Ninko sich einen kleinen Vorrat zurückgelegt hat.

Eine Lektion, das hat er ihnen gesagt, von früher. Von einem der anderen Kriege. Welcher, spielt keine Rolle, letztlich sind sie alle gleich. Ninko jedenfalls wird mit seinen Vorräten nun nichts mehr anfangen können.

Milo hat mit angesehen, wie sie ihn aus dem Laden gezerrt und erschossen haben, mitten auf der Straße, einfach so. Die Leiche lag noch zwei Tage dort und diente den Raben als Nahrungsquelle, weil keiner sich traute, rauszugehen und den alten Ninko zu beerdigen. Die können sich in diesem Jahr wirklich nicht beschweren, die Raben, denkt Milo, denen geht es heuer wahrlich gut.

Aber nach zwei Tagen hat er es nicht mehr mit ansehen können. Also ist er nachts auf die Straße geschlichen und hat den Leichnam des alten Ninko von der Straße gezerrt. Er hätte ihn gern unter seinem geliebten Apfelbaum begraben oder so was, aber das ging natürlich nicht. Also hat er den Körper in das Bombenloch geschoben und ihn mit etwas Erde zugedeckt, die er mit seinen Händen aus dem Boden kratzte, bis seine Finger bluteten.

Was für eine unsägliche Dummheit im Nachhinein. Sie hätten ihn dabei leicht erwischen können, und dann hätte er sich gleich mit zu dem alten Ninko in die Grube legen können.

Inzwischen hat Milo den kleinen, windschiefen Schuppen erreicht, der hinter dem Haus von Ninko auf der

Wiese steht, die jetzt ein schlammiger Morast ist mit einer zerfransten Decke aus Schnee, der nicht recht liegen bleiben will.

Die Tür des Schuppens ist offen, sie haben ihn aufgebrochen. Haben vermutlich Werkzeuge gesucht oder Vorräte oder sie einfach nur zum Spaß eingetreten. Aber Milos Ziel ist nicht der Schuppen, sondern dessen Rückseite. Dort gibt es einen Mühlstein, der eine Betonröhre bedeckt, die der alte Ninko dort in die Erde eingegraben hat. So ein Ding, wie sie es für die Abwasserkanäle verwenden. Den Mühlstein kann man nicht entdecken, wenn man nicht danach sucht, denn auch den hat Ninko vergraben und immer kräftig Erde drauf geschüttet, er hat es Milo höchstpersönlich gezeigt, und Milo musste versprechen, es nicht weiterzusagen.

Ein paar Minuten später liegt Milo auf dem Bauch und schaufelt Erde beiseite. Die ist gefroren, und er hat kein Werkzeug, das ihm die Arbeit erleichtern würde, nicht mal einen Stock. Wie seine Finger so in der harten Erde wühlen, erinnert ihn das wieder an die Leiche des alten Ninko in dem Trichter, wo mal der Apfelbaum stand. Natürlich hat Milo nicht genug Erde drauf geschüttet, damit ihn nicht irgendein hungriger Hund wieder hervorzerren könnte, aber …

Als er den Schrei hört, fährt Milo zusammen.

Romana.

Romana.

Er springt auf und sprintet zu der Ruine zurück, die

einmal ihr Haus gewesen ist. Der Schrei geht immer weiter, erreicht neue, ungeahnte Höhen.

Nein, denkt Milo und spürt, wie ihm die Hitze in die Wangen schießt. Lass sie nicht den Keller verlassen haben. Lass sie nicht um die Wand gegangen sein. Nicht dorthin, wo …

Als er das Haus erreicht, sieht er Romana schon von Weitem. Sein roter Pullover, der viel zu groß ist für ihren kleinen Körper, leuchtet wie eine Signallampe, während sie in den Trümmern dessen steht, was vor Kurzem noch ihr Wohnzimmer gewesen ist, und auf etwas deutet, das da zwischen den Trümmern liegt.

Nein, denkt Milo, nein!

Denn Milo weiß, was dort unter tonnenschweren Trümmern liegt. *Wer* da liegt und noch ein Stück rausguckt. Er hat versucht, den Arm zurück unter die Mauerreste zu schieben, aber es ist ihm nicht gelungen, er hatte nicht die Kraft dazu.

Wie in einem schlechten Gruselfilm hatte die geöffnete Hand unter dem Mauerrest hervorgeragt, die Hand mit den lackierten Fingernägeln. Die Hand, die ihnen beiden unzählige Male liebevoll über die Köpfe gestrichen hatte.

Er hatte die Leiche ihrer Mutter gefunden, als er von seinem armseligen Versuch zurückgekehrt war, den alten Ninko in dessen Garten zu beerdigen.

Jetzt steht Romana da.

Und schreit.

Und sie ist nicht länger allein.

Später wird Milo sich an die Ereignisse wie durch einen matten Schleier erinnern, und wann immer er das tut, ist es, als laufe das Geschehen in Zeitlupe ab.

Wie in einem Traum.

Er kann sich nicht erinnern, woher der Stein in seiner Hand kommt. Vermutlich muss er ihn vom Boden aufgelesen haben, ein Ziegel, ein Trümmerstück.

Er sprintet weiter, rennt auf den Soldaten zu, den seine Schwester nicht sehen kann, weil sie die Hand ihrer toten Mutter umklammert hält, die seit drei Tagen dort draußen in der Kälte unter der Wand ihres Hauses liegt. Er bemerkt, dass sich Romana nass gemacht hat, und als er zum Sprung ansetzt, ist sein letzter Gedanke, dass sie die Strumpfhose ausziehen muss, weil sie sich sonst erkälten wird.

Dann saust der Stein auf den ungeschützten Hinterkopf des Soldaten herab. Die Wucht ist so groß, dass Milo spürt, wie der Schädelknochen ein Stück nachgibt. Der Mann taumelt zwei weitere Schritte auf das kleine Mädchen zu, das ihn noch immer nicht bemerkt.

Milo reißt den Stein in die Höhe und schlägt noch einmal zu. Der Soldat stürzt und dreht sich noch im Fallen zu seinem Angreifer um, das heißt, er versucht es.

Etwa eine halbe Drehung, bevor er der Länge nach auf dem Boden aufschlägt und Milo aus trüben Augen ungläubig anstarrt, so als weigere er sich zu glauben, von einem kleinen Jungen niedergeschlagen worden zu sein.

Milo sieht, wie der Ziegel ein drittes Mal herabsaust.

Er sieht aus, als habe er ihn in rote Farbe getaucht. Dann explodiert das Gesicht des Soldaten mit einem furchtbaren Knirschen, und der Stein verwandelt die Nase, die Lippen und den größten Teil der Schneidezähne des Mannes zu Brei.

Dabei bricht der Ziegelstein in zwei Teile. Das Gewehr des Soldaten, das er vor ein paar Sekunden noch auf Romana gerichtet hat, fällt neben ihm zu Boden. Milo lässt die Hälfte des Steins fallen, den er noch in seiner Hand hält und greift nach dem Gewehr.

Dann erst sieht er wieder zu Romana. Die Kleine starrt ihn aus weit aufgerissenen Augen an. Ihr Gesicht ist kalkweiß, die Lippen ein blasses, erstauntes ›O‹.

»Komm!«, sagt Milo, und dann packt er seine kleine Schwester bei der Hüfte. Hebt sie auf, als wäre sie ein Baby. Sie lässt es geschehen.

Willenlos, wie eine Puppe.

Paula

Bei elf Kindern wird der Computer tatsächlich fündig. Sechs davon stammen aus Leipzig beziehungsweise aus kleinen Dörfern in der Nähe, der Rest der Kinder aus dem gesamten Bundesgebiet. Die Vermisstenanzeigen reichen zurück bis ins Jahr 2015, das erste Kind auf der Liste wurde im Januar als vermisst gemeldet. Im folgenden Sommer gab es eine Flaute, ab Spätherbst gibt es die nächsten Übereinstimmungen.

Natürlich, denkt Seiler und verzieht angewidert das Gesicht, die kalte Jahreszeit. Dann funktioniert das mit dem warmen Plätzchen natürlich am besten.

Die restlichen Kinder wurden nie als vermisst gemeldet, oder der Computer hat sie nicht erkannt. Fast möchte Seiler sich einreden, dass es Letzteres ist. Insgeheim weiß sie es besser. Aber nun haben sie zumindest eine Spur. Besser als gar nichts.

»Glaubst du, sie könnte es sein?«, reißt Novic sie aus ihren trübsinnigen Gedanken. Seiler hebt den Blick.

»Hm?«

Novic zeigt auf das Foto eines Mädchens, das einen dunklen Sport-BH trägt und einen dazu passenden Slip und sonst gar nichts und das eingeschüchtert auf etwas außerhalb des rechten Bildrahmens starrt. Wie alle anderen.

»Sie heißt Paula Lamert«, sagt Novic und tippt auf den Computerausdruck der identifizierten vermissten Kinder. »Sie wurde am siebten Dezember dieses Jahres als vermisst gemeldet, also erst vor ein paar Tagen. Das letzte Kind davor schon im August. Am vierzehnten Dezember war Malinowski das letzte Mal am Bahnhof und ist mit einem Mädchen fortgegangen, in der Nacht seines Todes. Sieben Tage nachdem sie verschwunden ist, also.«

»Verstehe«, sagt Seiler und kneift die Augen zusammen, während sie zwischen beiden Bildern hin und her blickt. Auf dem Bildschirm ist jetzt ein Standbild der Überwachungskamera zu sehen, Novic hat es sich schicken lassen. Die Silhouette eines schlanken Mädchens in engen Jeans und einem viel zu großen Kapuzenpullover.

»Das könnte sie doch gewesen sein, oder?«, fragt Novic. »Das Mädchen vom Bahnhof. Vielleicht war es ja nicht das erste Mal, dass er sie zu sich eingeladen hat.«

»Könnte schon hinkommen«, sagt Seiler. »Ja, das könnte sie sein. Ist jedenfalls die beste Chance, die wir im Moment haben.«

»Dann sollten wir uns zuerst auf sie konzentrieren«, sagt Novic und greift zum Telefon. »Wenn sie lange genug bei ihm war in dieser Nacht, hat sie vielleicht etwas beobachtet. Vielleicht sogar den Mörder.«

»Ja«, sagt Seiler düster. »Das befürchte ich auch.«

Brokkoli

Leipzig, Waldstraßenviertel

»Ich hab Brokkoli gemacht«, sagt ihre Mutter mit leicht schleppender Stimme. »Den magst du doch.«

Sie sagt es zu niemand Bestimmtem, und Elise kann sich nicht erinnern, dass jemand in diesem Haus irgendwann behauptet hätte, Brokkoli zu mögen. Aber selbstverständlich schweigt sie. Schweigen ist etwas, das – im Gegensatz zu Brokkoli – in diesem Haus in hohen Ehren gehalten wird. Geschwiegen wird hier viel und oft oder bisweilen auch gebrüllt. Aber nur, wenn man ganz sicher sein kann, dass es draußen niemand hört.

Elise starrt auf das zerkochte Gemüse und muss wieder an Aljoscha denken. Lustlos sticht sie die Zinken der Gabel einem der Brokkolidinger in den Kopf. Blöder Arsch.

Aber vielleicht ist in Wirklichkeit ja sie der blöde Arsch? Was hat er denn so furchtbar Schlimmes getan? Mit ihr abhauen wollte er, na und? Was treibt sie denn schon anderes, als abzuhauen, wenn sie sich nachts aus dem Haus stiehlt? Wenn sie im Spielhaus ihre Klamotten wechselt, um endlich mal frei zu sein. Was tut sie denn anderes, als abzuhauen aus diesem kaputten Irrenhaus mit den kaputten Irren darin, die sich ihre Eltern nennen?

Bloß kommt sie jedes Mal zurück.

Wütend sticht sie mit der Gabel noch mal nach dem Brokkoli und schnippst ihn dabei unabsichtlich vom Teller. Er landet auf dem Tischtuch, wo er eine kleine Sauerei verursacht. Erst an dem Schweigen, das daraufhin abrupt eintritt, merkt sie, dass ihre Eltern sich die ganze Zeit ›unterhalten‹ haben müssen, und zwar ziemlich laut. Wie so oft.

»Elise!«, sagt ihr Vater. »Was soll das?«

Ja, Elise, denkt sie, was soll das? Warum schnippst du mit dem Brokkoli herum? Warum bist du so ein böses Kind? Warum ist deine Mama eine Alkoholikerin? Warum magst du nicht mehr auf Papas Knie reiten, hm? Warum treibst du dich draußen herum mit irgendwelchen Asozialen? Und dieser Krach, den du Musik nennst? Also wirklich!

Sie weiß, dass sie sich entschuldigen und den Brokkoli vom Tisch nehmen sollte. Leise und ohne viel Aufhebens darum zu machen und die Soße mit ihrer Serviette abtupfen, und dann würde alles wieder seinen geregelten Gang gehen.

Aber sie kann nicht, sie kann sich einfach nicht bewegen.

Kann nichts tun, als den blöden Brokkoli anzustarren und den kleinen Soßensee, der sich darum gebildet hat. Lustiger kleiner Soßensee um die lustige kleine Brokkoliinsel.

Ein glucksendes Kichern bricht sich seine Bahn. Mit

aller Kraft versucht sie es zu unterdrücken, und dabei treten ihr Tränen in die Augen. Und das Lustige daran wiederum ist, dass ihre Eltern jetzt glauben müssen, dass sie heult. Aber ihr ist gar nicht nach Heulen. Sie kann einfach nicht aufhören, an den bekloppten kleinen See und die dumme Insel aus Gemüse darin zu denken und wie brüllend komisch das ist.

Ob da wohl kleine Männchen drauf leben? Die Brokkolier? Oder die Brokkolaner? Die Brokk vom Planeten Brokkol?

Das ist zu viel, das Kichern muss einfach aus ihr heraus.

»Elise«, sagt ihre Mutter leise, bittend. Beinahe flehend. »Elise, bitte!«

Ja, denkt sie, Elise, bitte, was sollen denn die Nachbarn denken? Oder Papas Kollegen in der Kanzlei? Du blamierst uns noch, Elise! Was bist du nur für ein furchtbar böses Kind!

Sie kann einfach nicht aufhören zu kichern, auch nicht, als die Tränen ihre Wangen herabrinnen, denn das kitzelt, und irgendwie ist auch das lustig. Traurig. Komisch. Alles zugleich. Sie weiß, wenn sie aufblickt und durch die Tränen ihre Eltern ansieht, werden ihre verschwommenen Gesichter wie Ballons sein, die über ihr schweben. Aufgeblasene Scherzballons mit erhobenen Zeigefingern und *übertrieben* ernsten Gesichtern. Was bist du für ein böses Kind!

Heb den Brokkoli auf, Elise, blamier uns doch nicht so! Denk an die Nachbarn! Rette die Brokkolaner, na los!

Prustend bricht sich das Lachen seine Bahn, und mit ihm fliegen ein paar zerkaute Brokkolaner auf das Tischtuch.

Ups!

»Elise!«, ruft ihr Vater. Er benutzt seine laute Stimme, die strenge. Die, die er häufiger verwendet in letzter Zeit, und bei Mama hat er damit angefangen. Ungefähr zu der Zeit, als sie auch schon vormittags regelmäßig eine Fahne hatte.

Was für ein Zirkus, denkt Elise. Ein Brokkolizirkus!

Einfach unmöglich, mit dem Lachen aufzuhören. Schlichtweg nicht drin. Keine Chance!

»Elise«, seine Stimme wird noch lauter, ist beinahe ein Brüllen. Früher hat sie das zusammenschrecken lassen. Jetzt nicht mehr. Jetzt kann sie nur noch lachen, lachen oder heulen, was auch immer das ist, was sie gerade tut.

»Reiß dich zusammen, verdammt!«, ruft er. »Mach das weg und iss dein Gemüse!«

»Nein«, sagt sie leise, und urplötzlich ist ihr Lachanfall vorbei, einfach so.

Ihre Stimme bebt, und da ist ein Kloß in ihrem Hals, der bestimmt vom Heulen kommen muss. Ja, jetzt ist es ziemlich sicher ein Heulen. Irgendwann muss das Lachen einfach unmerklich ins Gegenteil übergegangen sein. Merkwürdig.

Das Schweigen wird eisig, und ohne hinzusehen, weiß sie, dass die wässrig-blauen, leicht geröteten Augen (das sind sie nämlich meistens) ihrer Mutter jetzt groß werden und sie hektisch zwischen Elise und ihrem Vater hin und her blickt. Auch das ist nur Teil des Theaters, der Zirkusvorstellung, die immer den gleichen Ablauf hat.

Nein, denkt Elise, nicht heute.

»Friss es doch selber, Arschloch«, empfiehlt sie dem armen Brokkoli vor ihr auf dem Tischtuch, denn sie schafft es nicht, ihren Vater dabei anzusehen.

Vermutlich trifft sie der Schlag deshalb völlig unvorbereitet.

Ein lautes Klatschen, ihr Kopf fliegt zurück mit einer Wucht, die sie vom Stuhl rutschen und hart auf dem Boden aufschlagen lässt. Erst als ihr Hintern auf die Fliesen plumpst, begreift sie, dass ihr Vater sie gerade geschlagen hat. Ins Gesicht und mit voller Wucht.

Ihre Wange brennt, aber das bekommt sie nur am Rande mit. Fassungslos starrt sie hinauf in das wütende Gesicht ihres Vaters, das von ganz weit oben, jenseits des Tisches, zu ihr hinunterstarrt. Und es ist doch kein Scherzballon.

Das, was sie in seinen Augen sieht, ist nicht einmal Hass oder Enttäuschung, sondern vielmehr gekränkte Eitelkeit. Davon abgesehen sind seine Augen kalt. Die Augen von jemandem, der sich schon längst von allen Bewohnern dieses Hauses verabschiedet hat und seiner Wege gegangen ist.

»Ich hab die Schnauze voll von diesem Affenzirkus«, sagt ihr Vater. »Ich hab es bis hierhin mit euch.«

Es klingt wie eine sachliche Feststellung. Eine unverrückbare Tatsache. Bedauerlich vielleicht, aber eben nicht zu ändern.

Dann steht er auf und stapft aus dem Zimmer. Elise hört, wie er im Flur in seine Schuhe und in seinen Mantel schlüpft. Dann schließt er die Haustür hinter sich. Leise, und vermutlich lächelt er sanft dabei, als ob er nur noch schnell etwas zu erledigen hätte. Wegen der Nachbarn natürlich, falls einer schaut.

Alles in bester Ordnung im Hause Berger!

Doch in Wahrheit ist schon längst nichts mehr in Ordnung, das hat Elise heute Abend begriffen. Im Hause Berger ist schon vor langer Zeit alles aus den Fugen geraten, und Elise glaubt, dass auch sie allmählich genug von diesem Affenzirkus hat. Sie bleibt noch ein bisschen sitzen und spürt dem Schmerz auf ihrer Wange nach, drückt mit der Zungenspitze prüfend gegen ihre Zähne. Sie schmeckt ein bisschen Blut in ihrem Mund.

Es ist das erste Mal, dass er sie geschlagen hat, aber dafür hat er ganze Arbeit geleistet. Den Abdruck seiner Hand auf ihrer Wange wird man bestimmt noch eine Weile sehen können.

Ihre Tränen sind versiegt, merkwürdigerweise, und auch den Schmerz nimmt sie nur wie aus der Ferne wahr. Dafür heult ihre Mutter jetzt wie ein Schlosshund. Sitzt einfach da, knetet das Tischtuch in den Händen und starrt auf die Leere ihr gegenüber, wo bis vor Kurzem noch Papa gesessen hat, während sie sich die Augen aus dem Kopf heult. Elise scheint sie gar nicht zu bemerken.

Erst als ihre Tochter sich vom Boden aufrappelt, wendet sie ihr das verheulte Gesicht zu, bedenkt sie mit einem abwesenden Lächeln. Einem *Lächeln*!

»Du musst dich bei Papa entschuldigen«, sagt sie dann. Zieht die Mundwinkel noch ein bisschen mehr nach oben. Elise findet, das sieht aus, als hätte sie einen Krampf und ziemliche Schmerzen dabei.

Wortlos wendet sie sich ab, geht nach oben in ihr Zimmer und zieht ihre Sporttasche unter dem Bett hervor. Sie kippt den Inhalt auf die Matratze und füllt die Tasche hastig mit ein paar Klamotten. Dabei fällt ihr der Teddy in die Hand, den ihr Opa geschenkt hat, bevor er ins Heim musste. Urzeiten ist das her. Sie mochte das Ding immer, weil es so alt ist und offenbar eine Handarbeit. Jemand hat sich hingesetzt und seinem Kind einen Teddy gebastelt, anstatt nur in irgendein Geschäft zu rennen und irgendwas zu kaufen. Damals, in einem fernen Land vor langer Zeit, als die Leute noch Zeit für ihre Kinder hatten.

Sie streichelt über den Kopf, der mit ausgeblichenem braunem Stoff überzogen ist. Eins der Knopfaugen fehlt, und so ist es, als würde der Teddy ihr zublinzeln. Nein, denkt sie, Kinderkacke. Sie wirft ihn quer durchs Zimmer, wo er mit einem leisen Ploppen gegen die Wand knallt und dann davor liegen bleibt.

Dann kramt Elise ihr Handy hervor und ruft Aljoscha an. Es wird Zeit, dem Affenzirkus Lebewohl zu sagen.

Diesmal für immer.

Raubkatzen

Im trüben Schein der einzigen noch funktionierenden Straßenlaterne kramt Aljoscha das Bündel hervor und beginnt, die Scheine zu zählen.

Nicht schlecht, beinahe eintausend Euro inzwischen. Und das Beste daran ist, dass er Sergej nichts von dem Geld abgeben muss. Das wird nicht in den Schuhkarton wandern, sondern in sein eigenes Versteck. Er muss nur weiterhin die Klappe halten. Und das wird er. Aljoscha kann schweigen wie ein Grab, wenn es sein muss.

Grinsend steckt er das Bündel zurück in die Tasche und läuft auf den dunklen Eingang zu – die Lampe ist ebenfalls seit Ewigkeiten kaputt –, dann verschwindet er im Haus.

Die Gestalt, die ihn aus den Schatten jenseits des einsamen Lichtkegels heraus beobachtet, bemerkt Aljoscha nicht. Sie ist ihm gefolgt, den ganzen Weg vom Bahnhof bis hierher. Aber der Schnee fällt dicht, und Aljoscha war die ganze Zeit in Gedanken woanders. Bei dem Geld, ja. Aber auch bei Elise. Irgendwie ist sie komisch, und manchmal redet sie so geschwollen daher. Muss wohl an dieser bescheuerten Schule liegen, auf die sie geht. Warum auch immer sie sich diese Mühe überhaupt macht. Ist ja nicht so, dass sie später mal studieren wird. Oder irgendwas in der Art. Ein gehässiges Grinsen stiehlt sich auf Aljoschas Lippen.

Aber irgendwie, denkt er, ist sie auch ziemlich süß. Fast schon schade drum. Wenn er nur an ihre Augen denkt und wie groß die geworden sind, als sie das Katzentattoo auf seinem Arm gesehen hat. Sergej mag sich darüber lustig machen, und er hat schon recht, besonders gelungen ist es wirklich nicht, die Linien sind zu tief gestochen und deshalb ein bisschen verschwommen. Aber es erfüllt seinen Zweck. Jedes Mal aufs Neue.

Als er oben angekommen ist, hämmert er an die Wohnungstür. Die Klingel hat noch nie funktioniert. Sie brauchen keine, weil hier sowieso niemand ohne Vorankündigung herkommt, das ist ja der Witz bei der Sache.

Sergej reißt die Tür auf, und Aljoscha blickt in den Lauf einer Waffe, die ihm sein Bruder vors Gesicht hält. Dann krümmt sich dessen Zeigefinger um den Abzug und zieht ihn dreimal in schneller Folge durch.

Klick, klick, klick!

»Du bist tot, Affengesicht!«, ruft Sergej und grinst ihn an.

»Blödmann!«, sagt Aljoscha und tritt ein.

»Bratijk!«, ruft Sergej. »Brüderchen!« Er umarmt ihn und bläst ihm dabei eine intensiv nach Alkohol duftende Atemwolke ins Gesicht. Die Wohnung riecht penetrant nach Haschisch, auf dem überquellenden Aschenbecher liegt ein Joint von gut sieben Zentimetern Länge, daneben steht eine Flasche Wodka.

»Bist in Partylaune, wie?«, fragt Aljoscha.

»Komm, Brüderchen«, sagt Sergej, »setz dich zu mir. Man darf die Gäste nicht zu einem leeren Tisch einladen!« Das ist eine alte russische Floskel, und soweit sich Aljoscha erinnern kann, geht es dabei eher ums Essen als um Drogen und Sauferei, aber welche Rolle spielt das schon? Er greift nach dem Joint und zieht daran, während ihn sein Bruder aus Augen anstarrt, die nur noch aus Pupillen zu bestehen scheinen.

Es ist fast ein bisschen wie früher.

»Wir sollten von hier verschwinden«, sagt Aljoscha, während er sich, den Joint in der Hand, in die weichen Polster sinken lässt.

»Warum sagst du das?«

»Es kotzt mich an, immer nur der Handlanger von jemandem zu sein. Ich will eigene Geschäfte machen. Richtiges Geld verdienen.«

»Na, dann geh doch zu deinem reichen Onkel nach Moskau«, schlägt Sergej kichernd vor. Der einzige reiche Onkel, den sie kennen, wohnt nicht in Moskau, aber zu dem werden sie in dieser Sache bestimmt nicht gehen.

»Ach, halt dein Maul«, sagt Aljoscha. »Bei den meisten Weibern zieht so was eben. Die wissen doch überhaupt nicht, was drüben in Moskau abgeht. Na ja, bis sie's dann erfahren, natürlich.«

Sergej kichert wieder. »Aber du musst sie echt besser

in den Griff bekommen, Brüderchen. Wie die letztens davongestürmt ist, meine Herren ... die hat echt Feuer in ihrem kleinen Puppenarsch.«

»Die kriegt sich schon wieder ein«, sagt Aljoscha mit Bestimmtheit.

»Soll sie mal besser«, sagt Sergej. »Und zwar schnell, wenn's geht. Hab schon bei Michail angerufen.«

»Und?«

»Ist nicht rangegangen. Vermutlich gerade ›geschäftlich‹ unterwegs mit einer seiner kleinen Freundinnen. Du weißt ja, wie er ist. Der Kerl mag ein Pidor sein, aber er hat seine Weiber jedenfalls im Griff.«

»Das hab ich auch«, sagt Aljoscha, und dann tut er so, als würde er mit einer unsichtbaren Peitsche schnalzen. »Hopp, hopp, kleine Kiska! Mach Männchen! Spring durch den Reifen!«

»Katzen springen nicht durch Reifen, du Blödmann!«, sagt Sergej und nimmt noch einen tiefen Zug von dem Joint.

»Tun sie doch!«, ruft Aljoscha und verpasst ihm einen Knuff. »Löwen und so. Tiger. Das sind alles Katzen, du Bolvan!«

»Du bist selbst ein ...«, beginnt Sergej und macht sich bereit, seinem Brüderchen eine Lektion in Sachen Raubkatzen und brennende Reifen zu erteilen. In diesem Moment klingelt Aljoschas Handy, und das gewährt dem kleinen Bruder eine Gnadenfrist.

Aljoscha kramt es hervor, sieht die Nummer auf dem

Display und grinst. Dann lässt er es ein weiteres Mal klingeln.

»Was, Mann?«, ruft Sergej. »Sag schon. Wer ist es?«

»Das Kätzchen«, erwidert Aljoscha. »Ich hab doch gesagt, die Kleine kriegt sich wieder ein. Und jetzt kommt sie angekrochen, auf dem Bauch. Das tun sie doch alle.«

18. Dezember

»Nein«, sagt Novic und kneift die Augen zusammen. »Hier steht, er hat eine Akte?«

»Oh«, sagt Weigand, »ja. Er saß sogar mal ein paar Tage in Untersuchungshaft, stand unter Verdacht, in einen Raubüberfall verwickelt gewesen zu sein, aber man hat's ihm nicht beweisen können. Wenn Sie mich fragen, war das sowieso Blödsinn. Der Lamert ist vielleicht nicht gerade ein Genie, aber ich kann mir den nur schwer mit einer Sturmmaske und einer Waffe im Anschlag vorstellen. War wohl einfach zur falschen Zeit am falschen Ort.«

»Kommt darauf an«, sagt Novic. Und er hat recht, findet Seiler. Psychologische Gutachten gehören eindeutig nicht zu Weigands Aufgabenbereich, genauso wenig wie das Ziehen voreiliger Schlüsse.

»Kommt worauf an?«, beharrt Weigand, der Polizist, der noch an das Gute im Menschen glauben will.

»Kommt darauf an«, antwortet Novic nachdenklich, »wie verzweifelt jemand ist.«

Verzweiflung

24. Dezember 2014
Leipzig-Leutzsch

Als es klingelt, weiß sie, dass etwas passiert sein muss. Genau genommen ist ihr das schon seit ungefähr einer Stunde klar. Franz ist in letzter Zeit nicht der Pünktlichste, stimmt schon, aber sie und Jonas am Weihnachtsabend sitzen zu lassen, das passt nun auch nicht zu ihm. Soweit sie weiß, hat er auch keine Schicht.

Andererseits, denkt sie bitter, sich durch die halbe weibliche Belegschaft seiner Abteilung zu vögeln, *das* hätte früher auch nicht zu ihm gepasst. Noch vor ein paar Jahren wäre das eine wie das andere undenkbar gewesen, aber dann kam Jonas, und seitdem ...

Seitdem hat er sich verändert, der Franz. Irgendwann um diese Zeit hat er nämlich richtig mit dem Saufen angefangen. Oder erst mal mit dem Trinken, aber das Saufen hatte nicht lange auf sich warten lassen, wie das eben so ist. Und sie hatte nichts gesagt, weder zu dem einen noch zu dem anderen. Hatte geglaubt, es sei eine Phase, die er überwinden würde, die Midlife-Crisis vielleicht. Er würde es überwinden, und dann würde alles wie früher sein, hatte sie geglaubt.

Wie das eben so ist.

Während sie zur Tür geht, versucht sie, sich an den Tag zu erinnern, als Franz zuletzt hier geschlafen hat und ob er da nüchtern gewesen war. Natürlich nicht, nicht einmal ansatzweise. Die Phase mit dem Leugnen hatten sie doch da schon längst hinter sich. Aber auch das hatte sie toleriert und war sich benutzt vorgekommen dabei und Schlimmeres. Und hatte es ihm verschwiegen, natürlich.

Aber an Heiligabend wollte er da sein, das hatte er ihr felsenfest versprochen. Und plötzlich weiß sie mit Gewissheit, dass Franz diesmal nicht bloß mit ein paar Knochenbrüchen im Krankenhaus liegt oder sein Auto geschrottet hat oder – beinahe kommt ihr diese Möglichkeit lächerlich vor – endgültig vom Dienst suspendiert worden ist, weil einer der von ihm verprügelten Verdächtigen gegen ihn Anzeige erstattet hat.

Diesmal ist es was Ernstes.

Sie ist froh, dass Jonas inzwischen schläft. Er hat den ganzen Abend gefragt, wo Papa bleibt, und zum Schluss wurde er so weinerlich, dass sie so getan hat, als telefoniere sie mit Franz, aber in Wirklichkeit hat niemand am anderen Ende abgenommen. Nur damit Jonas Ruhe gibt, und jetzt kommt sie sich deswegen unsagbar schäbig vor. Aber was hätte sie denn machen sollen?

Als sie die Tür öffnet, stehen zwei uniformierte Polizisten draußen und einer in Zivil. Den kennt sie, er heißt Weigand. Vermisstenabteilung. Da, wo sie Franz zuletzt hinversetzt haben. Franz Seiler, einst der gefeierte Star des Drogendezernats, dann Betrug und zum Schluss die Vermisstenakten. Und das auch nur, weil Franz Seiler immer noch die richtigen Leute kennt, auch wenn das inzwischen deutlich weniger geworden sind als früher noch.

Sie lässt die drei ein, die betretene Gesichter zur Schau stellen, aber vielleicht ist das ungerecht, so etwas zu denken. Sicher haben sie keinen Spaß dran, so etwas am Weihnachtsabend machen zu müssen, und dann noch bei einer Kollegin. Irgendwie begreift sie erst jetzt, dass *sie* die Kollegin ist, wegen der sie hier sind. Und dass sie wegen Franz hier sein müssen, weshalb sonst? Ihre Gedanken haben sich zu verknoten begonnen, es ist, als stapfe sie auf langen Beinen durch einen Traum, der gar nicht ihr eigener ist.

»Es ist was mit Franz, nicht wahr?«, fragt sie, und Weigand nickt. Auf seinem Mantel taut der Schnee und tropft den Teppich im Flur voll.

»Ist er …«

Das klingt wie aus einem Film, denkt sie. Aber was sagt man in einer solchen Situation, was sagt man da bloß?

Weigand nickt wieder und hält ihr die Hand hin. Sie begreift nicht, starrt nur die Hand an.

Franz, denkt sie, Franz ist tot.

Tot.

Und immer noch ist ihr, als wäre das alles überhaupt nicht real. Nicht ihre Geschichte, sondern die von jemand anderem. Weil das Unglück immer nur den anderen passiert.

Sie hebt dann den Kopf, um Weigand ins Gesicht zu schauen.

»Wenn wir irgendetwas tun können«, sagt der mit gequältem Gesichtsausdruck. Wieder so eine Floskel. Weigands Augen glänzen feucht.

Sie starrt ihn an.

Irgendetwas tun.

Was tun?

Was denn nur?

Dann begreift sie, dass Weigand wirklich nicht nur so tut, als ob. Dass es ihm ehrlich nahegeht. Und dass er kurz davor ist, selbst die Beherrschung zu verlieren und loszuheulen. Und ja, das wäre wohl die angemessene Reaktion. Die Reaktion, die sie eigentlich zeigen müsste. Aber … aber sie kann nicht.

»Er hat …«, stottert Weigand. »Mit seiner Dienstwaffe, er …«

Seine Stimme bricht ab, und jetzt treten wirklich Tränen in seine Augen, die Hand hält er ihr immer noch ausgestreckt hin, wie die Hälfte einer nicht zu Ende gebauten Brücke. Sie ignoriert die Hand und nimmt Weigand stattdessen in die Arme, zieht ihn zu sich heran, tropfnasser Mantel und alles. Hört den großen Mann schluchzen, an ihrem Ohr. Riecht Zigaretten und Büromuff und Schweiß.

»Es ist okay«, flüstert sie dann. »Ist schon okay.«

Weigand nickt stumm, den Kopf an ihre Schulter gepresst. Da wird ihr klar, dass er es gewesen sein muss, der Franz gefunden hat, und sie drückt ihn noch ein bisschen fester an sich. Sie vergießt keine einzige Träne. Das kommt erst später.

Adrenalin

»Hast du so was schon mal gemacht?«, fragt er und leckt sich die Lippen, während er seine Blicke über ihren Körper gleiten lässt.

»Klar«, sagt sie betont kühl. »Sehr oft sogar.«

Hofft, dass er das Zittern in ihrer Stimme nicht hört. Denkt: *Du hässlicher alter Sack! Der Einzige, mit dem ich so was jemals tun würde, bist ganz bestimmt nicht du. Wirst dein blaues Wunder schon noch erleben!*

Dabei wirkt der Typ eigentlich ganz nett. Er hat sie während der Fahrt ein paarmal angeschaut, klar, und sie hat schon gemerkt, dass er irgendwie geil auf sie ist, an seinen Blicken und so. Aber er hat seine Hände die ganze Zeit über am Lenkrad gelassen. Immerhin.

»Also«, sagt sie, »womit fangen wir an?«

Sie findet, dass das ziemlich professionell klingt. Er verzieht den Mund zu einem hässlichen Grinsen, während ihm bestimmt sonst was durch den Kopf geht, das er mit ihr anstellen will. Perverses Schwein, denkt sie.

Wieder spürt sie überdeutlich, wie ihr Herz klopft, kann das Wummern in ihren Ohren hören. Obwohl sie weiß, dass sie jetzt in Sicherheit ist. Weil er hier ist, gleich hinter diesem Spiegel da, in dem sich der alte Sack gerade selbst betrachtet, als ob das ein schöner Anblick wäre. Der Mann ist Ende fünfzig, mindestens, und fett wie ein Silvesterkarpfen, seine Haut voller Falten, richtig schrumpelig, und die Tätowierungen darauf sind geradezu abstoßend. Wie einer von diesen Opas, die mit einer Harley draußen rumfahren und sich einbilden, sie wären Rocker. Klar, dass einer wie der Frauen dafür bezahlen muss, dass die es mit ihm machen. Fettes, perverses Schwein.

Als der Kerl sich lange genug im Spiegel selbst bewundert hat, antwortet er ihr schließlich.

»Ich will, dass du dich ein bisschen hier neben mich hinsetzt. Oder nein. Setz dich auf meinen Schoß, ja? Dann spielen wir ein bisschen ›Hoppe, hoppe, Reiter‹. Das wird dir gefallen.«

Wird es ganz bestimmt nicht, du ekelhaftes Schwein, denkt sie. Aber was gleich kommt, wird *dir* noch viel weniger gefallen.

Sie zieht sich den Pullover über den Kopf und dann die T-Shirts, gleich alle vier mit einem Mal. Ist nicht weiter schlimm, sie hat ja noch ihren BH an, das uralte graue Ding, das sie sonst nur noch im Sportunterricht trägt.

Für den alten Sack scheint es auszureichen. Der starrt sie mit offenem Mund an, während sie langsam auf ihn zugeht und dabei ein bisschen mit ihren schmalen Hüften wackelt. Fehlt nur noch, dass er zu sabbern anfängt. Ekelhaft.

»Das gefällt dir, hm?«, fragt sie und schenkt ihm ein Grinsen, während sie sich aufreizend über ihren flachen Bauch streicht. Das scheint ihm noch viel mehr zu gefallen. Er nickt hastig und klappt den Mund ein paarmal auf und zu. Jetzt sieht er mehr denn je aus wie ein zu groß geratener Fisch auf dem Trockenen, und sie muss ein bisschen kichern, als sie sich vorstellt, dass er sich jetzt wirklich in einen Fisch verwandelt. Nur ein fetter, dummer Karpfen, der da auf dem Sofa sitzt und blubbernde Geräusche von sich gibt und dabei immer schön auf den Haken mit dem fetten Wurm dran zuschwimmt.

Scheiße, denkt sie, ich habe überhaupt keine Angst mehr. Nicht die geringste. Das muss der Kick sein. Vielleicht auch das Zeug, das ihr Aljoscha vorhin gegeben hat. Es macht einen irgendwie total leicht, als wäre der Kopf ein Ballon, der knapp unter der Decke schwebt.

Sie kichert wieder. Auch das ist verdammt lustig. Ballon unter der Decke und ein fetter Karpfenfisch auf dem Sofa. Was will man mehr?

Dann zwingt sie sich, wieder ein ernstes Gesicht aufzusetzen. Denk an was Trauriges, ein totes Kätzchen, zum Beispiel. Aber auch das hilft nicht richtig. Sie kann einfach nicht aufhören zu kichern, Kätzchen oder nicht.

Dann denk an zu Hause.

Das funktioniert, ihr Kichern verstummt.

Sie geht zu dem Mann hinüber und setzt sich auf seinen Oberschenkel. Als ihre Haut den Stoff seiner Anzughose berührt, verkrampft sie sich, und für einen Moment ist ihr, als müsste sie sich gleich übergeben, aber das vergeht genauso schnell, wie es gekommen ist.

Sie unterdrückt den Brechreiz weiterhin, als seine gierigen Hände beginnen, über ihren Körper zu wandern. Dann berührt sein Handrücken wie zufällig die Unterseite ihrer Brust durch den Sport-BH. Angewidert schlägt sie die Hand zurück, und der alte Sack grinst sie an.

»Was denn?«

»Ich will das nicht!«, ruft sie und versucht sich von seinem Schoß zu winden. »Nicht *da*!«

Vergeblich. Er hält sie fest, und plötzlich sind seine Hände, die gerade noch weich und teigig waren, wie Schraubzwingen, in denen sie gefangen ist.

»Lassen Sie mich in Ruhe, verdammt!«, ruft sie und beginnt zu strampeln. Er fängt an zu lachen.

»Was hast du denn, Mädchen? Bist du etwa ein wildes Kätzchen, Kiska?«

»Was?«, schnappt sie und starrt ihn wütend an. »Wie haben Sie mich gerade genannt?«

Aber er grinst sie nur an und hält ihre Handgelenke fest.

Sie strampelt und tritt, will jetzt nur noch weg von diesem widerlichen, alten Kerl. Was hat sie sich nur dabei gedacht? Was haben sie beide sich dabei gedacht?

In dem Moment fliegt die Küchentür auf, und Aljoscha stürmt ins Zimmer, in der rechten Hand ein Messer, in der ausgestreckten linken sein Handy, mit dem er die ganze Szene durch den Spiegel gefilmt hat.

Da lösen sich die Hände des Fetten von ihren Handgelenken, und sie schafft es endlich, sich seinem Griff zu entwinden. Kommt auf die Beine und stolpert zu Aljoscha hinüber.

»Der hat mich angefasst!«, ruft sie, auch wenn das ein bisschen kindisch klingt. »Dieser ekelhafte, fette …«

»Was soll das?«, fragt der Mann erschrocken, und dann schlägt seine Überraschung in Zorn um. Er springt von der Couch auf, wobei das lose Fleisch an seiner schwabbeligen Altmännerbrust auf und nieder hüpft. Aber trotzdem ist er immer noch ein sehr großer Mann, der da jetzt auf sie zustapft, und verdammt kräftig.

»Wer bist du?«, brüllt er Aljoscha an. »Was soll das?«

»Halt's Maul!«, entgegnet Aljoscha. »Ich hab alles aufgenommen, klar? Hier auf dieser Kamera. Sie ist minderjährig, und du hast sie angefasst, verstehst du? Minderjährig! Dafür gehst du in den Knast, du perverses Schwein! Ich hab alles hier drauf, auf diesem Handy!«

»Gib mir das, du beschissene kleine Ratte!«, tobt der Alte und stürzt einen weiteren Schritt auf Aljoscha zu. Elise stolpert rückwärts und knallt gegen den Sessel.

»Ey, Sackgesicht, mal immer schön mit der Ruhe!«, blafft Aljoscha und streckt dem Mann die Faust mit dem Messer entgegen. »Hinsetzen!«

Der Mann lässt ihn keine Sekunde aus den Augen, aber er kommt dem Befehl nach. Ächzend lässt er sich wieder auf der Couch nieder.

»Also, hör zu«, sagt Aljoscha, »wir können diese ganze Sache hier vergessen, klar? Ich lösche das Video, du gehst nach Hause, und niemand muss erfahren, was hier passiert ist. Klar?«

Der Alte starrt ihn finster an. Nickt kaum merklich.

»Aber das«, fährt Aljoscha fort, »wird dich was kosten, klar?«

Der Alte sieht aus, als wollte er einen neuen Versuch riskieren, sich auf den Jungen zu stürzen, aber dann fällt sein Blick auf das Messer in Aljoschas Hand, und er bricht in sich zusammen. Er stützt seine Stirn in die Innenflächen seiner Hände und blickt trotzig zu Boden.

Nachdem er das eine Weile gemacht hat, hebt er den Kopf und starrt Aljoscha an.

»Wie viel?«

Schmuddelwetter

»Ich glaube immer noch, dass wir das Foto an die Presse hätten geben sollen. Dann hätten wir Paula Lamert jetzt vielleicht schon gefunden«, sagt Seiler, als sie im Auto sitzen. Sie fahren an den Stadtrand. Dorthin, wo es eigentlich keine richtige Stadt mehr ist. Ihr Ziel ist ein Bauernhof in Miltitz.

»Nein.« Novic schüttelt energisch den Kopf. »Das Risiko ist zu groß. Wenn der Mörder von Malinowski davon Wind bekommt, wird er möglicherweise ebenfalls anfangen, nach ihr zu suchen. Oder vielleicht weiß der bereits, wo er sie finden kann.«

»Vielleicht«, sagt Seiler. »Vielleicht wird er aber auch glauben, dass wir einfach nach einem vermissten Mädchen suchen.«

»Zwei Wochen nachdem sie verschwunden ist? Und nachdem bisher rein gar nichts an die Presse ging?«

»Das kann er doch nicht wissen!«, beharrt Seiler.

»Vielleicht nicht, vielleicht aber doch. Kommt darauf an, in welcher Beziehung er zu Paula Lamert steht. Es ist nicht viel, das gebe ich zu, aber wenn der Mörder bis jetzt noch nicht weiß, dass es für den Mord eine Zeugin gibt, dann ist das vielleicht unsere einzige Chance, ihn zu finden. Und Paula Lamert, falls die überhaupt noch lebt. Wir haben sonst gar nichts, Hanna. Überhaupt nichts.«

Und das stimmt leider, also verschränkt Seiler die Arme vor der Brust und sackt auf dem Beifahrersitz in sich zusammen, während sie aus dem Fenster starrt.

»Mistwetter«, grummelt sie. »Hört das denn überhaupt nicht mehr auf zu schneien?«

»Freitag«, sagt Novic.

»Wie bitte?«

»Am Freitag soll es richtig schneien, dann werden wir unter null Grad haben. Sagt meine Wetterstation. Ein paar Windböen vielleicht. Dann wird alles besser.«

Seiler findet, das klingt, als freute sich Novic regelrecht auf die kommende Kältefront. Sie weiß nicht recht, ob sie das besser finden soll als den Schnee. Vermutlich nicht.

»Am Sonntag ist Heiligabend«, sagt sie, nachdem sie es kurz überschlagen hat.

»Ja«, meint Novic und konzentriert sich wieder ganz auf den Verkehr.

»Da ist was mit Iwanow«, sagt er dann.

»Hä?«, fragt Seiler, die gerade ihren Gedanken nachhängt. Irgendwas in der Richtung, dass Weihnachten auch ohne Schneegestöber und vereiste Frontscheiben schon schlimm genug sei.

»Iwanow«, wiederholt Novic. »Du bist ein bisschen komisch, wenn es um ihn geht.«

»Bin ich das?«, fragt sie und wünscht, er würde das Thema endlich bleiben lassen.

»So als ob du ihn in Schutz nimmst. Ich meine, er ist immerhin der Chef ...«

»Ich nehme niemanden in Schutz«, erwidert Seiler, aber auch in ihren Ohren klingt das viel zu sehr nach einem trotzigen Kind.

»Der Chef der Russenmafia«, fährt Novic ungerührt fort. »Eine gefährliche, höchst kriminelle Organisation, die ...«

»Höchst kriminell«, sagt Seiler. »Wie du dich anhörst!«

»Aber es stimmt«, sagt Novic. »Und zimperlich ist der auch nicht. Beziehungsweise seine Leute.«

»Eben«, sagt sie. »Und genau das ist der Punkt. Jeder weiß, was Iwanow tut und wer er ist, bis hoch zum Polizeipräsidenten. Und das weiß auch Iwanow selbst.«

»Soll heißen?«

»Soll heißen, dass das Onkelchen da in seinem Klub sitzt, hinter all seinen Monitoren und peinlich darauf achtet, dass er sich nichts zuschulden kommen lässt.«

»Aber er befehligt diese Leute.«

»Was wir ihm nie werden beweisen können.«

»Jeder macht mal einen Fehler.«

»Sicher. Aber bis es so weit ist ...«

»Ist es besser, mit ihm zu kooperieren, als ihn sich zum Feind zu machen.«

»So in etwa«, sagt Seiler. Sie bekommt Kopfschmerzen von Novics ewiger Fragerei. Wie kann der Kerl nur gleichzeitig so clever und dann wieder so unsagbar naiv sein?

»Es ist nicht recht«, sagt Novic, wie um dem Ganzen die Krone aufzusetzen. »Und er hat dir zur Beförderung gratuliert. Sich lustig gemacht über dich. Es ist nicht recht.«

Seiler schnauft verächtlich und legt ihre Stirn an das kühle Fenster, guckt raus in die schmutzig weiße Wand, die vorüberzieht, aber auch das lässt die Kopfschmerzen nicht verschwinden.

Vielleicht hab ich mir wirklich was eingefangen, denkt sie und muss beinahe laut auflachen.

Eine halbe Stunde später sind sie da.

Zerfall

Das Haus von Gunter Lamert verdient diesen Namen eigentlich nicht mehr. Der gesamte rechte Flügel des ehemaligen Dreiseitenhofs ist unbewohnbar, das Dach hat sich herabgesenkt und verleiht dem Gebäude das Aussehen eines gigantischen Tieres mit gebrochenem Rückgrat, das hier schon vor Jahrzehnten verendet ist.

Der Innenhof ist mit braunen Gräsern überwuchert, zwischen manchen Steinen wachsen sogar kleine Bäume hervor, der hintere Teil steht komplett unter Wasser, nunmehr ein kleiner zugefrorener See. Links davon ein vermutlich ehemals weißer, nun rostfleckiger Geländewagen, dessen komplette Unterseite mit Schlamm bedeckt ist. Es ist ein Mitsubishi, und Seiler fragt sich, ob die Tatsache, dass dieser nicht auf komplett platten Reifen steht, ein ausreichendes Indiz dafür ist, dass man damit noch fahren kann. Sie bezweifelt es.

Seiler tastet nach ihrer Waffe. »Bist du sicher, dass hier überhaupt noch jemand wohnt?«

»Da ist Licht«, sagt Novic und deutet auf das Erdgeschoss des linken Gebäudes. Dessen Dach hat auch schon bessere Zeiten gesehen, aber vermutlich ist es wenigstens noch dicht, zumindest größtenteils. Neben dem kleinen Fenster mit den verdreckten Butzenscheiben, auf das Novic gedeutet hat, gibt es eine Tür, von der die letzten Reste einer ehemals grünen Lackierung blättern. Davor steht ein Paar schwarzer, schlammbespritzter Gummistiefel.

Gunter Lamert ist anscheinend zu Hause.

Nach einer ebenso kurzen wie vergeblichen Suche nach einem Klingelknopf klopft Novic kurzerhand an der Tür. Sie hören das Quietschen von hölzernen Stuhlbeinen, gefolgt von schlurfenden Schritten, die sich der Tür nähern. Unsicheren Schritten.

Die Tür öffnet sich einen Spaltbreit, und sie blicken in das müde, stoppelbärtige Gesicht eines Mannes Ende vierzig, bei dem es sich wohl um Gunter Lamert handeln muss. Er kneift die Augen zusammen, als er sie erblickt. Aber nicht wegen ihnen, sondern wegen des trüben Lichts, das von einer Sonne stammt, die sich schon den ganzen Vormittag hinter dichten Wolken versteckt.

Für Lamert ist das offenbar immer noch zu hell, und beinahe empfindet Seiler so etwas wie Mitleid mit dem Mann. Aber dann weicht sie unwillkürlich einen kleinen Schritt zurück. Ein intensiver Geruch nach Alkohol, abgestandenem Zigarettenqualm und Schweiß schlägt ihnen entgegen. Novic nimmt sofort seine behandschuhte Rechte vor Nase und Mund, was ihm einen fragenden Blick von Lamert einbringt.

Seiler übernimmt. »Herr Lamert, Gunter Lamert?«

»Ja?«, fragt der Mann. »Wassissdenn?«

Er gibt sich offenbar Mühe, nicht zu nuscheln, aber die Worte werden unbarmherzig zusammengezogen. Das hört sich an, als kaute er auf einem kleinen Gummiball herum.

»Hauptkommissare Novic und Seiler«, stellt Seiler sie vor. »Kriminalpolizei Leipzig, dürften wir wohl einen Moment reinkommen?«

Nicht, dass sie das wirklich möchte, und sie ist sich ziemlich sicher, dass Novic in dieser Hinsicht auf ihrer Seite ist, aber hier draußen in der Kälte, das ist ja auch nichts. Lamert öffnet allzu bereitwillig die Tür und scheucht sie förmlich in den kurzen, stockdunklen Flur. Dann verrammelt er die Tür hinter ihnen.

»Schweinekälte«, sagt Lamert, auch wenn es mehr wie »Scheinnekälle« klingt. Und dann, übergangslos: »Ist es wegen Paula? Habt ihr sie gefunden?«

»Nein«, sagt Seiler und denkt: Aber gut, dass Sie danach fragen. »Bislang leider nicht, aber wir sind tatsächlich wegen Ihrer Tochter hier.«

»Sie issaber nicht tot oder so was?«

So was?, denkt Seiler. Interessante Wortwahl. Und eine überaus interessante Frage. Wenn wir die Antwort darauf wüssten, wären wir vermutlich alle einen großen Schritt weiter.

»Kaffee?«, fragt Lamert, ohne Seilers Antwort auf die Sache mit dem möglichen Tod seiner Tochter abzuwarten.

»Nein, danke!«, rufen Seiler und Novic fast gleichzeitig.

Lamert nickt und schlurft voran in die Küche. Die beiden Polizisten folgen ihm. Das hier läuft überhaupt nicht wie geplant, denkt Seiler. Aber kann man es dem Mann verdenken, dass er Trost am Boden der Flasche sucht, wo doch sein Leben ebenfalls am Boden angelangt ist? Wie das sein muss für einen Vater, wenn ihm die Tochter wegrennt und dann steht die Polizei in der Tür.

Sie setzen sich um den Küchentisch. Der, wie auch der Rest der schmutzverkrusteten Küche, entspricht so ziemlich dem, was Seiler erwartet hat, als sie vorhin zum ersten Mal in die blutunterlaufenen Augen Gunter Lamerts blickte. Alles hier ist am Ende, und es gibt niemanden mehr, den das überhaupt noch interessiert.

Auf dem Tisch, der voller Wasserflecken ist, kleben eingetrocknete Speisereste. Eine Flasche Wodka steht hier auch, etwa halb voll – oder halb leer; als wenn es dem Pessimismus dieser Umgebung noch etwas hinzuzufügen gäbe –, und ein Schnapsglas mit gesprungenem Rand. Außerdem ein übervoller Aschenbecher.

Und noch etwas.

Ein weiterer Abzug des Fotos, das Novic in seiner Mappe mit sich führt. Die Mappe, die er jetzt vorsichtig auf den Tisch legt, wie um sie nicht zu beschmutzen. Das Bild von Paula Lamert vor etwa zwei Jahren, als sie, zwar etwas aufgesetzt, aber vermutlich doch irgendwie glücklich, auf dem Stuhl eines Fotografen saß und für einen lieben Menschen in die Kamera lächelte. Novic, der kreidebleich ist und aussieht, als kämpfte er noch immer mit dem übermächtigen Impuls, sich zu übergeben, schlägt die Mappe auf und beginnt, darin herumzukramen, doch Seiler legt ihm die Hand auf den Unterarm.

Es besteht momentan keine Notwendigkeit, dass Lamert das andere Foto seiner Tochter zu Gesicht bekommt, findet sie. Nicht in seinem jetzigen Zustand.

»Wollen Sie vielleicht was anderes als Kaffee?«, fragt Lamert in den Raum, ohne seine beiden Besucher anzusehen. Dabei deutet er auf die Flasche vor sich.

»Nein, danke«, sagt Seiler nochmals.

Novic hält sich an der Tischkante fest.

Lamert zuckt mit den Schultern und gießt sich das Glas voll. Sehr voll. Ein paar Spritzer landen auf der Tischplatte, was Lamert aber nicht zu stören scheint. Er kippt den Inhalt des Glases runter, stellt es dann ab und starrt auf das Foto seiner lächelnden Tochter. Nach einer Weile löst er den Blick davon und schenkt sich noch ein Glas ein.

»Sie haben Paula am siebten Dezember als vermisst gemeldet, ist das richtig?«, fragt Seiler.

»Wenn Sie das sagen«, antwortet Lamert. Das scheint ihn nicht halb so sehr zu interessieren wie das Glas mit dem Wodka in seiner Hand. Er hält es gegen das Licht, das von einer trüben Funzel stammt, die nackt an einem Kabel von der Decke hängt. Dreht das Glas hierhin und dorthin, als ob er einen kostbaren Edelstein begutachtet.

»Ist nicht viel passiert seitdem, hab ich recht?«, fragt er.

»Ist keine Sondereinheit losgeschickt worden, stimmt's? Und hat auch keiner von euch Überstunden geschoben deswegen. Ist ja nur ein verschwundenes Kind. 'n Ausreißer noch dazu.«

Er hebt den Blick und starrt Seiler herausfordernd an. Seiler erwidert den Blick des Mannes mit neutraler Miene. Zumindest hofft sie, dass es so wirkt. Denn leider ist der Mann nicht völlig im Unrecht mit seiner Behauptung. Kinder, die von zu Hause fortlaufen, sind nichts, wofür jemand eine SoKo einberufen würde. Nicht, solange sie nur vermisst werden. Dazu sind es einfach zu viele.

»Sie haben ausgesagt, sie sei davongelaufen. Hatten Sie beide denn Streit?«

»Och, Mensch, das hatten wir doch alles schon«, sagt Lamert, schlagartig aufbrausend. »Hab ich alles schon Ihrem Kollegen erzählt vor'n paar Tagen. Nicht, dass es was gebracht hätte.«

Dasswasssebrachthätte.

»Hatten Sie Streit, Herr Lamert?«, wiederholt Seiler die Frage.

»Nein«, sagt Lamert, und dann: »Also ja, vielleicht. Ein bisschen. Ach Gott, Sie wissen doch, wie die in dem Alter sind. Da hab ich mir von meinem Alten auch immer mal 'ne Backpfeife eingefangen. Na und? Das geht vorbei, und geschadet hat's mir auch nicht.«

Bahfeiffe.

»Worum ging es bei Ihrem letzten ... Gespräch«, fragt Seiler, »bevor sie davongelaufen ist?«

»Keine Ahnung. Dass sie andauernd draußen rumstrolcht. Abhaut und sich in der Stadt rumtreibt. Tagelang manchmal. Dann kommt sie nur noch zum Schlafen her, wenn überhaupt.«

Kam, verbessert Seiler in Gedanken, sie kam zum Schlafen her. Und irgendwann nicht mal mehr das. Man fragt sich kaum, wieso.

»Verstehe. Was war Ihrer Meinung nach der Anlass?«

»Wofür?«

»Dass Ihre Tochter draußen ›rumstrolchte‹, wie Sie es ausdrücken. Was hat sie Ihrer Meinung nach davon abgehalten, zu Hause zu übernachten?«

»Ach, Scheiße«, sagt Lamert und kippt den Inhalt des Glases auf einen Zug herunter. Als er sich nachschenken will, legt Novic blitzschnell eine Hand auf den Hals der Flasche, gerade als Lamert sie packen will. Es ist ein seltsames Bild, die riesige Pranke des Vaters und obendrauf die zartgliedrige Hand von Novic. Lamert wirft ihm einen Blick zu, der es in sich hat, aber dann nimmt er die Hand von der Flasche.

»'ne ganze Weile lief alles gut«, erzählt er dann. »Ich meine, wir hatten noch nie besonders viel, Sie sehen ja, wie das draußen aussieht. Den Hof hat schon mein alter Herr ziemlich runtergewirtschaftet, aber ich hab …«, er stockt, »wir haben … ach, Scheiße.«

Für eine Weile starrt er auf die Tischplatte vor ihm, und Seiler lässt ihn. Sie ist lange genug in diesem Job, um zu wissen, wann man besser die Klappe hält. Wann einer von allein sprechen will oder vielmehr sprechen muss. Wenn man ihn nur lässt.

»Sie war immer so ein liebes Mädchen, gut in der Schule und alles, obwohl ...«, Lamert hebt den trüben Blick und lässt ihn flüchtig durch das verdreckte Fenster hinaus auf den Hof huschen, »... obwohl wir nie viel hatten. Geld, meine ich.«

Seiler bemerkt, dass die Augen des Mannes zu glänzen beginnen, und diesmal ist es nicht der Alkohol.

»Hat ihr nichts ausgemacht. Wir haben ja uns, hat sie immer gesagt, wir haben ja uns ...« Seine Stimme bricht, und eine Träne, die in seinem rauen Gesicht wirkt wie ein Fremdkörper, rollt glitzernd über seine Wange und versickert dann in seinen Bartstoppeln.

»Paula?«, fragt Novic interessiert, und Seiler wünscht, er würde das lassen. Den Mann nicht unterbrechen. Nicht jetzt.

»Was?« Lamert wirft Novic einen verwirrten Blick zu, als wäre er soeben aus einem seltsamen Traum erwacht. »Nein, nicht Paula. Bettina, meine Frau. Sie hat das immer gesagt. Wir haben ja uns.«

»Sind Sie gesch...«, beginnt Novic, aber Seiler hält ihn mit einem Blick zurück.

Lamert starrt unbeweglich auf die Tischplatte. »Sie ist gestorben«, sagt er dann. »Vor zwei Jahren. Brustkrebs. Sie haben's erst festgestellt, als es schon viel zu spät war, noch was dagegen zu machen. Und dann ...«

Er schweigt.

Die Kommissare schweigen.

Dann redet Lamert weiter, und jedes einzelne Wort scheint ihm körperliche Schmerzen zu bereiten.

»Danach ging alles den Bach runter. Auch mit Paula und mir. Es war einfach nicht mehr wie früher. Wir haben uns gestritten ... Mann ...«

Er verstummt, aber Seiler bemerkt, dass seine Hände zittern, als er das Glas auf dem Tisch abstellt, das er die ganze Zeit in der Hand gehalten hat.

»Sie hat sich immer öfter davongemacht, ist in der Stadt gewesen oder sonst wo, was weiß ich. Ich hab sie nicht gefragt, und sie hat's mir nicht erzählt. Hat sich total verändert seitdem. Und wenn ich sie mal zur Rede gestellt hab, ist es immer ausgeartet, ich ... ach, Scheiße, ich wusste mir doch nicht zu helfen. Ich war total im Eimer, das Geld hat hinten und vorne nicht gereicht, und alles, das ihr dazu einfällt, ist abzuhauen. Mich im Stich zu lassen, mich ... sie ...«

Lamerts Stimme bricht erneut, die Tränen fließen über seine Wangen, während er wieder in Schweigen versinkt. Seiler fragt sich, ob der letzte Satz Paula galt oder seiner Frau. Oder vielleicht beiden. Im Stich gelassen, ja, das kennt auch sie gut. Viel zu gut.

»Aber sie ist immer wieder zurückgekommen«, flüstert Lamert nach einer Weile. »Manchmal war sie ein paar Tage weg oder sogar eine ganze Woche. Aber dann ist sie wieder zurückgekommen zu mir.«

Er überlegt.

195

»In der Schule muss sie gewesen sein, denn von da kam nie irgendwas. Dass mal ein Lehrer angerufen hätte oder so. Falls die so was heutzutage überhaupt noch mitbekommen.«

»Das erklärt, warum Sie über eine Woche gewartet haben, bis Sie zur Polizei gegangen sind«, stellt Novic fest, und wieder klingt es so, als wäre das die offensichtliche Lösung eines mathematischen Rätsels. In Momenten wie diesen wünscht sich Seiler, ihr Kollege würde wenigstens gelegentlich so tun, als besäße er so etwas wie Emotionen. Lamert starrt Novic mit finsterer Miene an, aber schließlich nickt er.

»Na ja, dieses … also, das letzte Mal, da hab ich sie erwischt mit einem Rucksack auf den Schultern und … Mann, was sollte ich denn tun? Ich hatte Angst, dass sie mich dieses Mal für immer verlässt, wenn ich sie gehen lasse. Also … habe ich sie festgehalten.«

»Wie genau haben Sie sie festgehalten?«, fragt Seiler.

»Ich … sie lief davon, aber ich hab den Griff von ihrem Rucksack erwischt. Der war voller Klamotten. Persönliche Sachen und so was. Ich konnte ihr nicht hinterher, weil … Aber ich dachte, sie kommt bestimmt zurück wegen des Zeugs im Rucksack, das braucht sie doch. Und dann reden wir, und vielleicht …«

»Aber sie kam nicht zurück«, sagt Seiler. »Nicht dieses Mal. Bis heute nicht.«

»Nein«, sagt der Mann und blickt zur Decke. Seine blutunterlaufenen, tränenfeuchten Augen starren die nackte Glühbirne an, das letzte bisschen Licht, das diesen Raum davon abhält, komplett in der Dunkelheit zu versinken, und auch das ist wenig mehr als ein Symbol. Die Finsternis hat hier längst Einzug gehalten.

»Gut«, sagt Novic und steht auf. Was auch immer er damit meint.

»Sie melden sich bei uns, sobald sie auftaucht«, sagt er zu Paulas Vater und geht auf steifen Beinen hinaus. Ungewöhnlich schroff, sogar für Novics Verhältnisse. Seiler steht nun ebenfalls auf, aber sie kann den gebrochenen Mann an seinem schmutzigen Küchentisch nicht einfach so sitzen lassen.

»Sie taucht wieder auf«, sagt sie wider alle Vernunft und Professionalität, als sie ihre Hand auf den behaarten Unterarm des Mannes legt. Aber irgendetwas muss sie zu ihm sagen. »Und dann klären Sie das miteinander, ja? Dann wird alles gut.«

Lamert wirft ihr einen verschwommenen dankbaren Trinkerblick zu. In seinen Augen schimmern neue Tränen, als sich sein Mund zu einem müden Lächeln verzieht.

»Und in der Zwischenzeit sollten Sie ein bisschen kürzertreten mit dem Zeug da, okay? Und lassen Sie den Wagen stehen.«

»Der?«, sagt Lamert. »Keine Ahnung, ob der überhaupt noch fährt. Bin seit Wochen nicht mehr draußen gewesen.«

Seit Wochen, denkt Seiler. Seit Wochen.

Als sie aus der Haustür tritt, steht dort Novic im

Schneematsch, die Arme um seinen dünnen Körper geschlungen, und hechelt mit rausgestreckter Zunge nach Luft wie ein Hund im Hochsommer. Seine Nasenspitze ist so weiß, dass sie sogar aus seinem blassen Gesicht regelrecht hervorsticht.

»So schlimm?«, fragt Seiler und muss nun doch ein wenig grinsen, einfach weil Novic zu komisch aussieht. Er wirft ihr einen ernsten Blick zu, nickt und hechelt weiter. Langsam kommt wieder etwas Farbe in sein Gesicht.

»Noch ein paar Sekunden, und ich hätte erbrechen müssen.«

Erbrechen. Die gestelzte Wortwahl lässt Seiler noch ein bisschen mehr grinsen, und das tut erstaunlich gut nach dem, was sie gerade da drin erlebt haben. Sie fragt sich, ob Novic dieses Theater manchmal mit Absicht macht, aus genau diesem Grund und nur, damit sie sich dann ein bisschen besser fühlt. Bei einem wie dem weiß man nie.

»Das Foto«, sagt Seiler düster, »jetzt wissen wir, für wen sie es hat machen lassen und warum sie dabei so seltsam dreinschaut.«

Novic beendet seine Atemübungen und schaut sie an.

»Du meinst«, sagt er schließlich, »das Foto hat sie machen lassen für ihre ...«

»Für ihre Mutter, genau«, Seiler nickt, »als die im Krankenhaus im Sterben lag.«

Dann dreht sie sich um und geht zum Wagen. Novic, der sich die Hände unter die Achseln gesteckt hat, folgt ihr mit seltsam hüpfenden Schritten.

Reue

»Klar, Baby. Ich seh dich dann«, sagt Aljoscha und lässt
es klingen wie die nebensächlichste Sache der Welt. Als
ob er ihr Schluchzen gar nicht mitbekommen hätte. Dann
legt er auf.

Aber das ist auch logisch: Wenn er darauf eingeht,
dann würde er ihr damit zu verstehen geben, dass er ihre
Schwäche mitbekommen hat. Und niemand lässt sich so
was gern unter die Nase reiben.

Außerdem weiß Aljoscha, dass man die Weiber manchmal auf Abstand halten muss, und dann muss man wieder voll süß sein, immer schön im Wechsel. Dann tun sie
nach einer Weile alles, was man von ihnen will. Zumindest hat Sergej es ihm so erklärt, und Sergej kennt sich
mit den Weibern aus.

»Kannst du mich zum Bahnhof fahren?«, fragt Aljoscha seinen Bruder, der noch ziemlich fertig von der letzten Nacht in einer Ecke der Couch herumlümmelt. »Sie
hatte ganz schön Stress mit ihren Alten. Hat bei ihrer
Freundin gepennt, dieser ... ach, Scheiße, wie hieß die
noch?«

Er überlegt, dann fällt es ihm ein.

»Ach ja, Beate!«

»Beate, soso«, sagt Sergej gelangweilt. »Und ist die genauso geil wie die kleine Kiska? Hat echt 'nen süßen Arsch, die kleine Bitch, das muss man ihr lassen. Für ihr Alter zumindest.«

»Was weiß ich, du Blödmann«, erwidert Aljoscha barsch, »und hör auf, so von Elise zu reden.«

Sergej bricht in Lachen aus. »Elise? Oh, ist der kleine Joschka etwa verliebt? Gestern war sie noch deine Kiska, deine kleine Pussy, und jetzt ist sie plötzlich *Elise*. Willst du sie vielleicht heiraten oder so was?« Lachend rutscht er von der Couch. »Kannst ja mal ihren Alten fragen, was der davon hält. Gott, bist du ein Bolvan!«

»Ach, halt dein Maul«, sagt Aljoscha und wirft seinem Bruder einen giftigen Blick zu, was den allerdings nicht zu kümmern scheint. »Fährst du mich nun zum Bahnhof oder nicht?«

»Klar«, sagt Sergej, »alles für das frisch verliebte Paar«, und dann bricht er wieder in Lachen aus. Als das Telefon zu klingeln beginnt, lacht er immer noch. Diesmal ist es seins. Er kramt es aus der Tasche seiner Jogginghose hervor und guckt träge auf das Display.

Dann fährt er zusammen.

Abrupt verstummt sein Lachen, und sein Rausch scheint auf einen Schlag verflogen zu sein. Er rappelt sich hoch und hastet mit großen Schritten hinüber in die Küche. Dort tritt er die Tür hinter sich zu.

Aljoscha hört ihn durch die Küchentür hindurch reden,

es klingt ziemlich aufgeregt, aber er versteht kein Wort, nur, dass es Russisch ist. Weil ihn das nicht weiter interessiert, beginnt er sein Handy nach einem kleinen Zeitvertreib zu durchforsten, um nicht an Elise denken zu müssen. Ein Spiel oder so was.

Er wischt immer noch gelangweilt über das Display, ohne etwas Passendes gefunden zu haben, als die Küchentür auffliegt und Sergej in großen Schritten auf ihn zugestürmt kommt.

Sergej packt seinen Bruder so heftig am Kragen seines Kapuzensweaters, dass der Stoff reißt. Dann zerrt er ihn von der Couch hoch, das Handy poltert zu Boden, und Aljoscha wird durch das halbe Zimmer geschleudert bis an die gegenüberliegende Wand.

Sein Hinterkopf knallt gegen die Mauer. Die kleine Beule, die ihn noch an die letzte Abreibung erinnert, platzt jetzt auf. Aber Sergej hat noch nicht genug. Er stürmt auf seinen Bruder zu, der benommen versucht sich an der Wand hochzurappeln, und rammt ihm seine Faust ins Gesicht. Einmal, zweimal fliegt Aljoschas Kopf zur Seite, von links nach rechts und von rechts nach links.

Da wird Aljoscha klar, was das Problem ist. Mit wem Sergej da gerade gesprochen haben muss. Shit.

Er reißt die Arme vors Gesicht und rollt sich zu einem Ball zusammen. Wenn Sergej erst mal in Fahrt ist, ist das die einzige Möglichkeit, wie man die Sache überleben kann. Man macht sich klein und erträgt die Schläge, bis es vorbei ist. Wartet ab, bis Sergej wieder einigermaßen klar denken kann, und hofft derweil, dass man anschließend nicht tagelang Blut pisst.

Sergej tritt ihn mit Wucht. Aber nicht in die ungeschützte Seite oder von hinten in seine Weichteile. Sondern dorthin, wo seine Unterarme das Gesicht schützen, zum Glück. Wenn da was bricht, ist es nicht so schlimm.

»Mudak!«, brüllt Sergej ihn an. »Du verdammtes, blödes Arschloch! Bist du jetzt vollkommen übergeschnappt? Du wandelnder Scheißhaufen! Suka bljad!«

Dann prasseln weitere Tritte und Flüche, die meisten davon auf Russisch, auf Aljoscha nieder. Irgendwann ist Sergej so außer Atem, dass er zurück zur Couch taumelt und sich schwer auf das Sitzpolster fallen lässt, wo er das Gesicht in seinen Händen vergräbt.

»Mudak!«, knurrt er noch einmal, während Aljoscha vorsichtig seinen Arm betastet. Er glaubt nicht, dass er gebrochen ist, aber viel hat vermutlich nicht gefehlt.

»Das war Wassili, der Eintreiber vom Onkel«, sagt Sergej, aber Aljoscha ist längst klar, woher der Wind weht. Es erklärt auch, warum Sergej eben so ausgetickt ist. Was es nicht erklärt, ist, wie zur Hölle Onkel Wadim von der Sache Wind bekommen hat. Und, viel wichtiger, was Onkel Wadim nun vorhat. Aber vermutlich wird er das gleich erfahren.

»Was hast du dir nur dabei gedacht, Mann?«, fragt Sergej, und jetzt ist seine Stimme urplötzlich wieder voller Liebe für seinen kleinen Bruder. So wie man zu einem

Kind sprechen würde, das eine Dummheit begangen hat. Allerdings ist es in diesem Fall eine ziemlich große Dummheit, denkt Aljoscha und stammelt: »Das war ...« Sein Hinterkopf schmerzt höllisch. »Das war doch nur 'n Witz, Mann. Ich konnte ja nicht wissen, dass der Alte wirklich ...«

»Du Vollidiot! Was glaubst du denn? Wenn einer in deinen Laden stürmt und erzählt, er kommt von Onkel Wadim? Würdest du da den großen Macker spielen? Hm? Ihn vielleicht nach 'nem Ausweis fragen oder so was?«

»Nein«, nuschelt Aljoscha.

»Natürlich nicht. Niemand würde das, der noch alle Tassen im Schrank hat. Und weißt du, wie Onkel Wadim davon erfahren hat?«

»Nein.«

»Nein, natürlich weißt du das nicht, du Durak! Weil nämlich zwei Tage später Wassili dort vorbeikommt und das Geld für diesen Monat haben will. Das hat ihm der Alte auch gegeben und ihm dabei die Ohren vollgeheult, warum sie das Schutzgeld jetzt schon doppelt abkassieren und das alles. Also fragt ihn Wassili, was genau er denn damit meint, von wegen doppelt abkassieren und so. Und rate mal, wen der Alte dann beschrieben hat?«

»Scheiße.«

»Scheiße, ja! Ist das etwa alles, was dir dazu einfällt, du Arschloch? Willst einen auf großer Mann machen und legst dich mal eben mit Onkel Wadim höchstpersönlich an? Soll ich dir gleich selbst 'ne Kugel verpassen, oder willst du abwarten, bis seine Leute hier sind?«

Aljoscha lugt hinter seinen Armen hervor, die er immer noch vors Gesicht hält. Er ist so blass, dass sein Gesicht kaum von der Wand hinter ihm zu unterscheiden ist. »So schlimm? Die wollen mich echt …?«

»Keine Ahnung. Aber sie suchen schon nach dir. Haben gefragt, ob du bei mir bist. Und das auch nur, weil mir Wassili noch einen Gefallen schuldet. Sonst wären die einfach ohne Vorwarnung hier reinspaziert, verstehst du? Oder sie hätten dich an einem der üblichen Plätze geschnappt. Mann, Aljoscha. Weißt du eigentlich, wie sehr du uns damit in die Scheiße reitest? Oh, ich könnte dir so dermaßen die Fresse polieren, echt! Wie kann man nur so ein übertrieben dummes Arschloch sein?«

»Tut mir leid«, sagt Aljoscha, und jetzt kann er seine Tränen nicht mehr zurückhalten, also verbirgt er sein Gesicht wieder hinter seinen Armen. Sergej hasst es, wenn man flennt.

»Hör zu«, sagt Sergej schließlich. »Ich glaube, die Sache hat Onkel Wadim einfach nur wütend gemacht. Da geht's um Respekt und das alles. Aber er wird sich wieder einkriegen, du weißt ja, wie er ist.«

»Glaubst du?«

»Hm. Aber du solltest ihm jetzt lieber erst mal für 'ne Weile nicht unter die Augen treten. Wer weiß, was denen noch so für Fragen einfallen, wenn sie dich erst mal in die Mangel nehmen.«

Aljoscha schweigt. Aber er hat zu zittern begonnen, während er zusammengekrümmt wie ein Embryo an der Wand liegt.

»Du musst für ein paar Tage verschwinden, klar? Ich hab Wassili gesagt, ich hätte dich seit gestern nicht mehr gesehen, und ich denke, er hat mir geglaubt. Du tauchst unter, bis sich Onkel Wadim beruhigt hat, verstehst du?«

»Ja.«

»Ich werd mal hinfahren in seinen Klub. Die Lage checken und ihm klarmachen, dass es nur ein dummer Streich war, bei dem du dir nichts weiter gedacht hast. Dumme-Jungen-Scheiße eben. Dann werd ich ihn um Verzeihung bitten für dich, Arschloch.«

»Aber wenn er dich nun …«

»Um eine Abreibung werden wir nicht herumkommen, so viel ist klar. Und du wirst natürlich das Geld zurückgeben müssen, mit Zinsen. Und zwar von deinem Vorrat, nicht von meinem, damit das klar ist. Aber vielleicht hat sich's damit erledigt. Kapierst du das?«

»Ja.«

»Kapierst du auch, dass du die Schnauze halten musst, wenn das passiert? Wenn sie dir und mir die Abreibung verpassen?«

»Ja«, sagt Aljoscha kleinlaut. »Ich werde nichts sagen.«

»Du wirst nichts sagen«, wiederholt Sergej. »Genau. Denn sonst hängen sie uns beide an den Eiern auf und machen uns kalt, gleich an Ort und Stelle. Und ich habe nicht vor, an meinen Eiern aufgehängt zu werden.«

»Nein.«

»Oder sie holen den verdammten Jugo.«

Darauf muss Aljoscha nicht antworten, aber sein Gesicht wird noch eine Spur blasser.

»Scheiße!«, ruft Sergej nochmals und springt auf, ist scheinbar kurz davor, erneut auf seinen Bruder einzuprügeln, aber dann setzt er sich wieder hin. Es stimmt, der Onkel könnte *wirklich* den Jugo beauftragen.

»Ich werde das nicht zulassen, verstehst du mich, Brüderchen? Verstehst du mich gut? Ich werde keinesfalls zulassen, dass du uns in die Scheiße reitest, klar?«

Aljoscha nickt.

»Gut. Am besten sammelst du jetzt deinen Arsch vom Boden auf und machst dich auf den Weg zur Hütte. Ich weiß, da gibt's keine Heizung, da musst du dir halt ein paar von den Decken aus der Kiste nehmen. Aber mach bloß kein Feuer, hörst du?«

»Okay.«

»Gut. Ich komm später nach und bring dir was zu essen, dann packst du das schon für ein paar Tage. Willst ja schließlich ein richtiger Mann sein, oder? Ein Russe. Stimmt's?«

Aljoscha richtet sich langsam vom Boden auf und nickt. Die Tränen, die ihm übers Gesicht gelaufen sind, haben dünne helle Spuren auf seinen Wangen hinterlassen. Wie Schleimspuren, denkt Sergej mit einer seltsamen Mischung aus Zuneigung und Abscheu, von winzigen Schnecken.

»Und Elise?«, fragt Aljoscha kläglich. »Was wird mit der?«

»Scheiße!«, ruft Sergej und stößt ein humorloses Lachen aus. Dann überlegt er.

Nach einer Weile sagt er: »Dich hat's echt schwer erwischt, was, Romeo? Ich wette, du hast diese kleine Nutte mit der Schutzgeldnummer nur ein bisschen beeindrucken wollen, wie? Das war der Grund, oder?«

»Ja«, sagt Aljoscha zögernd, »tut mir leid. Das war echt dumm von mir.«

»Saudumm, Arschloch!«, stimmt Sergej ihm zu. »Hör zu, ich hol die Kleine vom Bahnhof ab. Und dann bring ich sie zu dir. Spricht nichts dagegen, dass sie dir ein bisschen Gesellschaft leistet da draußen. Aber dass du ihr keine Kinder machst, hörst du? Ein Bolvan von deinem Kaliber ist mehr als genug.«

Als er Aljoscha vom Boden aufhilft, grinst Sergej schon wieder, und Aljoscha lächelt aus seinem verheulten Gesicht zu ihm auf. Irgendwie würde alles schon wieder ins Lot kommen.

Romana

Leipzig, Völkerschlachtdenkmal

Novic tippelt mit vor der Brust verschränkten Armen von einem Fuß auf den anderen, dann hüpft er ein bisschen herum, während er sich zwingt, die Arme durch die Luft kreisen zu lassen. Angeblich bringt das den Kreislauf in Schwung. Angeblich soll einen das von innen wärmen. Er spürt nichts davon.

Er spürt nur die Kälte.

Er wirft einen langen Blick auf den Steinkoloss, der sich vor ihm in den grauen Himmel türmt. Kantige Riesen mit eckigen Zügen am Fuße und oben auf dem Rand des glockenartigen Gebildes. Halb Aztekenpyramide, halb Schlachtschiff, ganz steinerne niederdrückende Wucht. Wie ein vorgelagertes, überdimensionales Grabmal des benachbarten Südfriedhofs. Angeblich ein Kulturerbe, aber Novic kann dem Denkmal beim besten Willen nichts abgewinnen. Er wendet den Blick ab und betrachtet die Spuren, die seine Stiefel im Schnee hinterlassen haben.

Dann zieht er seine Fellmütze tiefer ins Gesicht, als er plötzlich Arme spürt, die sich von hinten um ihn legen. Ein anderer Körper drückt sich an seinen. Für den Bruchteil einer Sekunde kämpft er mit dem Impuls davonzulaufen, dann entspannt er sich. Ein bisschen.

»Besser?«, fragt die Stimme einer jungen Frau auf Serbisch, und er sagt: »Viel.«

Dann lässt sie ihn los, damit er sich zu ihr umdrehen kann, und umarmt ihn richtig. Liebevoll, aber vorsichtig, vielleicht so, wie man eine wertvolle Porzellanpuppe umarmen würde.

»Romana«, sagt er, und für eine Weile stehen sie einfach nur da und halten sich an den Händen. Wie sie es als Kinder getan haben. Es kommt ihm vor wie eine Episode aus einem anderen Leben. Einem Leben, das ein anderer als er geführt hat und vielleicht auch eine andere als sie. Damals, vor dem Krieg, in einem anderen Zeitalter. Bevor alles zerbrach.

Seine Schwester zieht ihn in eine der Nischen, die in den Sockel des Monuments eingelassen sind. Im Sommer kann man hier Eintrittskarten für das Denkmal und Souvenirs kaufen, aber jetzt ist das kleine Geschäft geschlossen. Der Wind ist hier nicht ganz so schneidend, aber Novic erträgt die Kälte dennoch nur schwer.

Er folgt ihrem skeptischen Blick auf das Denkmal, das ihn an eine hässliche, große Glocke erinnert. Es ist einprägsam, wie sich das für ein Wahrzeichen gehört, aber schön findet er es nicht. Was vielleicht auch damit zusammenhängt, woran der Bau die Bewohner dieser Stadt erinnern soll, nämlich an eine verlorene Schlacht mit 92 000 Toten – und das in gerade mal drei Tagen.

Eine beachtliche Leistung für die damalige Zeit, aber keine, der man ein Denkmal setzen müsste, wenn es nach Novic ginge. Das verdient kein Krieg.

Aber wie das so ist mit Kriegen und Verlust: Die Erinnerung an das Grauen und das Leid ist längst gegangen, gestorben mit den letzten Augenzeugen. Das Denkmal hat sie alle überdauert, der kleinwüchsige Heerführer, der Millionen in den Tod geschickt hat, ist inzwischen zu einer Witzfigur verkommen, die Toten sind von den Lebenden vergessen. Und vielleicht liegt darin sogar etwas Tröstliches, denkt Novic. Man müsste es bloß finden.

»Die Geschichte ist eine merkwürdige Sache«, sagt Romana, als hätte sie seine Gedanken gelesen.

»Ja.« Er nickt.

»Ich hab dir Duvec mitgebracht«, sagt sie und wuchtet ihren Rucksack von den schmalen Schultern. Dann stellt sie ihn vor Novic auf den Boden, öffnet ihn und kramt eine Thermoskanne daraus hervor. »Ist vielleicht sogar noch ein bisschen warm, wenn du zu Hause ankommst. Wenn nicht, musst du es in einem Topf aufwärmen. Wage es bloß nicht, das in die Mikrowelle zu stellen.«

»Danke«, sagt er. »Duvec, großartig.«

»Ist mit Rosenpaprika.«

»Mhmm.«

Noch so eine Erinnerung an die Vergangenheit, aber keine, die es je in irgendwelche Geschichtsbücher schaffen wird, nichts, dem jemals irgendwer ein Denkmal widmen wird. Wie das, was mit ihren Eltern passiert ist. Untergegangen in der Statistik, für niemanden sonst von Belang. Die Geschichte ist eine merkwürdige Sache, in der Tat. Im Gedächtnis bleiben auf lange Sicht immer nur die Täter: Jeder kennt einen Hitler, Stalin, Alexander den Großen oder Dschingis Khan. Aber die Opfer? Statistiken, eine namenlose Zahlenkolonne. Allzu schnell vergessen.

Sie setzt den Rucksack wieder auf und stellt den Kragen ihrer Lederjacke hoch. Dabei fällt Novics Blick auf einen kleinen runden Anstecker, den sie am Revers ihrer Jacke trägt. *A.C.A.B.* steht da in gelben Buchstaben auf schwarzem Grund. Er hat diese Buchstabenkombination in letzter Zeit öfter gesehen. Im Stadtteil Connewitz, wo Romana in einem besetzten Haus wohnt, steht es fast an jeder Hauswand.

»All cops are bastards?«, fragt er und deutet auf den Button. Alle Bullen sind Schweine.

Sie sieht gar nicht hin, sondern lächelt ihn nur an. Sie ist sehr hübsch, trotz der Metallringe in ihren Nasenflügeln. Hübsch war sie schon immer, aber die Ringe sind neu, der Anstecker auch.

»Nicht meine Schuld, dass du dich zu einem Schergen des Systems hast machen lassen«, sagt sie und drückt liebevoll seine Hand. Novic schaut sie an und versucht einen Moment, rauszukriegen, was davon sie ernst meint, trotz ihres Lächelns.

Er überlegt. »Stimmt, ist nicht deine Schuld. Aber ich wüsste halt nicht, was ich sonst machen sollte.«

Das bringt sie zum Kichern.

»Ja«, sagt sie. »Das wüsste ich allerdings auch nicht. Nirgendwo sonst würden sie einen einstellen, der freiwillig so eine bescheuerte Mütze trägt wie du. Also, warum wolltest du mich sehen, Milo?«

Er zieht etwas unter seiner Jacke hervor, es ist das Foto von Paula Lamert. Das, auf dem man ihr Gesicht gut erkennen kann und sie den verwaschenen roten Pulli trägt. Das, auf dem sie für ihre todkranke Mutter lächelt. Nicht das andere mit dem Sport-BH.

»Sie heißt Paula«, sagt Novic, »ist von zu Hause ausgerissen. Sie hat eine Weile auf der Straße gelebt und …«

»Sie *hat*?«, fragt Romana. Aufmerksam wie immer. »Heißt das, sie ist …?«

»Tot?« Novic schüttelt den Kopf. »Hoffentlich nicht. Sie wird vermisst seit Anfang Dezember. Wir suchen sie.«

»Warum lasst ihr das Bild dann nicht in der Zeitung abdrucken?«

»Dich würden sie auch nehmen bei der Polizei, weißt du?«, sagt Novic, und es ist sein voller Ernst. Auch wenn sie die Ringe dann wahrscheinlich rausnehmen müsste.

Sie lacht nur. »Also, warum?«

»Wir glauben, das heißt, *ich* glaube, es könnte den Täter alarmieren und auf sie aufmerksam machen. Wir suchen sie als Zeugin in einem Mordfall.«

»Verstehe. Und nun denkst du, dass sie bei uns untergekommen ist.«

Bei uns, denkt Novic. Bei uns, dort, wo manche Häuser Sprengfallen enthalten und lose Treppenstufen, für den Fall, dass die Polizei eine spontane Razzia macht. Auch das ist eine Errungenschaft der letzten Jahre. Fronten, die sich bald verhärten werden, wenn das nicht schon längst passiert ist. *All cops are bastards*, und das ist nur der Anfang.

»Sie lebte in den letzten Wochen auf der Straße«, sagt er, »so viel wissen wir. Und sie muss irgendwo geschlafen haben, vor allem bei dieser Kälte. Ich dachte, vielleicht bei euch. Uns gehen nämlich allmählich die Möglichkeiten aus, wo wir noch nach ihr suchen könnten.«

Romana betrachtet das Foto noch einmal aufmerksam. Kneift die Augen zusammen. Vielleicht um sich vorzustellen, wie das Kind mit einer anderen Frisur aussieht. Oder vielleicht einem Piercing in der Augenbraue. Dann schüttelt sie den Kopf.

»Das Bild ist schon über zwei Jahre alt«, erklärt Novic.

»Tut mir leid«, sagt Romana. »Hübsch, die Kleine. Sieht außerdem wie ein liebes Mädchen aus. Nicht unbedingt die Sorte, die es besonders lang bei uns aushält.«

»Verstehe«, sagt Novic sichtlich enttäuscht. »Sie ist vierzehn. Ich dachte, vielleicht war sie mal in einer WG oder so.«

»Und du erwartest, dass ich ständig in allen WGs ein und aus gehe, oder wie?«

»Nein«, sagt Novic. »Aber vielleicht bist du ihr ja mal zufällig über den Weg gelaufen. Auf einer Party oder so.«

»Bedaure«, meint Romana, aber dann greift sie doch nach dem Foto. »Kann ich das haben?«

Novic gibt es ihr.

»Sie ist erst vierzehn«, sagt er noch einmal, und Romana nickt, während sie einen letzten Blick auf das Foto wirft. Dann steckt sie es weg.

»Ich höre mich um«, verspricht sie und schaut ihm noch einmal lange in die Augen. »Pass auf dich auf, Brüderchen!«

»Du auch, Romana.«

Dann wendet sie sich zum Gehen.

»Ich hoffe wirklich, dass sie bei euch ist«, sagt Novic. »Von allen möglichen Szenarien wäre das vermutlich das beste.«

Romana dreht sich noch einmal um und bedenkt ihn mit einem ernsten Blick. »Kommt drauf an, bei wem sie gelandet ist.«

Verdacht

Sie legt das Parkticket auf das Armaturenbrett und steigt aus dem Wagen. Knifflige Sache, das mit dem Parkticket. Jemand könnte kommen und mit einem Blick feststellen, seit wann sie hier parkt, und – na klar – das ist ja auch irgendwie der Sinn der Sache. Problematisch wird das nur, wenn der Falsche einen Blick drauf wirft.

Novic zum Beispiel.

Unsinn, denkt sie dann. Ihr Wagen steht auf einem öffentlichen Parkplatz auf der Westseite des Bahnhofs, zusammen mit zig anderen, und es ist ja nun nicht so, dass sie einen knallgelben Porsche oder so was fahren würde.

Und wenn Novic ihr nun gefolgt ist?

Nein, das würde er nicht tun.

Und wenn doch, und wenn er ihren Wagen hier stehen sieht?

Dann wird sie sagen, dass sie in der Stadt war, zum Shoppen. Immerhin ist bald Weihnachten, Herrgott. Und vorher wird sie ihn fragen, was zur Hölle ihn das eigentlich angeht.

Sie verlässt den Parkplatz und geht zur Bushaltestelle, auch hier schaut sie zunächst aufmerksam in jede Richtung. Neben ihr steht ein älteres Ehepaar, beladen mit zum Bersten gefüllten Stoffbeuteln. Beide starren in das Schneetreiben. Sonst ist niemand hier.

Eine Straßenlaterne flackert und springt an, aber ihr Licht reicht kaum aus, sich durch die weiße Nebelwand aus Schneeflocken zu kämpfen.

Gut, denkt sie.

Als der Bus kommt, mustert sie die Gesichter der ankommenden Passanten. Ein paar steigen aus, ein paar bleiben sitzen. Sie steigt in den Bus, entwertet den Fahrschein und sucht sich einen Platz weiter hinten. Von wo sie den ganzen Bus ein bisschen im Blick hat, nur für den Fall.

Unsinn, ermahnt sie sich wieder. Er folgt dir nicht. Niemand folgt dir.

Und wieso fährst du dann nicht gleich mit dem Wagen hin?

Darum, denkt sie ärgerlich und schiebt die Stimme beiseite. Weil es einen Unterschied gibt zwischen kalkuliertem Risiko und Leichtsinn. Und weil es hier vielleicht nicht nur um ihre Karriere geht.

Trotzdem sitzt sie wie auf Kohlen, bis der Bus knappe zwanzig Minuten später an ihrer Haltestelle hält. Sie steigt aus und legt die fünf Minuten Fußweg bis zum Hotel zurück. Die SMS mit der Zimmernummer hat sie heute Nachmittag bekommen, es ist die 104, zusammen mit der Nachricht:

Und keine Polizei!, dahinter ein Smiley.

Sie hat die Nachricht sofort gelöscht. Natürlich trägt sie ihr Handy stets bei sich, und es ist auch mit einem Code gesichert. 140710, dem Geburtsdatum von Jonas.

Aber schließlich weiß man nie. Und ganz besonders seit Novic irgendwie Wind von der Sache mit Iwanow bekommen zu haben scheint, ist es ein verdammt gewaltiger Unterschied zwischen kalkuliertem Risiko und Leichtsinn geworden.

Als sie um die Straßenecke biegt, sieht sie den Wagen sofort. Er ist direkt vor dem Eingang des Hotels geparkt, fast schon protzig. Seiler bleibt stehen.

Ihre Hand streckt sich nach der Klinke der Eingangstür zum Hotel, sie hat den eiskalten Türknauf schon in der Hand, doch dann erstirbt die Bewegung, und ihre Hand sinkt wieder herab.

Sie macht auf dem Absatz kehrt und läuft in die Richtung davon, aus der sie gekommen ist, weg von dem Wagen, weg von der Wärme versprechenden Eingangshalle des Hotels, weg von allem anderen, zurück durch eine grauweiße Melange aus Schneematsch und Schmutz.

An einer Straßenecke bleibt sie stehen, zückt ihr Handy und tippt eine SMS. *Tut mir leid, es ist etwas dazwischengekommen. Ich mach's wieder gut, versprochen!*

Für einen Moment überlegt sie, ob sie einen Smiley anfügen soll, aber dann lässt sie es und sendet die SMS, wie sie ist. Sie steckt ihr Handy weg und macht sich auf den Weg zur nächsten Haltestelle.

Das Schneetreiben hat wieder eingesetzt.

Köder

Aljoscha hebt einen flachen Stein vom Ufer auf und lässt ihn über das Wasser hüpfen. Er schafft es, dass der Stein dreimal über die Wasseroberfläche springt, bevor er mit einem glucksenden Geräusch ein letztes Mal eintaucht und versinkt.

»Ey!«, ruft Sergej. »Lass das, Durak! Wirst die Fische noch vertreiben!«

»Welche Fische?«, fragt Aljoscha und deutet auf den Eimer, der zwischen ihnen auf dem Boden steht. Da ist nichts drin außer etwas Wasser.

»Wirst schon sehen«, brummt Sergej und reicht ihm den Joint. Aljoscha führt ihn an die Lippen und saugt den öligen Rauch tief in seine Lungen.

»Aaaah«, macht er dann. »Das tut gut.«

»Der beste Scheiß, Brüderchen. Für uns Karamasows immer nur der beste Scheiß, merk dir das!«

Aljoscha nickt und blickt hinaus auf die Wasseroberfläche, in der sich der glutrote Feuerball der Sonne wie in Tausenden kleinen Spiegelscherben bricht, während sie hinter den Wipfeln der Bäume versinkt.

»Das hier ist der richtig geile Scheiß«, sagt Aljoscha.

»Hä?«, macht Sergej.

»Na, hier so rumsitzen. Bisschen fischen, auch wenn nichts beißt. Scheiß drauf. Einfach nur rumsitzen. Ist schön hier. Die Sonne …«

Sergej dreht den Kopf und schenkt ihm einen Blick mit hochgezogenen Augenbrauen, während er einen Mundwinkel schräg nach oben zieht.

»Hast wohl ein bisschen zu viel von dem Zeug gehabt, Durak«, schnauft er, aber Aljoscha weiß, dass er den harten Kerl nur markiert im Moment. Schließlich ist er Sergejs Bruder. Und er weiß, dass er recht hat. Dass sie beide hier sitzen und die Schnur einer selbst gebauten Angel in diesen fischlosen Tümpel halten, das ist das Beste überhaupt.

Fast ein bisschen so wie damals. Bevor das mit Vater und Onkel Wadim passierte und sie abhauen mussten. Bevor sie über Nacht verschwinden mussten, damit ihnen nicht dasselbe passiert wie dem Vater. Andererseits: Es ist nicht schlecht hier in Deutschland. Wärmer, weicher, einfacher. Besonders, wenn man einen Onkel hat, der Wadim Iwanow heißt. Dann ist es gar nicht so schlecht.

»Er hat gesagt, es wird Zeit, dass wir uns einbringen«, sagt Sergej.

Nun ist es Aljoscha, der »Hä?« fragt.

»Onkel Wadim«, erklärt Sergej, »hat gesagt, wir sollten mal anfangen, ein paar Botengänge zu machen. Nichts Ernstes. Nur um zu sehen, wie wir uns so machen.«

»Pah!«, sagt Aljoscha. »Wie wir uns so machen, was soll denn das für 'ne Scheiße sein?«

»Na, du kennst ihn doch. Unten anfangen und …«

» … und sich dann hocharbeiten. Treue, Respekt und … Scheiße, was war das Dritte noch?«

»Familie«, sagt Sergej, »das Dritte war Familie.«

»Genau. Ach, das ist doch nichts mit Onkel Wadim. Ich hab keine Lust, mich hochzuarbeiten wie einer von den Mandjuks, die ihm den faltigen Arsch lecken, damit sie ihren Mamutschkas daheim ein paar Kröten schicken können. Da hab ich echt keinen Bock drauf.«

»Hohoho, spuckst große Töne, was Brüderchen?«

»Ach komm, du hast doch selbst keine Lust.«

»Kann sein«, sagt Sergej geheimnisvoll.

»Also?«, fragt Aljoscha und greift nach einem weiteren Stein. »Was hast du?«

»Gar nichts, wenn du diesen Scheißstein nicht sofort zurücklegst, Affengesicht.«

»Scheiß drauf«, sagt Aljoscha, aber er lässt den Stein zurück auf den Boden fallen.

Sergej streckt sich im Sitzen und lässt sich dann rückwärts in das Gras fallen, in dem noch die Wärme des Tages nachklingt. Dann gähnt er geräuschvoll.

»Wirst noch die Fische vertreiben«, äfft ihn sein kleiner Bruder nach, »mit deinem Herumgebrülle, du großer Affe. Brüllaffe.«

Sergej lacht leise. »Erinnerst du dich noch an Michail Jegorowitsch?«

Aljoscha denkt nach. »Was für ein Michail Jegorowitsch? Etwa dieser schwule Anwalt, den Onkel Wadim gefeuert hat?«

»Eben der. Aber der ist nicht schwul. Na ja, nicht so richtig, jedenfalls.«

»Für mich sah der immer wie eine Schwuchtel aus. So ein richtiger Minetschik, wenn du mich fragst. Was ist denn mit dem?«

»Er hat vielleicht ein Geschäft für uns.«

»Was für'n Geschäft?«

»Kann um sehr viel Kohle gehen, hat er gesagt.«

»Der schwule Anwalt hat das gesagt?«

»Ja, verdammt! Bist du dämlich? Und wie oft muss ich dir das noch sagen, dass der Kerl nicht schwul ist. Der steht auf Frauen. Na ja, oder wenigstens auf Weiber.«

»Was soll das jetzt heißen?«

»Er mag sie gern ein bisschen jünger, weißt du?«

»Ach du Scheiße, ist ja widerlich«, sagt Aljoscha, aber Sergej zuckt nur mit den Schultern, während er sich wieder aufrichtet und auf die Wasseroberfläche hinausblickt, wo der Schwimmer der Angel in der spiegelnden Fläche auf und ab wippt.

»Der kennt ein paar Leute mit Kohle, sagt er, drüben in der Heimat. Die hätten Interesse an Frischfleisch. *Jungem* Frischfleisch.«

Er blickt auf den See hinaus. Gelangweilt, als wäre das gar nichts.

»Scheiße«, sagt Aljoscha. »Und was sagt Onkel Wadim dazu? Soweit ich weiß, hat dieser *nicht* schwule Anwalt mal fast seine eigenen Eier zum Frühstück fressen müssen. Keiner weiß, wieso. Vielleicht ja deswegen?«

»Ach«, sagt Sergej und macht eine abfällige Handbewegung. »Das ist längst Geschichte. Und was Onkel Iwanow nicht weiß, macht ihn nicht ...«

Plötzlich kneift er die Augen zusammen.

»Scheiße, da beißt einer!«, ruft er und springt auf, hat die Angel schon in der Hand. »Da ist einer dran, Brüderchen!«

Aljoscha folgt seinem Blick und sieht gerade noch, wie der Schwimmer mit einem Ruck unter der Wasseroberfläche verschwindet.

Tatsächlich. Es hat einer angebissen.

TEIL III:
GEFRIERPUNKT

Abwege

Stundenlang hat sie in dem stickigen Kofferraum gelegen, während der Wagen gefahren ist. Nur ein einziges Mal haben sie heute angehalten und sie hastig mit einem lauwarmen Burger und einem großen Becher Cola gefüttert. Dabei war sie gefesselt, und der Mann, den sie im Gegenlicht einer blendend weißen Straßenlaterne kaum erkennen konnte, hat kein Wort mit ihr gesprochen.

In der Ferne hat sie das Rauschen von Autos gehört. Eine Autobahn, die in der Nähe vorbeiführt, doch außer der Silhouette des Mannes und einem kleinen Stückchen Nachthimmel hat sie überhaupt nichts sehen können. Nachdem sie den Burger heruntergeschlungen und hastig ein paar Schlucke von der Cola genommen hat, machte sich ihre Blase bemerkbar. Sie hat den Mann angebettelt, sie aufs Klo gehen zu lassen, aber der hat darauf gar nicht reagiert, sondern ihr nur den Pappbecher an den Mund gesetzt und sie gezwungen, den Rest des eiskalten Getränks herunterzustürzen, und ihr dabei die Hälfte ins Gesicht gekippt.

Vermutlich hat er nicht mal verstanden, was sie ihm zu sagen versuchte.

Der Kofferraum ist mit Planen ausgelegt, und jetzt begreift sie auch, wieso. Sie hatte gedacht, dass da keine Tränen mehr in ihr sind, aber als sie es nicht mehr aushält und sich einnässt, zum zweiten Mal nun schon, wird sie von einem neuen Weinkrampf geschüttelt.

Es ist furchtbar kalt in dem Kofferraum, und bald wird die klamme Nässe zwischen ihren Schenkeln sich wie Eis anfühlen. Es stinkt erbärmlich hier drinnen, aber mittlerweile riecht sie es gar nicht mehr.

Sie schläft ein, sie erwacht, schläft wieder ein. Tag und Nacht, ewige Finsternis. Unzählige Male, bis sie jedes Zeitgefühl verloren hat. Diese Monotonie wird nur gelegentlich davon unterbrochen, dass der Mann – oder sind es verschiedene Männer? Sie weiß es nicht – den Kofferraum öffnet und ihr etwas zu essen verabreicht. Dann ist es draußen immer dunkel, sie hat seit Ewigkeiten kein Tageslicht mehr gesehen.

Wenn sie fertig sind, werfen sie ihr eine Decke über, aber das hilft kaum gegen die eisige Kälte.

Sie schläft wieder ein, bis das nächste Schlagloch sie aus fiebrigen Träumen in das groteske Zerrbild dessen zurückholt, was sie bis vor ein paar Tagen noch für die Realität gehalten hat.

Wenn sie schläft, träumt sie manchmal von Aljoscha, seinem Lächeln und den Plänen, die sie gemacht hatten. Dann erwacht sie und weint, bis sie wieder einschläft.

Irgendwann wird der Kofferraum erneut geöffnet, und diesmal sticht das Licht wie glühende Nadeln in ihre

Augen. Es ist Tag. Man hebt sie aus dem Wagen, trägt sie irgendwohin. Sie ist also am Ziel ihrer Reise angelangt.

Sie hört noch, wie der Wagen mit quietschenden Reifen wendet, hört das Prasseln des Schotters, als er davonbraust, dann wird sie wieder ohnmächtig.

Als sie das nächste Mal zu sich kommt, liegt sie auf einer Pritsche auf einer dünnen, kratzigen Wolldecke. Über ihren Körper hat man eine ebensolche Decke gebreitet, und es ist nicht mehr kalt, stellt sie fest, sondern angenehm warm.

Während sie geschlafen hat, hat man sie gründlich gewaschen, auch ihr Haar, das sich weich und seidig anfühlt. Sie ist nackt, und die Decke kratzt am ganzen Körper. Sie fühlt sich leicht, beinahe sorglos. Oder vielmehr gleichgültig. Vermutlich ist das auch die Erklärung für den bitteren Geschmack in ihrer Kehle. Man muss ihr etwas verabreicht haben.

Als sie die Augen aufschlägt und sich aufrichtet, sieht sie, dass sie sich in einem völlig schmucklosen, weiß getünchten Raum befindet. Es gibt nicht viel außer einem kleinen, altmodischen Waschtisch, auf dem neben einer Schüssel mit Wasser ein Stapel Klamotten liegt, und einer Frau, die daneben auf einem Stuhl sitzt und in einer Zeitschrift liest. Die Frau ist etwa vierzig, schlank und könnte hübsch sein, doch dazu sind ihre ungeschminkten Gesichtszüge eine Spur zu hart und zu verhärmt. Die Frau trägt eine Kittelschürze. Vor dem Waschtisch steht ein Paar roter, billiger Lackschuhe mit hohen Absätzen.

Als sie bemerkt, dass das Mädchen wach ist, spricht die Frau sie an. Auf Deutsch, mit nur einem Hauch von russischem Akzent. Dabei schaut sie sie aus teilnahmslosen grauen Augen an. Jetzt sieht das Mädchen, wie eingefallen ihre Wangen und wie spröde ihre blutleeren Lippen sind. Die Frau sieht aus, als habe sie eine schwere Erkältung.

Sie sagt: »Steh auf. Wasch dich da in der Schüssel. Auch unten, zwischen den Beinen. Dann zieh das an.« Dabei deutet sie auf den Stapel Kleidung und die roten Schuhe.

Das Mädchen tut, was die Frau verlangt, und während sie die Kleidung anlegt, bemerkt sie, dass es sich um sexy Unterwäsche und Netzstrümpfe handelt, alles von der billigen Sorte, wie sie die Frauen in den Pornofilmen tragen, die sie manchmal bei Aljoscha schauen musste. Sie hat das nie gemocht, wollte sich aber nichts anmerken lassen. Wollte nicht wie ein Kind wirken. Wollte ihm was beweisen. Sie spürt den Kloß im Magen, als sie an Aljoscha denkt, aber diesmal bleiben die Tränen aus. Die Erinnerung wird davongeweht, wie Blätter im Wind. Wie Schneeflocken.

Sie zieht die Sachen und die roten Lackschuhe an. Sie sind ihr etwas zu weit, vermutlich, weil es solche Sachen nicht in Kindergrößen gibt.

Die Frau sagt, sie soll in den Schuhen ein paar Meter laufen, und sie tut es. Dabei stakst sie unsicher auf wackligen Beinen umher, denn in solchen Schuhen ist sie noch nie zuvor herumgelaufen. Die Frau scheint es nicht zu stören. Sie nickt nur.

Beide setzen sich auf das Bett, und die Frau beginnt, ihr mit ein paar routinierten Bewegungen das Haar zu scheiteln und macht ihr dann zwei Zöpfe, die sie mit Zopfgummis fixiert, an denen kleine Plastikkirschen befestigt sind. Eine Erinnerung wabert träge durch den Kopf des Mädchens. Wann hat sie zum letzten Mal solche Zöpfe getragen? Beinahe kann sie sich erinnern, doch dann schwebt auch dieser Gedankenfetzen davon.

Die Frau zieht einen kleinen Metallzylinder aus der Tasche ihrer Kittelschürze, schraubt ihn auf und bemalt dann die Lippen des Mädchens, wobei sie sich keine allzu große Mühe gibt. Der Lippenstift ist knallrot, wie die Schuhe.

Sie betrachtet flüchtig ihr Werk, ohne eine Miene zu verziehen, und nickt, bevor sie aufsteht. Sie packt das Handgelenk des Mädchens und zieht sie mit sich.

Sie öffnet die Tür und bugsiert das Mädchen vor sich in den Gang und dann weiter, immer weiter, durch endlose weiße Gänge mit weißen Türen, die vielleicht in irgendwelche Zimmer führen. Alt sieht es hier aus und sehr gepflegt, vielleicht wie in einem Schloss oder einem Museum, und ein bisschen riecht es auch so. Alt.

Irgendwann öffnet die Frau eine der Türen und schiebt das Mädchen in den nächsten Raum. Das Mädchen bleibt überrascht stehen, beinahe schockiert von dem Prunk, der hier so unvermittelt herrscht.

Es muss wirklich ein Schloss sein, aber eins, in dem noch Leute wohnen. Riesige Kronleuchter hängen von der Decke, die golden glänzen und irgendwie aussehen, als seien sie wirklich aus Gold, und alt, sehr alt.

Hier gibt es jede Menge Spiegel und Holzvertäfelungen, in die Verzierungen aus Metall eingelassen sind, und vielleicht sind auch diese aus Gold und der Rahmen des Spiegels und die Uhr und die großen Kerzenständer auf dem Sims des gigantischen Kamins. Der ist aus Marmor, denn so heißt diese Art von Stein. Ganz weiß ist der, mit so schwarzen und goldenen Äderchen drin.

Für das Mädchen ist es, als betrachte sie ein blasses Bild von all dem. Sie ist müde, aber nicht schläfrig. Ihr Geist driftet in einen Zustand zwischen Wachen und Träumen. Sie steht da und wartet auf den nächsten Befehl. Eine angenehme Wärme macht sich in ihrem Bauch breit, als sie das üppige Speisenangebot auf dem langen Tisch bemerkt. Obst und gebratene Eier und Würstchen und jede Menge Zeug, welches das Mädchen noch nie gesehen hat, das aber lecker aussieht.

Die Wärme wird zu Hunger. Richtig, sie hat ja schon sehr lange nichts mehr gegessen. Ihre Augen starren auf den Tisch, sie ist unfähig, den Blick abzuwenden, es ist, als wäre etwas in ihrem Gehirn eingerastet.

Doch all diese Köstlichkeiten scheinen nur für einen einzelnen Mann aufgetürmt worden zu sein, der an dem Tisch sitzt. Die Frau gibt dem Mädchen einen kleinen Knuff zwischen die Schulterblätter, und sie stolpert nach vorn, auf den Mann am Tisch zu. Ihre Absatzschuhe klackern über das Parkett, ein Geräusch, das dumpf in ihrem Kopf verhallt. Noch immer starrt sie unverhohlen auf die Eier, die Würstchen und all die anderen Sachen. Das Obst ist bunt, aber die Farben verschwimmen an den Rändern. Das ist nicht einmal unangenehm, sie lächelt ein bisschen, obwohl sich ihr Magen schmerzhaft zusammenzieht, als sie den Essensgeruch wahrnimmt.

Erst jetzt bemerkt sie die beiden bulligen Glatzköpfe, die ebenfalls noch im Raum sind und Sonnenbrillen tragen. Sie stehen hinter dem Mann an der Wand, die Gesichter starr geradeaus gewandt, nehmen keine Notiz von ihr oder der Frau.

Der Mann am Tisch beachtet das Mädchen zunächst auch nicht, er isst in aller Seelenruhe weiter, während sie die Blicke nicht von diesem aufgehäuften Überfluss lassen kann.

Dann rülpst er vernehmlich, stopft sich den Rest eines Würstchens in den Mund und wischt sich dann die fettigen Hände an einer Serviette ab, bevor er sie achtlos auf den Boden fallen lässt. Seine Hände, bemerkt das Mädchen, sind fleischig und kurz. Die sehen auch aus wie Würstchen, denkt sie und spürt, wie sich ihr dümmliches Lächeln verbreitet, ohne dass sie etwas dagegen machen kann. Es ist ein seltsames Gefühl zu spüren, wie ihr Mund allein lächelt, fast ohne ihr Zutun. Der Mann lehnt sich in seinem Stuhl zurück, und unter seinem Jackett kommt ein gewaltiger Wanst zum Vorschein.

Erst jetzt dreht er sich auf seinem Stuhl zu dem Mädchen um und mustert sie aus Augen, die so kalt wirken, als sei jedes Leben darin schon vor Ewigkeiten erloschen. Die Augen eines Toten, denkt das Mädchen, und plötzlich hat sie ihren Hunger und das seltsame Lächeln vergessen. Es wird nicht besser, als sich die wulstigen Lippen des Mannes teilen und er ihr ein breites Grinsen schenkt. Er hat hässliche, schief stehende Zähne, ein paar davon sind ziemlich dunkel, als würde er sie nie putzen. Sein linker Eckzahn ist aus Gold. Sein Kinn glänzt vom Fett des Würstchens. Er scheint das gar nicht zu bemerken.

Nachdem er sie eine Weile stumm gemustert hat, sagt er etwas auf Russisch. Er redet sehr leise, ohne dabei irgendwen anzusehen, einfach in den Raum hinein. Die Frau, die das Mädchen hergebracht hat, antwortet ihm auf Russisch, und das Mädchen, auch wenn es kein Wort versteht, bemerkt doch, wie unterwürfig ihre Stimme dabei klingt.

Irgendwann nickt der fette Mann und macht dann mit seinem Zeigefinger eine lockende Bewegung in Richtung des Mädchens, wobei sein Grinsen noch ein wenig breiter wird. Als sie zuerst nicht reagiert, erhält sie einen weiteren Stoß zwischen die Schulterblätter, und die Frau zischt ihr zu: »Los! Geh hin, na mach schon.«

Also setzt sie sich in Bewegung und geht auf den Mann zu. Der wirkt aus der Nähe noch abstoßender, aber der Geruch der gebratenen Würstchen ist nun fast übermächtig.

Der Mann sagt wieder etwas, und die Frau im Rücken des Mädchens übersetzt es. »Du wirst dir jetzt dein Frühstück verdienen«, sagt sie, und als das Mädchen nicht reagiert, sagt die Frau nochmals: »Na los, mach schon! Mach endlich!«

Aber sie weiß ja gar nicht, was sie machen soll. Da der Mann vor dem gedeckten Tisch aber zweifellos weiß, was hier vorgeht, versucht sie ihr Glück, wendet sich an ihn und fragt: »Können Sie mir bitte sagen, wo ich bin? Ich … ich möchte nach Hau…«

Weiter kommt sie nicht.

Sie hat die Hand des Mannes nicht kommen sehen, doch plötzlich wird ihr Kopf zurückgeschleudert, und ein greller Schmerz explodiert in ihren Schläfen. Sie taumelt rückwärts, stolpert in den ungewohnten Schuhen. Fällt, doch die Frau packt sie rechtzeitig an den Ärmeln. Richtet sie unsanft wieder auf und schleppt sie wieder vor den Mann. Tränen laufen über die Wangen des Mädchens, aber sie bekommt das kaum mit.

Der Mann grinst jetzt nicht mehr. Er schüttelt enttäuscht den Kopf. Kleines, dummes Kind. Dann sagt er etwas, und die beiden Glatzköpfe, die sich bisher keinen Millimeter bewegt haben, stimmen ein kleines Gelächter an, das nach einer Sekunde urplötzlich wieder verstummt.

»Knie dich hin«, sagt die Frau, und diesmal tut es das Mädchen sofort, wenn auch etwas umständlich wegen der Schuhe. Sie kniet jetzt auf allen vieren vor dem fetten

Mann und kann sehen, wie sich dessen Wurstfinger am Verschluss seiner Hose zu schaffen machen.

Nein!, schreit irgendetwas tief in ihrem Bewusstsein, aber es ist nicht mehr als ein fernes Wimmern, das kaum zu ihr durchdringt.

Die Frau verpasst ihr einen weiteren Knuff zwischen die Schulterblätter, wie zur Erinnerung, dann dreht sie sich um und geht davon. Das Mädchen kann ihre Schritte auf dem Parkett hören, bis sie den Raum verlässt und die Tür leise hinter sich schließt.

19. Dezember

Untergetaucht

Tannenwald, Leipzig-Lindenthal

Aljoscha schüttelt sich. Aus irgendeinem Grund kommt es ihm noch kälter vor, seit er den Wald betreten hat. Vielleicht liegt das aber auch nur an der Stille. Oder daran, dass die Sonne inzwischen ihre kläglichen Versuche aufgegeben hat, zwischen den dichten Wolken hervorzulugen, und nun beschlossen hat, ganz hinter dem Horizont zu versinken. Vom trüben Zwielicht zu einem anthrazitfarbenen Himmel aus Blei und dann schlussendlich zur sternenlosen Finsternis. Er hofft, dass genug Decken in der Hütte sind.

In seinen Ohren stecken Kopfhörer. Er hört schnelle, elektronische Musik, liebt es, die Bässe auf Anschlag zu drehen, bis sie ihm richtig das Trommelfell massieren. Er hört die Musik auch, wenn er *Counterstrike* zockt und massenhaft Feinde niedermäht, und jetzt erinnert sie ihn daran. Bäm! Bäm! Bäm! Schnell, hart, tödlich.

Aljoscha wirft einen Blick auf die Straße, die sich vor ihm tiefer in den Wald hineinschlängelt. Er wird die Brücke überqueren und ihr folgen bis zu einem nicht ausgeschilderten Wanderweg, der rechter Hand abzweigt und scheinbar nach ein paar Metern in wild wucherndem Unterholz ein jähes Ende findet. Aber das ist nur Tarnung. Wenn man das Gebüsch umgeht und sich an einem bestimmten, kahlen Baumriesen orientiert, kommt man schließlich zu einer Lichtung mit einem kleinen See, in dem es im Sommer sogar manchmal ein paar Fische gibt.

An dessen Ufer steht eine gut versteckte kleine Hütte, von außen wenig mehr als ein baufälliger Schuppen. Etwas, das vielleicht vor Urzeiten ein Jäger errichtet und dann vergessen hat. Und genauso soll es auch aussehen.

Es gibt eine Falltür im Boden des Schuppens, aber die sieht man nur, wenn man nach ihr sucht. Eine primitive Holzleiter, zusammengezimmert aus Ästen und mit Stricken verstärkt, führt nach unten, wo eine Kiste steht, in der ein paar Decken und einige Kerzen liegen, samt Zündhölzern, für alle Fälle.

Für Fälle wie diesen.

Von denen sie immer geglaubt haben, dass sie nie wirklich eintreten würden.

Er hat jetzt das Ende der Brücke erreicht. Nur noch eine einzelne Laterne steht hier, ein einsamer Wächter des Waldes – wenn man an solche Märchen glauben will. Aljoscha bückt sich nach einem Kiesel, hebt ihn auf und wirft ihn nach der Lampe. Er verfehlt sie um mehr als einen Meter.

Drauf geschissen, denkt er und folgt der Straße weiter in den Wald, der jetzt ein schweigender schwarzer Schlund ist. Etwas blitzt am Rande seines Gesichtsfelds, und sein Blick, der gerade noch starr auf die Spitzen seiner Schuhe gerichtet war, hebt sich ruckartig. Mit einer hastigen Bewegung zieht er die Kopfhörer an ihren Kabeln aus seinen Ohren.

Die Bässe pochen in seinen Händen weiter. Wie zwei kleine Herzen, die viel zu schnell schlagen.

Er sieht das Zucken der Nebelscheinwerfer durch die Bäume huschen, als der Wagen heranrast. Er geht hinter einem Baum in Deckung, duckt sich, bis der Wagen ihn passiert hat. Nur ein Auto. Irgendein armer Irrer, der von der Arbeit nach Hause fährt, um sich endlich die Eier am Kamin zu schaukeln. Oder vielleicht ein Typ, der gerade seine Geliebte gebumst hat und jetzt heim zu Frau und Kindern rast. Soll er doch, denkt Aljoscha. Drauf geschissen. Als der Wagen vorbeigefahren ist, dreht er sich um und spuckt ihm hinterher. Dann geht er weiter.

Nach einer Weile kommt ihm Elise in den Sinn. Die seltsame Art, wie sie ihn küsst. So gierig und ein bisschen unbeholfen, aber irgendwie findet er das auch ziemlich sexy. So als wollte sie unbedingt eins von den großen Mädchen sein. So als wollte sie ihm gefallen und ja alles richtig machen, und sie gibt sich ordentlich Mühe dabei. Das mag er. Schließlich ist auch er einer von den großen Jungs, oder bald. Ja, schon ganz bald werden sie in der großen Liga mitspielen. Sich mit dem Schuhkarton in Sergejs Golf setzen und irgendwo hinfahren, wo sie von vorn beginnen, weit weg von Onkel Wadim, dem gierigen alten Blutsauger. Und diesmal werden sie alles richtig machen.

Er steckt die Kopfhörer tiefer in seine Ohren und gibt sich wieder dem Gewummer hin, dabei grinst er ein bisschen. Bald, schon bald.

Gute fünf Minuten vergehen, bis er schließlich den Abzweig erreicht. Oder zumindest erreicht haben sollte. Irgendwo hier muss jedenfalls der ehemalige Wanderweg beginnen, wenn er sich recht erinnert. Direkt nach der S-Kurve. Von dort ist es nicht mehr weit bis zu dem kahlen Baum, und dann sind es nur noch ein paar Minuten bis zur Hütte mit den Decken. Und das wird auch höchste Zeit, seine Füße fühlen sich jetzt schon an wie ein Paar Eisklumpen.

Er kneift die Augen zusammen und dreht sich langsam um die eigene Achse, sucht die dichte Finsternis des Waldes nach dem hellen Flecken ab, welcher der kahle Baum sein muss.

Er hört den Wagen nicht, der hinter ihm herangeschossen kommt. Er hört ihn auch nicht über die Brücke rumpeln, er hört nur bumm, bumm, bumm, und sucht nach dem kahlen Baum und hat scheißkalte Füße und seine Gedanken wandern wieder zu Elise und wie sich ihr kleiner Po durch den Stoff ihrer Leggings anfühlt in seiner Hand und wie es sich wohl zwischen ihren Beinen anfühlt, wenn sie heiß ist auf ihn. Scheiß drauf, was Sergej gesagt hat, beschließt er. Wenn sie erst allein in der Hütte sind, wird er probieren, sie flachzulegen. Nur um zu wissen, wie es ist. Sie kann ja trotzdem Jungfrau bleiben, da gibt es schließlich jede Menge anderer Möglichkeiten und …

Hinter ihm heult der Motor des Wagens auf, als der Fahrer aufs Gas tritt, und jetzt hört ihn auch Aljoscha und fährt herum.

Aber es ist zu spät.

Da ist kein Licht an dem Wagen. Keine tanzenden Lichtkegel, die die Bäume vor ihm erfassen, sonst hätte er das längst mitbekommen müssen. Der Bekloppte hinter ihm fährt in völliger Dunkelheit und scheint es nicht mal zu bemerken.

Oder …

Aljoscha versucht zwischen die Bäume zu gelangen, aber da ist der Wagen schon herangeschossen. Jetzt flammen die Scheinwerfer auf und blenden ihn, bevor er noch die Augen schließen oder auch nur daran denken kann, in den Wald zu laufen.

Etwas erwischt ihn hart an der Brust und schleudert ihn durch die Luft.

Als er ein paar Meter weiter hinten auf dem Waldboden aufschlägt, ist er noch bei Bewusstsein, gerade so. Er bleibt liegen und versucht nach Luft zu schnappen, aber aus irgendeinem Grund geht das nicht, seine Lunge ist wie blockiert. Während er etwas Metallisches im Mund schmeckt, hört er, wie der Wagen mit quietschenden Reifen zum Stehen kommt.

Der muss noch nicht mal besonders schnell gewesen sein, als er mich erwischt hat, denkt Aljoscha, aber trotzdem fühlt es sich an, als ob ein Pferd nach ihm ausgetreten hätte. Plötzlich funktionieren seine Lungen wieder, gierig saugt er die kalte Nachtluft ein. Er versucht sich hochzurappeln, aber seine Beine versagen ihm den Dienst. Gebrochen können sie nicht sein, denkt er, denn er spürt keine Schmerzen. Überhaupt nichts eigentlich. Etwas Warmes schwappt aus seinem Mund und läuft über sein Kinn. Immer noch keine Schmerzen, ist das nicht seltsam, denkt er benommen.

Die Wagentür öffnet sich, und jemand tritt in den Lichtkegel, der von den Scheinwerfern des Wagens ausgeht. Ein Mann, und er hat etwas in seiner Hand; einen länglichen Gegenstand. Ein Brecheisen möglicherweise?

Dann springt der Mann in den Straßengraben.

Aljoscha tastet nach der Makarow, die in seinem Gürtel stecken müsste, und noch während er das tut, wird ihm bewusst, wie sinnlos das ist. Die Waffe ist nur eine Attrappe, er hat nicht mal Patronen dafür, und Gott allein weiß, ob das verrostete Ding überhaupt noch funktionieren würde, zu etwas anderem als zur Einschüchterung. Egal, sie steckt ohnehin nicht mehr in seinem Gürtel. Ins Gebüsch geflogen vermutlich oder sonst wohin.

Dann ist der Mann über ihm.

Aljoscha will schreien, aber er bekommt kein Wort heraus. Er liegt einfach auf dem kalten Boden und japst und schnappt nach Luft wie ein Fisch auf dem Trockenen. Und irgendetwas stimmt verdammt noch mal nicht mit seinen Beinen, wieso spürt er da unten nichts? Panisch versucht er, von dem Mann wegzukriechen, aber er kann sich keinen Zentimeter bewegen.

»Es tut mir leid«, ruft Aljoscha, und dann sprudeln die Worte aus ihm hervor wie ein Wasserfall. »Es war doch nur ein dummer Streich. Bitte, du musst das verstehen, Mann! Bist du das, Wassili? Komm schon! Ich geb dem Onkel das Geld doch zurück, alles davon, mit Zinsen! Ich mach's ganz bestimmt.«

Worte, die noch nicht mal für ihn selbst überzeugend klingen, sondern nur nach dem Gewinsel eines Feiglings. Und wenn schon, dann ist er eben ein Feigling. Er will nicht sterben, das ist die simple Wahrheit. Nicht hier, in der Finsternis des Waldes, auf einer Straße, die mit Eis bedeckt ist.

Also bettelt er. Der andere hört sich das eine Weile schweigend an, dann holt er aus, mit dem länglichen Ding in seiner Hand. Ja, es ist ein Brecheisen.

»Ich hab mir nichts dabei gedacht, ich wollte Onkel Wadim nicht hintergehen. Wirklich nicht, das musst du mir glauben, ich … Aaaah!«

»Onkel?«, fragt der Mann mit der Brechstange.

»Ja!«, ruft Aljoscha. Seine Stimme ist ganz hoch und piepsig vor Angst. »Ja, Iwanow, er ist mein Onkel, verstehst du? Mein richtiger Onkel, Mann, wir sind blutsverwandt! Und ich respektier ihn, wirklich … ich hab mir nur … ich hab mir nichts dabei gedacht, ich … Aaaah!«

Aljoscha, der sein Gesicht mit der Hand zu schützen

versucht, beginnt zu schreien, als das Brecheisen nieder-
saust und ihm die Knochen von drei Fingern gleichzeitig
zerschmettert.

Aber er schreit nicht lange.

Granit

Das würde Seiler wohl kaum gefallen, denkt Novic, als er auf den Parkplatz hinter dem Exotica Tanzklub tritt, wo er sofort von einem breitschultrigen Riesen in Empfang genommen wird. Es ist ein anderer als beim letzten Mal, aber die Ähnlichkeit zwischen beiden ist verblüffend, so als wären sie nur Varianten ein und desselben Mannes, vielleicht sind sie ja Brüder. Auch der hier trägt trotz der Kälte nur einen Anzug und darunter ein Hemd, das so weit offen ist, dass es seine haarige breite Brust enthüllt. Keine Krawatte. Aber eine schwere Goldkette.

»Verpiss dich!«, empfiehlt der Riese mit schwerem Akzent. »Eingang ist auf andere Seite.«

»Ich möchte mit Herrn Iwanow sprechen«, sagt Novic. Das lässt den Riesen kalt.

»Er aber nicht mit dir«, sagt er. »Und jetzt zieh du Leine, bevor ich dich auseinandernehme. Verstehst du, Mudak?«

»Klar und deutlich. Aber gestatten Sie, dass ich da anderer Meinung bin. Ich glaube nämlich schon, dass der Herr Iwanow für mich Zeit haben wird, wenn Sie ihm nur erst sagen, dass ...«

245

»Ey, bist du bescheuert, oder was?«, knurrt der Mann und macht sich bereit, seinen Worten Taten folgen zu lassen. Doch dann bekommt sein hartes Gesicht urplötzlich etwas sanft Verträumtes. So als lausche er einem fernen Klang.

»Was?«, fragt der Riese dann auf Russisch, aber das ist nicht an Novic gerichtet, sondern an den Knopf, den er im Ohr trägt. »Oh. Natürlich, Boss, klar. Sofort.«

Er mustert Novic von Kopf bis Fuß, dann schüttelt er ungläubig den Kopf.

»Na gut«, sagt er dann. »Du darfst rein. Kommst du mit, da lang!«

Er deutet auf die Hintertür, durch die er und Seiler schon bei ihrem letzten Besuch den Klub betreten haben. Bloß waren sie da zu zweit, und irgendjemand in der Zentrale wusste vermutlich, wo sie sich befanden. Jetzt ist nichts davon der Fall, und es ist nicht auszuschließen, dass das auch Iwanow weiß.

Novic folgt dem Riesen in den Keller.

Wieder sitzt Iwanow allein in seinem Computerraum mit den unzähligen Monitoren an der Wand. Selbstverständlich sind diese auch jetzt vorübergehend abgeschaltet. Gott allein weiß, wen oder was Iwanow da auf dem Schirm beobachtet, wenn sonst keiner zuguckt. Der Riese bezieht neben der Tür Aufstellung, aber Iwanow schickt ihn mit einem Kopfnicken hinaus. Die Metalltür fällt geräuschvoll hinter ihm ins Schloss.

Dann sind sie allein.

»Hauptkommissar Novic, ja?«, fragt Iwanow, als sähe er Novic zum ersten Mal. Ein Lächeln umspielt seine Züge, an dem ungefähr so viel Lustiges ist wie an den gefletschten Zähnen eines hungrigen Wolfs aus nächster Nähe. Er trägt denselben billigen Anzug wie beim letzten Mal, nur ist der jetzt noch ein bisschen mehr zerknittert. Und auch dieselbe Casio, eine F-91W, registriert Novic, auch bekannt als die Bin-Laden-Uhr. Na prima.

»Milo Novic«, fährt der Alte im Plauderton fort. »Aus Kneževac. Aber das ist alles schon ein bisschen her, nicht wahr? Wie alt waren Sie damals, vierzehn? Fünfzehn? Keine schöne Sache, so ein Krieg.«

»Nein«, sagt Novic, »keine schöne Sache.«

»Geht's Ihrer Schwester gut?«, fragt Iwanow weiter. »Romana? So heißt sie doch, nicht wahr?«

Dazu sagt Novic gar nichts, weil das auch gar nicht nötig ist. Iwanow nickt, wie um seine Frage selbst zu beantworten.

»Freut mich zu hören, dass es Ihnen beiden hier so gut gefällt«, sagt er dann. »Wünschen wir ihr ein langes und gesundes Leben in unserer schönen Stadt. Und Ihnen natürlich auch.«

Unsere Stadt, denkt Novic, aber was er meinte, war *meine* Stadt. Nur dazu dient also diese kleine Übung. Ein bisschen versteht er jetzt, warum Seiler so wenig begeistert war, als sich ihre Ermittlungen auf Iwanow zubewegten. Und so erleichtert, als der sie von sich abprallen ließ wie einen Eishockeypuck an der Bande. Seiler *wollte*

Iwanow glauben, dass er mit der Sache nichts zu tun hatte. Sie hatte es vermutlich inständig gehofft.

Und genau da liegt möglicherweise das Problem.

»Also«, sagt Iwanow und schenkt sich jetzt das Lächeln, vermutlich, weil er bemerkt hat, dass Novic es ihm ohnehin nicht abkauft. Das Wölfische in seinem Blick bleibt. »Was darf ich für die Polizei tun, Herr Kommissar? Mal wieder.«

»Es geht immer noch um den Herrn Malinowski«, sagt Novic.

Iwanow verdreht die Augen. »Was ist mit dem?«

»Wir suchen ein Mädchen, das möglicherweise gesehen hat, wer ihn ermordet hat.«

»Ein Mädchen, hm? Und wieso kommen Sie da zu mir? War es etwa ein Mädchen aus dem Klub, hm? Ihr Polizisten müsst wirklich tief in der Klemme sitzen, wenn ihr wegen jedem Scheiß zu mir kommt«, sagt er im Tonfall einer Randnotiz und schafft es dabei, kein bisschen ungehalten zu wirken. Das hat er gar nicht nötig.

Novic schweigt.

»Also, wie heißt sie denn, Ihre sogenannte Zeugin?«

»Lamert«, sagt Novic und ist sich der Tatsache bewusst, dass er damit ein großes Risiko eingeht und Iwanow deutlich mehr von einer laufenden Ermittlung anvertraut, als er dürfte. Deutlich mehr, als Seiler das bereits getan hat. Novic muss an diesen Film denken. *Quid pro quo, Dr. Lecter.*

»Paula Lamert«, sagt er dann.

In seinen Ohren klingt das ein bisschen wie ein Todes-urteil. Andererseits, wenn Iwanow in dieser Sache wirk-lich mit drinsteckt und seine Männer Malinowski doch auf dem Gewissen haben, ist es kein Wunder, dass Pau-la verschwunden ist. Dann wäre es vielmehr ein Wunder, wenn sie überhaupt jemals wieder auftauchen würde.

»Nie gehört«, sagt Iwanow, und Novic, der ihn dabei sehr genau beobachtet hat, ist versucht, ihm zu glauben.

»Von den Tänzerinnen oben im Klub heißt auch keine so. Die haben alle Namen wie Chantal oder Roxy oder Natalia. Bei einem Namen wie Paula würden die Be-sucher in Gelächter ausbrechen, wenn man so was an-kündigen würde. Hier kommt Paula, die Königin des Hüftschwungs. So was geht doch nicht. Oder?«

Novic schüttelt langsam den Kopf. Er versteht, wo-rauf Iwanow hinauswill. Nämlich darauf, dass er auf sei-ne Mädchen aufpasst. Von denen verschwindet keine so einfach, und von denen wird auch sicher keine Zeugin eines Mordes. Welch ein Glück für sie.

»Wie alt ist sie denn, diese Paula Irgendwas?«, will Iwa-now wissen. Als ob ihm der Nachname bereits entfallen wäre. Als ob, denkt Novic.

»Vierzehn.«

»Wie bitte?«, flüstert Iwanow, und plötzlich und ohne jeden Übergang ist sein Blick so kalt wie gefrorener Stahl. »Was haben Sie da gerade gesagt?«

»Vierzehn«, wiederholt Novic, und für einen Moment glaubt er, dass er diesen Raum vielleicht doch nicht lebend verlassen wird. Und er versteht, wieso ein Mann, den die Unterwelt »Onkel« nennt, der Boss einer der härtesten Verbrecherorganisationen der Welt ist. Jeder, der diesen Blick gesehen hat, würde das verstehen.

»Hier gibt es keine vierzehnjährigen Mädchen«, sagt Iwanow, und es scheint, als hätte die Kälte in seinem Blick auch seine Stimme in Eis verwandelt. »Haben Sie mich verstanden, Herr Novic? So etwas gibt es hier nicht. Nicht in diesem Klub. Nicht in dieser Stadt.«

»Malinowski hat sie mit zu sich nach Hause genommen und Fotos von ihr gemacht ...«

»Hier«, fährt ihm Iwanow schneidend ins Wort, »gibt es so etwas nicht.«

»Aber ...«

»Wir kennen uns noch nicht, Herr Novic. Deswegen werde ich jetzt sehr großzügig sein und über diesen Versprecher Ihrerseits hinwegsehen. Und noch etwas: Wenn das stimmt, was Sie über Malinowski sagen, werde ich höchstpersönlich auf das Grab dieses Pidors pissen und anschließend seinem Mörder einen großen Strauß wunderhübscher Blumen schicken. Verstehen Sie mich? Ich sage es zum letzten Mal: Es gibt keinen Kinderstrich in dieser Stadt. Nicht, solange Onkel Iwanow etwas zu sagen hat.«

Novic blickt ihn an. Wenn Iwanow ihn gerade belogen hat, ist er wirklich ein Meister seines Fachs. Allein, dass er so aus der Fassung gerät – das kann nicht gespielt gewesen sein. Wie hatte Seiler noch gesagt? Nur Leute, die sich vor etwas fürchten, lügen. Und wovor sollte sich Iwanow in dieser Situation fürchten? Ganz sicher nicht vor ihm.

Er findet keine Zeit, noch länger über all das nachzudenken, denn inzwischen hat Iwanow auf einen Knopf gedrückt und die klinkenlose Stahltür springt wieder auf. Der muskelbepackte Kerl von vorhin stürmt in den Raum, dreht sich zu Novic um und deutet mit ernster Miene auf die Tür. Zeit zu gehen, also.

»Ich danke Ihnen, Herr Iwanow, ich …«

»Lassen Sie's gut sein, Milo. Wie Sie sehen, kümmern wir uns hier um unsere Angelegenheiten selbst. Und Ihnen rate ich, dasselbe zu tun. Kommen Sie nicht wieder hierher. Verstehen Sie mich?«

Novic nickt langsam, während ihn der Riese zur Tür hinaus- und den Gang entlangbugsiert. »Lassen Sie's gut sein, Milo.«

»Das nächste Mal könnte ich weniger guter Laune sein«, tönt Iwanows Stimme aus dem Kellerzimmer, dann fällt die Stahltür hinter Novic ins Schloss.

Schlussverkauf

Leipzig, Höfe am Brühl

Als Seiler das Einkaufszentrum erreicht, ist kein Reinkommen mehr. Menschenmassen quellen aus den gläsernen Flügeltüren hinaus in die Nacht und die Kälte. Die Geschäfte schließen in wenigen Minuten, verrät ihr eine Frauenstimme aus einem unsichtbaren Lautsprecher, man bedanke sich für den Einkauf und hoffe …

Ja, hofft vor allem, dass die einkaufswütigen Massen auf dem schnellsten Wege das Gebäude verlassen, damit auch das Personal irgendwann nach Hause kann.

Aber Seiler, so viel Mitgefühl sie auch für die gestressten Verkäufer hat, muss da rein, koste es, was es wolle.

Schon von außen kann sie die Typen mit den Funkgeräten und den erstaunlich schlecht sitzenden Anzügen sehen, die die Leute mehr oder weniger freundlich, aber auf jeden Fall bestimmt in Richtung Ausgang schieben.

Seiler wird klar, dass sie feststeckt. Sie kassiert einen Knuff nach dem anderen bei ihrem Versuch, gegen den Strom zu schwimmen. Also wendet sie sich um, lässt sich mit den anderen Fischen im Strom wieder nach draußen treiben und hastet dann an der Seite des lang gestreckten Gebäudes entlang.

Sie muss da rein, und es muss einen anderen Weg geben. Schon mal aus Sicherheitsgründen. Zumindest hofft sie das. Schließlich findet sie, was sie sucht, am gegenüberliegenden Ende des Gebäudes. Dies ist sicher nicht der Eingang, durch den man die regulären Besucher begrüßt, vielmehr der, durch den die Verkäufer und vermutlich auch das Reinigungspersonal kommen und gehen. Was ihr nur recht sein kann. Weniger Andrang.

Eigentlich müsste diese Tür doch verschlossen sein, zumindest von der Außenseite, denkt sie, doch dann erkennt sie, warum die Tür jetzt einen Spalt weit offen steht. Im Schatten steht ein junger Mann im rot-weißen Kittel. Einer der Verkäufer, die sich vorschriftsmäßig auf das Weihnachtsgeschäft zu freuen haben und ohne Murren zahllose Überstunden schrubben dürfen. Hoffentlich bekommt er die wenigstens bezahlt, denkt Seiler.

Der junge Mann zieht an einer Zigarette und zuckt zusammen, als sie aus dem Schatten auf ihn zutritt. Er verschluckt sich, muss husten. Und als Seiler den süßlichen Duft wahrnimmt, der von der Zigarette ausgeht, weiß sie auch, wieso er sich so erschrocken hat.

»Ähm, Sie können da nicht rein«, sagt der junge Mann. »Sie müssten auf die andere Seite gehen. Aber ich glaube, für heute ist sowieso erst mal Schluss mit dem Einkaufen.«

Er lächelt sie an, und sie sieht, dass das keinen mehr freut als ihn. Das kann sie ja verstehen, aber sie muss jetzt da rein, und zwar schleunigst. Es geht um Leben und Tod.

Der junge Mann zieht noch einmal an seiner Zigarette und hebt entschuldigend die Schultern.

Seiler zieht ihren Dienstausweis hervor.

Seine Augen werden groß, und augenblicklich lässt er die Kippe fallen, bevor er hastig seinen Fuß draufstellt und sie mit einer Vehemenz austritt, als wolle er seine Schuhspitze durch das Pflaster bohren.

»Ich muss da rein«, erklärt sie, »Diebstahl bei Müller.«

»Oh«, sagt der junge Mann, dreht sich um und hält ihr die Tür auf. Sieh an, denkt sie und muss ein bisschen lächeln, ein kiffender Gentleman.

Im Inneren des Einkaufszentrums ist das Gedränge immer noch dicht. Ein gutes Zeichen, schießt ihr durch den Kopf, während sie sich, so schnell es eben geht, durch die Menschenmassen in Richtung Spielwarengeschäft wühlt.

Dort, wo im Schaufenster die Lego-Burg ... dort, wo jetzt nichts mehr im Schaufenster steht.

Die Burg ist verschwunden, es muss erst vor Kurzem passiert sein. Der Drache mit dem Wattefeuer ist noch da und spuckt blinkendes LED-Feuer auf die Leere unter sich.

Verdammt!

Seiler hastet am Schaufenster vorbei zum Eingang des Ladens, doch dort ist man gerade dabei, die Tür zu verschließen. Eine dickliche Verkäuferin – selbstverständlich ebenfalls im rot-weißen Vorfreudeornat – drückt ihr die Tür vor der Nase zu und schließt sie ab, dann dreht sie sich um und geht.

Ihr verzweifeltes Klopfen gegen die Glastür ignoriert die rot-weiße Verkäuferin, während sie zurück in den Laden watschelt und zwischen den Regalreihen verschwindet.

»Blöde Kuh!«, zischt Seiler, aber noch ist nicht aller Tage Abend. Sie wird diese Burg bekommen, koste es, was es wolle. Dieser Gedanke bringt sie auf eine neue Idee. Ärgerlich fragt sie sich, warum sie da nicht schon viel früher drauf gekommen ist. Letzte Woche, zum Beispiel. Und, ob die Burg vielleicht ja noch rechtzeitig eintreffen würde, wenn man sie von einem unverschämt teuren Express-Kurierdienst liefern ließe.

Sie zieht ihr Handy aus der Tasche und beginnt darauf herumzutippen, während sie sich auf die Bank setzt, wo sie vor ein paar Tagen schon Jonas zusah und gebrannte Mandeln aß. Glückliche, ferne Tage voller verpasster Gelegenheiten.

Natürlich weiß Google sofort, was sie will. Sie muss nur »Burg Le…« eingeben, und sofort spuckt die Suchmaschine allerhand Ergebnisse zu »Burg Lego Prinzessin« aus, schließlich ist das Ding der absolute Verkaufsschlager in diesem Jahr, na sieh einer an. Sie ist sogar so beliebt, dass sie seit einer Woche in jedem Onlineshop, den sie finden kann, ausverkauft ist.

Seiler springt auf, tritt gegen die Bank und verkneift sich einen weiteren Fluch, dann setzt sie sich wieder hin, vornübergebeugt, und starrt auf ihr Handy. Bis sie ausholt und es wutentbrannt zu Boden wirft. Das Gerät übersteht das wie durch ein Wunder, es geht nicht mal aus. Vom Display grinst ihr hämisch die Lego-Burg entgegen, bis das Display langsam dunkler wird und schließlich erlischt.

Jemand setzt sich neben sie.

Toll, denkt sie, ich sehe schon die Schlagzeile: »Marodierende Polizistin in Einkaufszentrum von Sicherheitskräften ruhiggestellt.«

»Na, auch in Weihnachtsstimmung?«, fragt eine Stimme, und da ihr schon bei deren Klang klar wird, dass das keiner von der Security sein kann, hebt Seiler den Kopf und sieht den Mann an.

Es ist der höfliche Kiffer vom Hintereingang. Jetzt kann sie auch lesen, was auf seiner Schürze steht, es ist der Name des Spielwarengeschäfts. Irgendwas in seinem schiefen Lächeln bringt sie dazu zurückzulächeln. Er ist jünger, als er in der Dunkelheit aussah, ein Student vermutlich, der hier aushilft, um sich ein paar Euro nebenher zu verdienen. Und wie er die bevorzugt ausgibt, weiß Seiler ja inzwischen.

»Ach, eigentlich ist das alles so verdammt lächerlich«, sagt sie und schüttelt den Kopf. Herrgott, sie wird Jonas eben etwas anderes kaufen, er wird sich nicht beschweren. Das tut er nie, denn selbst in seinem Alter hat er schon begriffen, dass die Geschenke nicht der springende Punkt sind an Weihnachten. Ganz besonders an Weihnachten. Sie sollte nach Hause gehen zu ihm, jetzt gleich, ihn umarmen, ihm was Schönes kochen und dann mit ihm auf der Couch einschlafen. Wie sie es schon vor Stunden hätte tun sollen.

»Und was jetzt genau ist so lächerlich daran?«, hakt der Student interessiert nach, und für einen absurden Moment fragt sich Seiler, ob er vielleicht gerade versucht, mit ihr zu flirten. Und wann sie so etwas zum letzten Mal überhaupt bewusst wahrgenommen hat. Der Junge könnte ihr Sohn sein, na klar. Aber er hat was. Etwas, das ihre Laune schlagartig verbessert.

»Es geht um ein Geschenk für meinen Sohn.«

Sie wartet. Er nickt. Bringt keinen dummen Spruch von wegen, »Was, Sie haben einen Sohn? Sieht man Ihnen gar nicht an!«, als sei es ein Gesetz, dass jede Mutter sofort nach der Geburt automatisch fett und unansehnlich werden müsse. Er nickt nur.

»Es ist diese Burg ...«

»Die mit der Prinzessin auf dem Turm?«

»Ja.«

»Die ist echt beliebt«, sagt er. »Ich hätte mir auch eine kaufen sollen.«

»Was?«, fragt Seiler und bemerkt erst später, dass sie den Burschen angrinst. Fragt sich, wer hier gerade wen anflirtet.

»Na ja, für eBay. Ich hätte sie vermutlich nicht ausgepackt und damit gespielt, aber in ein paar Jahren ist das Ding bestimmt ein kleines Vermögen wert.«

»Nee, schon klar«, sagt Seiler und grinst noch ein bisschen mehr.

»Es gibt keinen Diebstahl bei Müller, oder?«, fragt er. Seiler spürt, wie ihr die Hitze in die Wangen schießt. Sie senkt den Blick auf ihr Handy, hebt es auf und schüttelt den Kopf.

»Ich war hier, um diese Burg für Jonas zu kaufen.«

Er deutet auf das Schaufenster.

»Die ging vorhin raus, kurz vor Ladenschluss«, sagt er. »War das letzte Exemplar.«

Sie nickt.

»Na ja, nicht ganz das letzte. Wir haben noch eine Burg im Lager.«

»Was?«

»Ja. Die soll morgen ins Fenster. Weil's ja blöd aussieht, wenn das leer ist. Wollen Sie die vielleicht haben?«

»Ob ich …?«

»Na ja, ich könnte da reingehen und die Burg für Sie kaufen. So tun, als wüsste ich nicht, dass sie in das Fenster soll. Das würde Frau Stahnke vermutlich nicht besonders gefallen, aber was soll's. Ich bin sicher, die finden was anderes zum Ausstellen.«

»Das würden Sie machen?«, fragt Seiler.

Er nickt und steht auf.

»In fünf Minuten am Hintereingang«, sagt er. »Wo ich vorhin gestanden habe.«

»Schon klar.« Seiler nickt und steht nun ebenfalls auf. »Danke, wirklich. Ich weiß nicht, wie ich Ihnen das je …«

Er grinst.

»Eigentlich würde ich Sie ja ganz gern nach Ihrer Nummer fragen oder so, aber ich weiß nicht, wie Sie darauf reagieren würden. Und mit der Polizei möchte ich mich ganz bestimmt nicht anlegen, also ...«

Seiler schnaubt, dann schüttelt sie lächelnd den Kopf und geht davon, auf den Ausgang zu. Einer der Wachleute mit den schlecht sitzenden Anzügen und den gestresst wirkenden Gesichtern hält ihr die Tür auf, und sie bedankt sich bei ihm.

Zehn Minuten später ist sie im Besitz einer original Lego-Burg, und das Beste: Den Feuer speienden Drachen samt Wattebausch gab's noch obendrauf.

Der junge Mann hingegen ist nun im Besitz von fünfzig Euro, die sie ihm zusätzlich zum Kaufpreis der Burg in die Hand drückt, zusammen mit einem Zettel, auf den sie ihre Handynummer gekritzelt hat.

Flucht

»Hey«, ruft Elise, als Sergej ihr die Tür des Golfs aufhält. Diesmal die auf der Beifahrerseite.

»Hallo, schöne Frau!«, sagt Sergej und schenkt ihr ein breites Lächeln. Viel Schlaf scheint er allerdings nicht bekommen zu haben, denkt Elise, als sie die Ringe unter seinen Augen bemerkt. Andererseits sieht sie vermutlich momentan auch nicht viel besser aus.

In dieser Nacht hat sie kaum geschlafen, teils aus Angst, dass man nach ihr suchen würde, und teils aus Verwunderung darüber, dass es keiner getan hat. Sie hat die halbe Nacht geweint, und dabei hat sie sich das Kissen aufs Gesicht gedrückt, damit Beate ihr Schluchzen nicht hört. Was sie aber vermutlich trotzdem getan hat.

Seit den frühen Morgenstunden ist sie auf den Beinen, seit sie Beates Zimmer verlassen hat. Es verlassen musste, weil Beate vom Frühstück unten hochkam und ihr sagte, dass ihre Mutter gerade angerufen hätte und ziemlich in Panik zu sein schien. Ziemlich in Panik, hatte Elise gedacht und für einen Moment überlegt, die Sache ganz abzublasen und einfach nach Hause zurückzukehren. Wo sie nun offenbar doch nach ihr suchten.

Es würde Ärger geben, na klar, aber nach einer Weile käme schon alles wieder ins Lot. Alles würde wieder so werden wie vorher.

Nein, stimmt nicht, hatte sie dann gedacht, es würde nur *beinahe* so werden wie vorher. Sie würde nicht noch einmal abhauen oder es versuchen, nicht einmal für Aljoscha. Die Kraft dazu hätte sie dann einfach nicht mehr. Sie würde zu dem Mädchen werden, das ihre Eltern immer hatten haben wollen. Und dabei das Mädchen verlieren, das sie selbst sein wollte. So liefen die Dinge nun mal.

Aljoscha.

Da hatte sie sich die Tränen fortgewischt, sich ihren Rucksack geschnappt und war hinausgestürmt in die Kälte, vorbei an Beates verdatterter Familie, die um den Küchentisch herumsaß und sich gegenseitig eitel Sonnenschein vorspielte. Nicht viel anders als bei ihr zu Hause, aber vermutlich ohne Alkohol und Schläge. Andererseits: Wer wusste das schon so genau?

Sie war auf der Straße nur ein paar Meter weit gekommen, bis sie das erste Mal hatte anhalten müssen, so schlimm war der Heulkrampf gewesen. Sie wollte nur noch zu Aljoscha, aber der hatte keine Zeit. Er hatte ihr Treffen auf später am Abend verlegt, ohne ihr irgendeinen Grund dafür zu nennen. Wusste er vielleicht, wie sehr sie in der Klemme steckte? Wollte er sie spüren lassen, dass sie auf ihn angewiesen war?

Nein, nicht Aljoscha. Nicht *ihr* Aljoscha.

Als sie auf dem Beifahrersitz Platz genommen hat, dreht sie sich lächelnd um, breitet die Arme aus, um sie Aljoscha um den Hals zu schlingen und ihm zu sagen, dass er recht hat, dass es ihr leidtut und dass sie abhauen sollten aus dieser Scheißstadt, diesem Scheißland, und zwar schleunigst, aber …

Der Rücksitz ist leer.

»Wo ist er?«, fragt sie Sergej, und das Lächeln auf ihrem Gesicht fällt in sich zusammen wie ein Turm aus Bauklötzen, mit denen sie als Kind so gern gespielt hat.

»Der hat noch was zu tun«, antwortet Sergej. »Ich bring dich zu ihm. Wird dir gefallen. Ist romantisch.«

Dann startet er den Wagen.

Romantisch, denkt Elise, und dabei lächelt sie wieder ein bisschen.

Requiem

Seit knapp drei Stunden sitzt Novic reglos in der nahezu kompletten Finsternis. Seit zwei Stunden und zweiundfünfzig Minuten, um genau zu sein. So lang dauert es nämlich, sich die Doppel-LP mit Verdis *Messa da Requiem* zweimal komplett anzuhören.

Als die Nadel über die Leerrille der Platte kratzt, öffnet Novic die Augen und geht hinüber zum Plattenspieler, um die Schallplatte ein weiteres Mal zu wechseln.

Als einzige Lichtquelle dient ihm dabei der warme Lichtschein von den Röhren des Verstärkers. Er säubert die Platte, schiebt sie zurück in die Hülle, zieht vorsichtig die erste Scheibe heraus und platziert sie erneut auf dem Plattenteller. Er lässt den Motor anlaufen, führt die Bürste über die Platte, bis sie die Spindel berührt, dann hebt er sie senkrecht in die Höhe und drückt auf den Knopf für den Arm.

Während der Arm des Technics-Spielers sich herabsenkt, streicht Novic sanft über die angenehm warme Oberseite des Vorverstärkers. Ein tiefes orangefarbenes Glimmen, das Novic aus irgendeinem Grund als *genau richtig* empfindet. Für ihn wäre es auch orange, wenn er

263

es nicht sehen könnte. Die Farbe der letzten Glut eines erlöschenden Feuers, wenn ringsum schon alles dunkel ist.

Ob der Ingenieur, der das Gerät gebaut hat, sich dessen bewusst war? Immerhin *klingt* die Anlage auch orange, das steht außer Zweifel, und Novic hat ein paar Jahre und einen beträchtlichen Teil seines Einkommens investiert, um die *richtigen* Komponenten dafür aufzutreiben.

Fragen über Fragen, denkt Novic düster und setzt sich wieder auf seinen Hocker in der Ecke, ein einfaches Möbelstück ohne jede Polsterung. Nicht sehr bequem, aber in jedem Fall einem knarrenden Holzstuhl oder einem knisternden Polstersessel vorzuziehen.

Als der Vorschussapplaus verklungen ist und der Chor begleitet von den Streichern das *Requiem aeternam* intoniert, stößt Novic ein wohliges Seufzen aus. Die Stille des Raumes wird von der wehmütigen Perfektion von Verdis Musik weggespült, als weitere Orchestergruppen einsetzen. Verdi, dessen ist sich Novic sicher, war sich der Farben sehr wohl bewusst.

Er schließt die Augen und versinkt in einem Ozean von Tönen. Tiefviolett anfangs und dann übergehend in ein wunderbar schillerndes Blau, das sich zum gesunden Grün eines Waldes nach einem Regenschauer erwächst, und dann ... dann klart der Himmel urplötzlich auf, und die Sonne bricht hindurch.

Die ... Sonne?

Aber das stimmt nicht.

Verwirrt presst Novic die Augenlider zusammen. Keine Sonne. Nicht während des Introitus, unmöglich. Vorsichtig öffnet er das linke Auge, dann das rechte. Die Sonne existiert tatsächlich, vielmehr ihr Licht. Allerdings hat sie nichts mit Verdis Musik zu tun.

Sie stammt von der Lichtklingel, die Novic an sein Telefon angeschlossen hat. Ein spezieller Apparat, der ausschließlich eine kleine Handvoll von Menschen durchstellt, wenn er in seinem »Musikzimmer« ist.

Er schaltet den Plattenspieler aus. Das Kaleidoskop der Töne reißt abrupt ab – mit einem roten Riss quer durch Novics Gesichtsfeld, der ihn zusammenzucken lässt, bevor er rasch verblasst.

Telefonat

Als Novic den Lichtschalter betätigt, spült eine kalt-weiße Lichtflut in den Raum, die einen unangenehmen Stich ins Grüne hat. Wie die Wand eines Krankenzimmers, denkt er mit Unbehagen. Da ist ein bitterer Geschmack auf seiner Zunge. Sein Gaumen ist trocken. Schlechte Vorzeichen.

Dann nimmt er den Hörer des Telefons ab.

»Ja?«

Es ist Romana. Sie hört ihm sofort an, wie er sich fühlt. Ob sie ihn bei etwas gestört habe, fragt sie vorsichtig. Ob er geschlafen habe, fragt sie nicht. Dazu kennt sie ihn zu gut.

»Nur bei Verdi«, sagt er.

»Oh. So schlimm?«, fragt sie und versucht ein wenig belustigt zu klingen. Er ist froh, dass sie das macht, und dankbar.

Für Opern konnte sie sich noch nie begeistern, und für Novic ist das, was sie als Musik bezeichnet, Krach, der ihm körperliche Schmerzen bereitet. Vergleichbar mit einer Supernova, die in seinem Kopf explodiert, nur wesentlich schneller, lauter und erdrückender.

»Ich hab mich nach deinem Mädchen umgehört«, sagt sie, »aber bitte komm in Zukunft nicht öfter auf solche Ideen, okay? Die haben mich angeschaut, als wäre ich 'ne verdeckte Ermittlerin oder so was. Und du weißt ja, was hier gerade abgeht, seit die Nazis diesen Dönerladen angezündet haben.«

»Ja«, sagt Novic, denn das weiß er nur zu gut. Und es gefällt ihm gar nicht, dass Romana mittendrin ist. Was nicht heißt, dass er das nicht auch verstehen könnte, irgendwie. Manchmal ist das Leben ein grelles, hässliches Grün mit einem Stich ins Gelbe.

»Also dieses Mädchen, Paula«, fährt seine Schwester fort, »sie hat tatsächlich eine Weile hier gelebt, aber ich kann dir keine Namen sagen. Das verstehst du, oder?«

»Natürlich.« Er hofft, dass diese Namen ohnehin nicht wichtig sein werden. Er will sich nicht zwischen seiner Schwester und einem vermissten vierzehnjährigen Mädchen entscheiden müssen, das brächte er einfach nicht zustande.

»Also?«

»Sie hat eine Weile hier gewohnt, in einer WG, wie du gesagt hast. Studenten, die ein bisschen einen auf Punk machen.«

»Verstehe«, sagt Novic, und ein wenig Erleichterung macht sich in ihm breit. Einen auf Punk *machen*. »Wann war das?«

»November«, erzählt Romana. »Anfang November ist sie eingezogen. Ist von zu Hause abgehauen, das hat sie allen erzählt, die zugehört haben. Einer kannte sie auch vorher schon von irgendwo und hat sie in der WG vorgestellt. Der meinte, er habe sie manchmal am Bahnhof rumhängen sehen. Wo die Kids eben so sind.«

Novic fröstelt.

»Und ist sie nach dem siebten Dezember mal da gewesen? In der WG?«

»Na ja, da machst du es ein bisschen sehr konkret. Die haben keinen Kalender, in den sie eintragen, wann wer kommt oder geht. Gewohnt hat sie da auch nicht so richtig und auf jeden Fall auch nicht lange. Die haben sie nämlich rausgeschmissen.«

»Wie bitte?«, fragt Novic. Nach seiner Erfahrung waren die Punks üblicherweise diejenigen, die aus Häusern geschmissen wurden. Beziehungsweise sich deswegen ständig im Clinch mit den Vermietern und Behörden befanden. »Wer hat sie da rausgeschmissen?«

»Die Studenten. Sie hat geklaut, haben sie gesagt. Kippen, Alkohol, Geld. Das Übliche. Anfangs haben sie sie zum Containern mitgenommen, aber darauf schien sie keinen richtigen Bock zu haben. Als sie feststellten, dass sie sich einfach Zeug von ihnen genommen hat, flog sie raus. Das gab wohl eine Riesenszene, sie hat ihnen gedroht und so.«

»Warte«, sagt Novic, presst Daumen und Zeigefinger gegen seine Nasenwurzel. »Ein vierzehnjähriges Mädchen bedroht eine Horde Punks in Connewitz? Klingt wie ein Artikel von der letzten Seite der *Bild-Zeitung*.«

Sie kichert. Hellblauer, klarer Glockenklang. Wunderschön, viel besser als das grelle Hellgrün. Allzu ferne Glocken jedoch, leider.

»Sie hing mit diesem Russen herum. Ich hab ihn auch ein paarmal gesehen, ein ziemlich eingebildeter Kerl, dabei selbst noch ein halbes Kind. Hat sich die Fingerknöchel tätowiert und macht einen auf Gangster. Noch keine sechzehn, glaube ich. Erzählt den Leuten, dass er eine Knarre hat und zur Russenmafia gehört, wo er und sein großer Bruder angeblich ganz große Nummern sind. Ich glaube, das meiste bildet er sich nur ein.«

»Du kennst ihn?«

»Nicht wirklich, nur so übers Hörensagen. Hier lässt er sich nicht blicken. Ab und zu am Bahnhof, aber meistens kassiert er dort nur allgemeines Gelächter. Hab ihn schon länger nicht mehr gesehen.«

»Und seinen Bruder?«

»Den hab ich noch nie gesehen. Vielleicht ist der auch nur Einbildung.«

»Weißt du, wie der Junge heißt? Oder sein Bruder?«

»Keine Ahnung, Milo, ehrlich.«

»Okay, ich danke dir«, sagt Novic und fügt nachdenklich hinzu. »Vermutlich.«

»Bitte schön«, erwidert Romana. Sie hält kurz inne und dann: »Du, es wär echt besser, wenn wir uns jetzt erst mal eine Weile nicht sehen. Meine Fragerei könnte ein bisschen Staub aufgewirbelt haben, und ich will nicht, dass der in deine Richtung fliegt. Oder in meine.«

»Verstehe, natürlich«, sagt Novic. »Pass auf dich auf, Schwesterchen.«

»Mach ich, Brüderchen, du auch.«

Novic verspricht es, dann legt er auf.

Er braucht jetzt dringend eine andere Platte. Eine, bei der er nachdenken kann. Vielleicht Schostakowitschs Achte. Das Adagio beginnt mit einem tiefen, stürmischen Blau wie eine regnerische Sommernacht, was Novic immer irgendwie beruhigt. Bis auf die Stellen, die fast in ein beunruhigendes Schwarz abgleiten, aber davon gibt es auf dieser Aufnahme nur drei. Oder vielleicht doch Wagners *Tristan*? Grün mit goldenen Linien. Es ist allerdings auch schon vorgekommen, dass ihm der Tristan regelrechte Geistesblitze beschert hat. Auch wenn Wagner öfter mal in ein wirklich Furcht einflößendes Dunkelrot abdriftet.

Nein, denkt er, während sein Zeigefinger sanft über die Rücken der Schallplattenhüllen fährt, so wird das nichts. Das Problem ist nicht, die richtigen Schlüsse zu ziehen. Er braucht auch keine Inspiration oder irgendwelche Geistesblitze.

Seufzend lässt er sich auf den Stuhl fallen.

Eben.

Heute Abend scheint sein Nachbar nicht da zu sein. Keine Hörspielvariante von *Matlock* oder *Columbo* auf Vollanschlag also. Ideal, um mal eine Mütze Schlaf zu nehmen, wenigstens in dieser Nacht. Weiß Gott, er könnte es gebrauchen. Ideal, noch so ein Wort mit I.

Und es ist erst neun, auch wenn es schon seit Stunden stockfinster ist, natürlich.

Novic seufzt und schüttelt den Kopf. Nein, heute wird er keine Ruhe mehr finden, das weiß er. Ausgeschlossen.

Also schiebt er Verdis *Requiem* zurück in den Schrank. Dann geht er in den Flur, um sich Mantel, Schal und Mütze anzuziehen.

Nachtlicht

Dunckerviertel, Leipzig-Lindenau

Hanna Seiler findet eine Parklücke direkt vor ihrem Haus, Wunder über Wunder. Sie parkt den Wagen und steigt aus, beinahe vergisst sie die Einkaufstüte vom Beifahrersitz. Ihr Atem schlägt sich in weißen Wölkchen nieder, schimmernd im Lichtkegel der Straßenlaterne. Es hat aufgehört zu schneien.

Sie schließt den Wagen mit der Fernbedienung und steigt über eine Schneewehe auf den Fußweg. Ihren Mantel lässt sie offen, bis zur Haustür ist es nicht weit. Ihre Schritte knirschen im Schnee, sonst ist hier niemand mehr unterwegs. Natürlich nicht, es ist schon nach zehn, und da ist im Rosenweg längst Schlafenszeit. Ein Lächeln huscht über ihr Gesicht. Was Franz damals wohl ausgerechnet hierher gezogen hat, in diese ausgemachte Spießergegend, wo er sich doch stets über genau so was lustig gemacht hat? Nun, denkt sie, und das Lächeln verfliegt, jedenfalls hat es ihn hier nicht halten können. Die Ruhe, der Alltag, die Liebe. Oder das, was sie dafür gehalten hatte.

Oder Jonas.

Aber darüber will sie jetzt ganz bestimmt nicht nachdenken, und das muss sie auch nicht, denn sie hat die Haustür erreicht. Sie fummelt den Schlüssel aus der Tasche, schwer genug, wenn man eine riesige Einkaufstüte balancieren muss, und schließt auf. Dann geht sie nach oben, in den zweiten Stock. Natürlich gibt es hier einen Fahrstuhl, aber den benutzt sie nie. Fahrstühle sind Todesfallen, noch so eine von Franz' Lebensweisheiten.

Als sie oben ist, schließt sie die Wohnungstür auf, tritt in den Flur und tastet nach dem Lichtschalter, als …

Da ist etwas.

Sofort stellen sich die Härchen in ihrem Nacken auf. Sie braucht einen Moment, bis sie kapiert, was es ist. Das Nachtlicht, oder vielmehr: die Nachtlichter. In jedem Raum sollte eins brennen, weil Jonas sonst nicht schlafen kann und furchtbare Angstzustände kriegt, wenn die Wohnung finster ist. Deshalb geht er immer eine letzte Runde durch die Wohnung, wenn sie nicht da ist, und macht sie an, eins nach dem anderen. Erst dann löscht er das Licht und geht zu Bett.

Aber da brennen keine Nachtlichter.

Ein Stromausfall, denkt sie, aber dann sieht sie das rote Blinken des Lämpchens am Anrufbeantworter. An, aus, an, aus. Strom ist also da. Aber wieso brennen dann die verdammten Nachtlichter nicht?

Ihr fällt auf, dass sie immer noch die Tüte trägt. Sie stellt sie vorsichtig ab, so leise das eben geht. Dann lässt sie ihren Mantel zu Boden gleiten, weil der sie sonst ebenfalls behindern könnte, und schleicht, so gut das ihre schweren Winterschuhe zulassen, weiter in die Wohnung hinein. Dabei hinterlässt sie überall kleine Pfützen von dem Schnee, der an ihren Sohlen klebt, aber das ist jetzt nicht wichtig.

Während sie sich Stück für Stück vorwagt, bemerkt sie, dass sie ihre Waffe gezogen hat, ein Automatismus. Ihr Finger liegt am Abzugsbügel, nicht am Abzug, und die Waffe ist noch gesichert. Natürlich, alles Routine. Schließlich würde sie nicht in ihrer eigenen Wohnung herumballern, aber … aber wegstecken mag sie die Waffe auch nicht.

Als sie Jonas' Schlafzimmer erreicht hat, stellt sie fest, dass es hier genauso dunkel ist wie im Rest der Wohnung. Kein Nachtlicht. Aber von der Straßenlaterne vor dem Fenster fällt ein schwacher Lichtschein in das Zimmer. Das genügt, weil sich ihre Augen mittlerweile an die Dunkelheit gewöhnt haben. Genügt, um zu sehen, dass niemand in dem Bett liegt.

Sie atmet tief ein, kämpft die Panik nieder. Es kann alles Mögliche bedeuten. Panik wird sie nicht weiterbringen. Panik macht Menschen sehr schnell sehr dumm und sehr anfällig dafür, ausgesprochen dumme Fehler zu begehen.

Sie geht ins Wohnzimmer und verharrt einen Moment an der Wand neben der Stehlampe. Die Vorhänge sind zugezogen. Vermutlich hat das Jonas selbst getan. Er mag nicht, wenn die Vorhänge offen sind, während er einen seiner Trickfilme guckt, die Lautstärke auf das Minimum zurückgedreht, so leise, dass sie sich manchmal fragt, ob er überhaupt was mitbekommt vom Ton. Aber da läuft kein Film, das Flackern hätte sie schon vom Flur aus bemerkt. Auch hier ist alles dunkel, alles still.

Sie kneift die Augen zusammen, denn sie glaubt, dass da vielleicht jemand sitzt, auf der Couch, in völliger Finsternis. Vielleicht ist es auch nur ein Kissen, sie kann es nicht genau erkennen. Aber dann spielt es wohl auch keine Rolle mehr, denn wenn da wirklich jemand sitzt, der auf sie gewartet hat, hat der Eindringling sie inzwischen mit Sicherheit ebenfalls bemerkt.

»Iwanow?«, fragt sie flüsternd in die Dunkelheit, aber natürlich ist das lächerlich. Iwanow würde nicht ihren Sohn entführen und anschließend stundenlang auf ihrem Sofa herumsitzen, um sie zu erschrecken. Nicht persönlich, jedenfalls.

Andererseits ... *Wie genau glaubst du ihn eigentlich zu kennen? Was weißt du über diesen Mann? Was weiß er über dich?*

Sie beschließt, dass es ihr reicht, so oder so, und tastet mit dem Fuß nach dem Einschalter der Stehlampe. Als das Licht aufflammt und sie sieht, wer auf der Couch sitzt, macht sie einen erschrockenen Schritt zurück und prallt schmerzhaft mit dem Hinterkopf gegen die Zimmerwand.

Besuch

Novic schlägt die Augen auf, blinzelt ein paarmal, und dann schaut er sie verwirrt an, bis langsam, ganz langsam die Klarheit in seinen Blick zurückkehrt. Es wirkt, als käme der aus weiter Ferne.

Er muss im Sitzen eingeschlafen sein. Auf seinem Schoß liegt ein flaches Kissen, und darauf ruht Jonas' Kopf, der sich auf der Couch zusammengerollt hat, seine Lieblingsdecke mit Dumbo, dem Elefanten, über sich gebreitet. Er schläft tief und fest.

»Was machst du hier?«, fragt sie flüsternd, und erst dann fällt ihr auf, dass sie mit einer geladenen Waffe auf Novic zielt. Sie steckt die Pistole weg, was Novic mit einem stirnrunzelnden Blick quittiert, bevor er leise antwortet.

»Wir haben einen Film angeschaut. Es ging um ein Rehkitz, glaube ich. Dabei müssen wir wohl eingeschlafen sein.«

»Verstehe«, flüstert sie, und dann: »Nein, ich verstehe überhaupt nichts. Was machst du hier?«

»Ich wollte mit dir reden«, sagt er. »Ist ziemlich dringend. Aber du warst nicht da. Jonas hat mich reingelassen, und wir haben auf dich gewartet. Es gab heiße Milch und Nutella auf Zwieback. Lecker.«

Sie muss grinsen. Ja, denkt sie, ein typisches Jonas-Festmahl. Dafür würde er jedes Fünf-Gänge-Menü im Münsters sofort stehen lassen. Novic offenbar auch. Trotzdem war es ein seltsames Bild, die beiden da so auf der Couch zu sehen. Irgendwie schön und erschreckend gleichermaßen.

»Aber er soll doch niemanden reinlassen«, sagt sie kopfschüttelnd. Ja, eindeutig erschreckend, denkt sie, aber das könnte auch an ihrer Hetzjagd durch die nächtliche Wohnung liegen. Allein der Gedanke, dass Jonas … dass irgendjemand ihm etwas antun könnte.

»Aber Jonas kennt mich doch«, sagt Novic und versucht so etwas wie ein entschuldigendes Lächeln. »Vom Sommerfest, weißt du noch?«

Ja, weiß sie noch. Hatte sie bloß vergessen, weil die Vorstellung von Novic auf so etwas wie einem Sommerfest einfach zu absurd erscheint. Dennoch war er da, stimmt, und hat die ganze Zeit mit Jonas gespielt. Abseits, auf diesem rostigen Klettergerüst. Vermutlich, um sich nicht mit den Kollegen unterhalten zu müssen.

»Stimmt«, sagt sie und lässt es gut sein.

Jonas gibt ein leises Seufzen von sich und bewegt sich unter seiner Dumbo-Decke.

»Lass ihn uns zu Bett bringen, ja?«, sagt Seiler, und dann machen sie das.

Novic nickt und fragt: »Darf ich?«

»Klar«, sagt Seiler und beobachtet fasziniert, wie Novic die langen Arme unter den Jungen schiebt und ihn hochhebt. Dabei verzieht er ein bisschen das Gesicht, immerhin ist Jonas kein Kleinkind mehr. Aber der Novic macht das gut, findet Seiler, und vielleicht kommt da eine Spur Wehmut in ihr Lächeln.

Jonas wacht die ganze Zeit nicht auf, erst als er im Bett liegt. Da schlägt er plötzlich die Augen auf, erblickt Novic und strahlt ihn an. Dann, von einem Augenblick auf den nächsten, fallen seine großen, blauen Augen wieder zu, und er schläft weiter.

Leise ziehen sie sich zurück, und Seiler schließt vorsichtig die Tür zu Jonas' Zimmer, nachdem sie das Nachtlicht in der Ecke angeknipst hat.

Im Wohnzimmer setzen sie sich auf die Couch, nachdem Seiler die Decke zusammengelegt hat. Dann steht sie wieder auf und sagt: »Ich brauche ein Bier. Auch eins?«

Novic verneint, natürlich.

»Aber ein Wasser vielleicht, wenn du eins hast. Es ist ja schon spät.«

Als Seiler, der sich die Logik dieses Zusammenhangs nicht erschließt, mit dem Bier zurückkommt, sitzt Novic immer noch reglos da und starrt auf die längst erloschene Mattscheibe des Fernsehers. Seiler setzt sich daneben und stellt das Bier auf dem Tischchen ab.

»Er hat nach seinem Vater gefragt«, erzählt Novic. »Ein paarmal. Als er am Einschlafen war.«

»Ja«, sagt Seiler, nimmt einen Schluck. Plötzlich schmeckt das Zeug überhaupt nicht mehr. Sie stellt die Flasche auf den Couchtisch. »Es geht auf Weihnachten zu«, erklärt sie. »Ist jedes Jahr dasselbe, seit Franz ...«

»Verstehe.«

Sie starrt auf das Bier auf dem Tisch, ohne es anzurühren. Dann, aus einem Impuls heraus, dreht sie sich zu Novic um und schließt ihn in die Arme. Erst als sie merkt, wie er sich dabei versteift, fällt ihr ein, dass er das nicht mag. Umarmungen, körperliche Nähe, die ganze Palette.

»Entschuldige«, sagt sie und entlässt ihn aus ihrer Umarmung. »Ich hatte vergessen, dass ... also, wie das für dich ist. Ich ...«

»Schon gut.« Er lächelt gequält. »Ist schon in Ordnung.«

»Und danke«, sagt Seiler. »Dass du mit Jonas den Film geguckt hast. Das hat ihm bestimmt Spaß gemacht.«

»Wir hatten Spaß, ja«, bestätigt Novic, und jetzt lächelt er richtig, am liebsten würde Seiler ihn gleich noch mal drücken. »Aber dann sind wir ein bisschen müde geworden.«

»Verstehe«, sagt Seiler und stößt ein amüsiertes Schnaufen aus, weil sie dran denken muss, wie Novic da geschlafen hat. Im Sitzen und stocksteif. Ob er das wohl zu Hause auch so tut? Kein Wunder dann, seine Augenringe.

»Ich hab wunderbar geschlafen«, sagt Novic und streckt sich. »So gut, wie schon lange nicht mehr. Es ist wunderbar ruhig bei euch.«

»Verstehe«, sagt sie. »Kein *Matlock*, wie?«

»Kein *Matlock*«, bestätigt er und wirkt sogar ein bisschen entspannt dabei.

»Aber du bist nicht wegen Jonas hergekommen, stimmt's?«, fragt Seiler. »Oder weil es so schön ruhig ist bei uns.«

»Nein«, sagt Novic. »Ich wollte mit dir reden. Vielmehr: Ich glaube, das *muss* ich.«

Verstrickungen

»Kaffee?«, fragt sie und deutet in Richtung Küche. Das mit dem Bier hat sie aufgegeben. Sie nimmt es mit, um es in den Ausguss zu schütten.

»Gern«, sagt Novic, denn wann sagt er das mal nicht, wenn es um Kaffee geht. Als sie rübergehen, knipst er im Vorbeigehen das Nachtlicht im Wohnzimmer an, und Seiler fragt sich, ob Jonas ihm davon erzählt hat oder ob der Novic so was ganz intuitiv macht.

Dann sitzen sie an dem Tisch in der Küche und starren auf die nachtschwarze Flüssigkeit in ihren Tassen. Novic nimmt einen Schluck, murmelt, dass er gut sei. Dann kommt er auch gleich zum Punkt.

»Kommst du von Iwanow?«, will er wissen.

»Nein«, sagt sie, tut sie nicht. Er nickt, glaubt ihr.

»Aber da ist was mit Iwanow«, stellt er fest. Kein Vorwurf in seiner Stimme, nur ein Fakt. Übers Vermuten ist er schon hinaus. Gruseliger Novic. Scheißgruseliger Novic.

»Nein«, wiederholt sie, und sein Blick ruckt hoch. »Aber da *war* was. Und wenn ich nicht höllisch aufpasse, könnte mir das das Genick brechen. *Er* könnte mir das Genick brechen, verstehst du? Und das weiß er.«

»Verstehe«, antwortet Novic, aber irgendwie glaubt sie das nicht so recht diesmal.

»Es ging um den Torso-Mord«, sagt sie, und wieder nickt Novic so, als wisse er auch das längst. Und ja, das hätte er sich durchaus zusammenreimen können. Und vielleicht nicht nur er.

»Du hast eine Auszeichnung dafür bekommen«, sagt er, »von Klaasen höchstpersönlich. Hast den Mörder der Frau überführt und dabei gleich die ganze Bande hochgenommen. Drogenhandel, Prostitution, Schutzgeld, die haben sich in jeden Markt gedrängt. Ziemlich aggressiv.«

»Die Tschetschenen, ja«, erklärt sie, »und genau da liegt das Problem. Ich habe alles Mögliche versucht. Unsere Kontaktmänner auf der Straße ausgequetscht, ich habe Akten gewälzt bis zum Umfallen und hatte schon praktisch eine Standleitung zum BKA, und zu den Russen sowieso, aber …«

Novic nickt. Verständnisvoll, hofft Seiler.

»Da war einfach kein Rankommen an irgendwas, keiner wollte reden. Ich meine, was die mit der Frau gemacht haben … Alle wussten das. Da wollte doch keiner der Nächste sein!«

Das, was man aus dem Kanal gefischt hatte, war viel weniger eine Frau gewesen als ein bloßer Rumpf. Arme, Beine und der Kopf waren mit der brutalen Präzision eines Fleischers abgehackt worden. Mit einer Machete, wie die Spurensicherung später herausfand.

»Da wollte keiner der Nächste sein«, wiederholt Novic leise.

»Ja, aber da war noch mehr. Es war, als bisse ich jedes Mal auf Granit, und dann waren plötzlich dort ein paar Daten verschollen und hier Beweismittel abhandengekommen. Und da ich in der Sache absolut nicht weiterkam, ging ich einfach zu Iwanow.«

»Warum?«

»Man hatte im Körper der Frau die Anzeichen von langjährigem Drogenkonsum gefunden, also hielt ich ihn für die richtige Adresse. Ich wollte ihn ein bisschen unter Druck setzen.«

Sie schüttelt den Kopf.

»Oh, Mann. Ich hatte ja keine Ahnung.«

»Hm«, sagt Novic. »Na, diese Ahnung haben wir ja jetzt.«

Seiler nickt.

»Na ja, und dann die … na, also die Verstümmelungen. Ich dachte erst an etwas sexuell Motiviertes. Aus dem Milieu, ein durchgedrehter Freier. So was.«

»Also bist du der Spur der Drogen nachgegangen, denn irgendwoher muss sie die ja bezogen haben. Und hast dich bei der Gelegenheit auch bei der Nummer eins in Sachen organisierter Prostitution umgehört. Und festgestellt, dass alle Fäden dort zusammenliefen.«

»Ja«, sagt Seiler.

»Und das hat dich schließlich von Iwanow zu den Tschetschenen geführt, die hatten ja ebenfalls die ganze

Palette im Angebot: Menschenhandel, Zwangsprostitution, Drogen. Und die sind bekanntermaßen auch nicht zimperlich. Steht alles im Bericht.«

Den du wo genau herhast?, fragt Seiler im Stillen, aber sie spricht es nicht aus.

»Ja, so steht's im Bericht. Und ja, der Tipp kam von Iwanow. Und das steht nicht drin.«

Novic schweigt und starrt in seinen Kaffee. Gibt ihr Zeit, es zu erzählen, wann immer sie so weit ist. Dieses Spiel beherrscht er also auch.

»Was ebenfalls nicht drinsteht, ist, dass die Russen von Anfang an die wahrscheinlichere Wahl waren, weil sie größer und besser organisiert sind und weil Iwanow ...«

Sie sucht nach den richtigen Worten.

»... er hat eben diesen Ruf. Er ist gut informiert und hat seine Finger in allem, was hier in der Stadt so passiert.«

»Und er ist ebenfalls nicht zimperlich, was man so hört«, sagt Novic, der inzwischen wohl eine ganze Menge Informationen ausgegraben haben muss. »Soll mit eiserner Hand regieren.«

Seiler nickt. »Ich meine, die Tschetschenen schienen damals keine allzu große Rolle zu spielen und die Kollegen nahmen an, dass Iwanow die auch kontrollierte, das haben ihnen zumindest ihre V-Leute immer wieder bestätigt.«

»Aber das stimmte nicht.«

»Nicht mehr«, sagt Seiler. »Inzwischen war ein neuer Typ aufgetaucht, ein Mann namens Aslan Isaev.«

»Der Schlächter«, sagt Novic düster.

»Ja. Ein Kerl, mit dem absolut nicht zu spaßen ist. Ex-Soldat aus dem Tschetschenienkrieg. Und der sah es wohl nach einer Weile nicht mehr ein, nach Iwanows Pfeife zu tanzen, und hat sein eigenes Ding durchgezogen.«

»Einleuchtend«, meint Novic.

»Ja. Und dazu kam die Machete. Er hat das Ding aus Tschetschenien mitgebracht, ist das zu glauben? Er hat sich gerühmt, damit über einhundert Russen geköpft zu haben, damals neunundneunzig in Dagestan. So hat man es sich zumindest erzählt.«

»Damit hat er die Frau getötet?«, fragt Novic. »Mit der Machete?«

»Das war der naheliegende Schluss, ja. Und das ist natürlich auch Iwanow nicht entgangen.«

Novic hebt den Kopf, blinzelt sie aus rot geränderten Augen an. Aber müde sehen die plötzlich überhaupt nicht mehr aus. »Er hat dir noch einen Tipp gegeben.«

»Er hat ein bisschen mehr getan als das«, gesteht Seiler. »Er hat uns die ganze Bande ans Messer geliefert. Inklusive einer Namensliste, Adressen, das ganze Paket.«

»Verstehe«, sagt Novic, »und dafür schuldest du ihm jetzt was.«

»Wenn's nur das wäre«, seufzt Seiler. »Er hat mich benutzt. Hat sich auf diese Weise der Tschetschenen entledigt.«

»Hm«, brummt Novic. »Klingt für mich nach einem fairen Deal. Einen wie den Schlächter aus dem Verkehr zu ziehen ...«

»Schon«, sagt Seiler. »Und die Typen hatten allesamt genug auf dem Kerbholz, um für alle Zeiten einzufahren. Wir haben beweisen können, dass das Mordopfer für sie angeschafft hat und mit Zahlungen im Rückstand war, dazu kamen jede Menge Tätlichkeitsdelikte, organisierter Drogenhandel, das Meth-Labor in der Eisenbahnstraße und natürlich die Machete von diesem durchgeknallten Kerl Isaev. Aber da gibt es ein Problem. Noch etwas, das nicht im Bericht steht.«

»So, was denn?«

»Die Machete, die sie in Isaevs Wohnung gefunden haben und die perfekt zu den Spuren am Mordopfer passte.«

»Ja?«

»Aslan Isaev hat bis zum Schluss steif und fest behauptet, dass das nicht seine war. Sagte, jemand hätte sie gegen eine andere ausgetauscht und die alte wäre verschwunden.«

»Aber das war natürlich Blödsinn. Und obendrein ein ziemlich mieser Versuch eines Alibis, zumal die Machete in seiner Wohnung gefunden wurde. Unter dem Bett, glaube ich?«

»Schon. Aber die, die wir da gefunden haben, konnte keinesfalls aus dem Krieg stammen. Die war nämlich brandneu.«

Gefangen

»Aljoscha!«, ruft Elise, als sie das Wohnzimmer betritt. Es ist kalt hier, bemerkt sie in dem Moment, als die Wohnungstür hinter ihr ins Schloss fällt, die Heizung ist nicht angestellt. Es stinkt nach altem Zigarettenrauch. Dann wird der Schlüssel im Schloss umgedreht und abgezogen.

Aljoscha ist nicht hier.

Sie will sich umdrehen und zurück in den Flur stürmen, aber da ist jetzt Sergej, der sich ihr in den Weg stellt, groß und unüberwindbar wie eine Wand. Ein Turm mit langen, muskulösen Armen.

»Lass mich gehen, bitte«, sagt sie.

Sie begreift nicht, was das soll. Wo ist Aljoscha, und wieso kommt Sergej jetzt auf sie zu mit diesem Gesichtsausdruck?

»Was ist denn?«, stammelt Elise. »Wo ist Aljoscha? Was … nein!«

Sergejs Schlag kommt unvermittelt.

Ihr Kopf fliegt zur Seite, und sie stolpert ein paar Schritte zurück in das Wohnzimmer. Ihre Wade stößt gegen die niedrige Tischplatte des Couchtischs, und sie fällt, stolpert erneut, bleibt hängen, und dann schubst Sergej sie auf die Couch. Da sind Tränen auf ihren Wangen, aber sie ist immer noch zu perplex, um es überhaupt zu bemerken. Sergej boxt sie in den Magen, sie krümmt sich, schnappt nach Luft. Etwas in ihrem Bauch zieht sich schmerzhaft zusammen, und ein heißer Ball schießt nach oben.

Dann ist Sergej über ihr.

Irgendwo hat er ein Seil her, und jetzt dreht er sie auf den Bauch, reißt ihre Hände auf den Rücken und fesselt sie. Mühelos. Es gibt nichts, das sie gegen seine rohe Kraft ausrichten könnte. Sie sollte vermutlich strampeln und treten und brüllen, ja, um Hilfe rufen – aber das kann sie nicht. Sie kann überhaupt nichts mehr, alle Kraft ist aus ihr gewichen wie aus einem Luftballon, in den jemand ein Loch gestochen hat.

Sie wehrt sich auch nicht, als er ihre Fußgelenke fesselt und diese mit den Handgelenken verbindet, sie verschnürt wie ein menschliches Paket.

Durch ihre Tränen wimmert sie: »Bitte, bitte, tu mir nichts.«

Aber ist es dafür nicht längst zu spät?

Sergej lacht und wirft ihr etwas Russisches an den Kopf, das nicht besonders nett klingt.

»Bitte«, schluchzt sie, »bitte nicht ... das. Bitte. Ich bin doch noch ...«

Sie bringt es nicht fertig, es auszusprechen, Sergej scheint ohnehin nicht hinzuhören. Als er damit fertig ist, sie zu fesseln, lässt er von ihr ab. Er erhebt sich schnaufend von der Couch.

»Bitte nicht«, wiederholt sie und bricht in Tränen aus, bringt kein einziges Wort mehr zustande, als die Sicht vor ihren Augen verschwimmt. »Jungfrau« ist das, was sie nicht herausbekommt. Und dann kann sie nur noch denken: *Oh, bitte, lieber Gott, bitte nicht, oh, bitte nicht …*

Sergej stößt ein gehässiges Lachen aus.

»Scheiße, nein, bestimmt nicht«, sagt er. »Ich stehe nicht auf so einen Dreck. Wie alt bist du denn, hm? Dreizehn? Igitt, ich bin doch kein verdammter Pidor!«

Sie nickt. Ja, dreizehn. Dreizehn und Jungfrau und eigentlich ein Mädchen, das jetzt viel lieber in einem Spielhaus wäre und eine Teeparty mit ihren Puppen feiern würde. Jetzt heult sie wie ein kleines Mädchen, es bricht einfach aus ihr hervor. Kein Weg, es aufzuhalten. Warum, warum nur ist sie nicht einfach zu Hause geblieben?

»Du wirst nach Russland gehen«, sagt Sergej. Eine simple Feststellung.

»Was?«, schluchzt sie zwischen Tränen und Rotz hervor, als seine Worte ihr Bewusstsein erreichen. Für einen absurden Moment keimt so etwas wie Hoffnung in ihr auf. Russland, ja. Mit Aljoscha. Ist das alles also doch nur ein Scherz, eins von diesen seltsamen Ritualen, welche die Brüder haben? Eine Mutprobe für sie? Sicher. Gleich wird Aljoscha aus der Küche kommen und …

Nein, er hat sie geschlagen, hart. Das war kein Spaß.

Das war sein voller Ernst. Ungefähr da wird ihr klar, dass Aljoscha überhaupt nicht kommen wird. Dass sie ihn nie wiedersehen wird. Und auch sonst niemanden, den sie kennt. Weil das nie geplant war.

»Ja«, sagt Sergej und nickt, wie um ihre Befürchtungen zu bestätigen. »Nach Russland. Aber Aljoscha kommt nicht mit, bilde dir das bloß nicht ein, du dumme kleine Bitch! Du wirst verkauft, klar? Bei irgendeinem reichen alten Sack wirst du landen. Die stehen nämlich auf so kleine Kätzchen wie dich. Noch dazu aus Deutschland, die sind denen die liebsten noch vor den kleinen Schlitzaugen aus China.«

»Was?«, haucht sie.

Sie versteht Sergejs Worte, aber sie ergeben keinen Sinn. Überhaupt keinen. Nicht ansatzweise. Er tastet ihre Jacke ab, bis er ihr Handy gefunden hat, dann wühlt er es hervor und steckt es wortlos ein.

»Ich hab mir mal ein Video angesehen«, fährt Sergej fort. »Da waren so Käfige, da saßen die Weiber alle drin. Da werden sie nur zum Ficken rausgelassen. Erst kommt einer mit 'nem Gartenschlauch und macht sie sauber, und dann kommen sie an die Leine oder werden auf den Tisch geschnallt, und die alten Säcke haben reihum ihren Spaß mit ihnen. Anschließend geht's schön zurück in den Käfig, und wenn sie gut waren, gibt's ein Schälchen Milch. Wie findest du das, hm? Gefällt dir das, kleine Kiska?«

Sie empfindet überhaupt nichts mehr, bloß noch Kälte.

Eine Faust aus Eis, die ihr Herz umklammert und unbarmherzig zudrückt. Und sie kann immer noch nicht glauben, was Sergej ihr da erzählt. Das kann einfach nicht wahr sein.

Oder?

»Aber das wirst du ja bald alles selber sehen«, sagt er. »Der Typ, der dich ersteigert hat, hat schon ein paar junge Kätzchen von uns gekauft. Ich glaube, der ist richtig pervers. Will mir gar nicht vorstellen, wie der dich zurichten wird.«

Dann ist er wieder über ihr. Stopft ihr einen Stoffballen in den Mund, und noch nicht einmal das kann sie verhindern. Sie glaubt, dass es vielleicht eine alte Wollsocke ist oder so etwas. Es schmeckt muffig, benutzt.

»Alles voller Rotz, du dreckiges Schwein!«, flucht Sergej und wischt ihr den Schnodder von der Oberlippe. Dann schlingt er ihr ein Tuch um den Kopf, das den Knebel in ihrem Mund an Ort und Stelle hält. Sie schmeckt das widerliche Aroma des feuchten Stoffs in ihrem Mund und muss würgen. Panisch saugt sie die Luft durch die verstopfte Nase.

»Okay«, sagt er, »ich hau jetzt ab und treff mich mit Aljoscha, und dann machen wir den Deal klar. Und du versuchst besser keine Tricks. Wenn ich zurückkomme, und du hast dich auch nur einen Zentimeter bewegt, fick ich dich vielleicht doch noch selbst, bevor du zum Kunden kommst, kapierst du das, Suka? Und das wird überhaupt nicht lustig für dich, klar?«

Sie nickt, und er verpasst ihr einen Tritt in die Rippen. Dann geht er zur Tür. Kurz darauf hört sie, wie von draußen abgeschlossen wird, und danach verhallen seine Schritte auf der Treppe nach unten.

Dann ist Elise allein.

TEIL IV:
STAHLGRAUER MORGEN

20. Dezember

Blue Mountain

Leipzig-Stötteritz

Sechs Uhr morgens. Novic erhebt sich mit steifen Gliedern von der Couch, dann blickt er sich um. Wie immer braucht er einen Moment, um sich zu orientieren. Es ist noch stockdunkel draußen, natürlich, sie haben schließlich Dezember. Er lauscht, lächelt. Nichts zu hören. Sein Nachbar muss die ganze Nacht nicht daheim gewesen sein. Und er wiederum muss vermutlich einigermaßen vernünftig geschlafen haben.

Er versucht sich frisch und ausgeruht zu fühlen, aber es will nicht recht gelingen. Der Morgen hat etwas Graues, wie matter Stahl, schon angelaufen, kurz bevor er zu rosten anfängt, aber noch ist da kein Rostrot, die Geräusche, die das verursachen, werden erst in etwa einer Stunde anfangen.

Novic streckt sich und schlurft in die Küche, um sich einen Kaffee zu machen. Wäre er ein rachsüchtiger Mensch, würde er das elektrische Mahlwerk benutzen, aber da sein lärmender Nachbar offensichtlich sowieso nicht da ist, welchen Sinn hätte es dann? Er knipst den Wasserkocher an, nimmt das Handmahlwerk, kippt zwei Löffel Kaffeebohnen hinein, dann einen dritten. Dann steht er in der eiskalten Küche und mahlt. Das tut gut, seine Glieder tauen langsam auf. Er nimmt sich vor, den Vermieter nochmals wegen der Heizung anzurufen, aber er bezweifelt, dass er in den nächsten Tagen dazu kommen wird, und irgendwie ist die Kälte gar nicht so schlimm. Eisblau, reinigend.

Er kippt das frisch gemahlene Kaffeepulver in den Plastikzylinder, und kurz darauf schaltet sich der Wasserkocher ab, bei genau 95 Grad Celsius. Niemals mehr, das würde das Aroma zerstören, und dann wäre der Kaffee ungenießbar, womit er allerdings immer noch etwa drei Kategorien über dem auf dem Revier liegen würde.

Er nimmt sich eine frische Tasse, gibt ein wenig heißes Wasser hinein, um sie vorzuwärmen, dann schüttet er es in die Spüle, stellt den Zylinder mit dem Kaffeepulver drauf und gießt das Wasser aus dem Kocher drüber, so langsam und gleichmäßig, wie es geht. Diese Feinarbeit fesselt ihn jedes Mal aufs Neue, er konzentriert sich vollständig darauf, das ist seine Meditation. Der Duft, der von dem übergossenen Kaffeepulver aufsteigt, ist wie ein schwarzbrauner Faustschlag ins Gesicht, aber ein äußerst willkommener. Novic macht sich bereit, den Blue Mountain zu besteigen, und dann muss er ein wenig lächeln, weil das ein bisschen so klingt, als spräche er von einer Drogenerfahrung. Süchtig danach ist er jedenfalls, auch wenn sie den Kaffee äußerst unzutreffend benannt haben, wie er findet. Da ist keine Spur Blau an dem Geschmack.

Als er den Zylinder bis zur Markierung gefüllt hat, stellt Novic den Kocher ab, schnappt sich den Gummistempel und drückt ihn gleichmäßig nach unten. Das ist anstrengende Arbeit, er spürt, wie er seinen Bizeps dabei anspannt. Dann stellt er den Zylinder zur Seite, hebt die Tasse an seine Nase und nimmt einen tiefen Zug. Tiefes, schokoladiges Braun erfüllt seine Sinne, gefolgt von einer kleinen Farbexplosion, als die Öle ihre Aromen freigeben. Nussiges Dunkelrot, Safrangelb und eine Spur öligen Grüns. Kein Blau.

Novic kommt nicht dazu, von dem Getränk zu nippen, denn in diesem Moment klingelt das Telefon. Ein scharlachroter Blitz fährt durch seine Empfindungen, und vorbei ist es mit dem Genuss.

Es ist Seiler.

Synchronizität

Novic nimmt das Telefon, setzt sich seufzend auf die Couch, und dann geht er dran. Er hört Seilers Stimme sofort an, dass etwas passiert sein muss, etwas Ernstes.

Man hat eine neue Leiche gefunden, sagt sie, ohne Einleitung. Und dass sie gerade dort ist, am Tatort, und sie das Opfer jetzt eintüten und zu Löwitsch fahren.

Novic rutscht auf dem Sitzpolster zusammen, presst die Augenlider aufeinander und wartet, bis das Karussell in seinem Kopf anhält.

Als Seiler weiterspricht, beginnen die Puzzleteile an ihre Stellen zu fallen. Die Leiche ist ein aus Russland stammender Junge von etwa fünfzehn Jahren. Nicht viel älter als Paula Lamert, denkt Novic, und ihm wird ein wenig übel.

Er habe Tätowierungen an den Fingerknöcheln und auf dem Unterarm, sagt Seiler, und da wird Novic klar, was die dunkle Vorahnung war, die er die ganze Zeit gespürt hat. Er stöhnt auf. Seiler fragt, wieso sie das Gefühl hat, dass sie lediglich Novics Ahnung bestätigt, mal wieder, und ob er vorhätte, sie auch ab und zu mal in seine Überlegungen einzubeziehen.

Aber er hört gar nicht hin, das ist jetzt nicht wichtig. Tiefschwarze Synchronizität, denkt er. C. G. Jung hätte vermutlich seine Freude dran.

Er fragt Seiler, ob man einen Ausweis bei dem Jungen gefunden hat. Sie bejaht und erzählt, dass der Junge Aljoscha hieß. Aljoscha Karamasow. Er wurde aufs Brutalste zusammengeschlagen und dann getötet durch einen Schuss in den Kopf aus nächster Nähe.

Genau wie Malinowski.

Leichenschau

»Und das war vermutlich eine Gnade«, sagt Löwitsch, während er den Leichnam des Jungen wieder zudeckt. Was ebenfalls eine Gnade ist.

»Können wir rausgehen?«, fragt Novic.

»In mein Büro?«, schlägt Löwitsch vor, und Novic nickt, dann bewegt er sich eilends auf die Tür zu. In den Nasenlöchern des Kommissars stecken zwei dicke Pfropfen, die er vorher in ein ätherisches Duftöl getaucht hat, und er kaut wie besessen auf einem Ball aus mindestens fünf Kaugummistreifen herum.

Scheint nicht allzu viel zu bringen, denkt Seiler.

Während er aus dem Untersuchungsraum der Gerichtsmedizin stürmt, schauen ihm Seiler und der Arzt hinterher.

»Ich will mir gar nicht vorstellen, wie das für ihn sein muss«, sagt Löwitsch.

»Ein intensives Gelb, in das sich schwarze Spritzer mischen«, erwidert die Kommissarin. »Das hat er mir mal verraten.«

Löwitsch schüttelt sich.

Dann folgen sie Novic in den kleinen Raum, wo der

sich schon auf einem der Stühle niedergelassen hat. In sich zusammengesunken hockt er da. Sein Gesicht ist blass und irgendwie teigig, während er sie aus dunklen, weit aufgerissenen Augen ansieht und ihnen ein kränkliches, entschuldigendes Lächeln schenkt.

»Es ist nicht der Anblick«, haucht er. »Aber wie es da drin riecht ... ich ertrage das einfach nicht. Hatten Sie kürzlich eine Wasserleiche da?«

Löwitschs Augenbrauen schießen in die Höhe, dann verzieht er das Gesicht zu einem überraschten Grinsen. »Hatten wir tatsächlich, ja. Allerdings ist das schon gut eine Woche her, und die Reinigungskräfte haben gründlich ...«

»Ich kann es immer noch riechen«, sagt Novic mit belegter Stimme, »sogar hier drin.«

Löwitsch nickt verständnisvoll. Seiler fröstelt.

»Aber es geht schon wieder«, sagt Novic hastig, »hier drin ist es auszuhalten.«

»Was dagegen, Ihre Sinne ein wenig zu betäuben?«, fragt der Gerichtsmediziner und geht um den Schreibtisch herum. Dort öffnet er ein Fach und entnimmt ihm eine Flasche und drei Gläser, die er vor ihnen auf den Tisch stellt.

»Ich nicht, danke!«, sagt Seiler, aber Löwitsch wischt ihren Protest mit einer Handbewegung beiseite. Er verteilt die gefüllten Gläser, und sie kippen das Zeug schweigend hinunter.

»Besser«, sagt Novic, »wie ein weißer Blitz, der alles auslöscht. Oder zumindest den allerschlimmsten Teil.«

»Wahr gesprochen.« Löwitsch nickt zustimmend. »Baudelaire hätte es nicht besser ausdrücken können. Und der war professioneller Alkoholiker, sozusagen.«

Dann grinsen sie ein bisschen. Einfach, weil das guttut nach dem Anblick im Nebenraum. Dem Anblick dessen, was unter dem Laken liegt. Was von Aljoscha Karamasow, einem fünfzehnjährigen Jungen, noch übrig ist.

»Der Schuss, der ihn letztlich getötet hat, stammt aus einer Pistole, neun Millimeter Kaliber«, berichtet Löwitsch. »Ich habe das Projektil schon an die Ballistik gegeben. Weiß ist sich ziemlich sicher, dass es dieselbe Waffe ist wie bei Malinowski.«

»Die Makarow«, sagt Novic, und Löwitsch nickt düster.

»Die anderen Verletzungen …«, beginnt Novic. »Man hat ihn verprügelt, nicht wahr? Eine ganze Gruppe? Was meinen Sie?«

»Schwer zu sagen«, meint Löwitsch. »Was die Fußabdrücke am Tatort betrifft, so haben die alle die gleiche Größe, was auf *eine* Person, mit hoher Wahrscheinlichkeit einen Mann, schließen lässt. Diese Tritte waren sicher schmerzhaft, und sie haben ihm ein paar Rippen angebrochen, aber tödlich waren sie vermutlich nicht.«

»Verstehe«, sagt Seiler, »und weiter?«

»Außerdem gibt es da noch die Brüche an den Beinen und ein paar gestauchte Wirbel an der unteren Wirbelsäule. Jede Menge Schürf- und Platzwunden, gebrochene Finger, vermutlich von seinen Versuchen, sich zur Wehr zu setzen. Nicht sehr erfolgreich, muss man sagen. Und dann haben wir noch ein paar ziemlich üble innere Verletzungen.«

»Stammen die ebenfalls von Tritten?«, fragt Seiler.

»Nein, da haben wir Spuren gefunden, die am ehesten zu einem Geländer oder so etwas passen würden oder einem Aufprall. Man hat unweit von der Stelle, wo er lag, Reifenspuren entdeckt. Die Kollegen gehen daher davon aus, dass man ihn mit einem Auto angefahren hat, und das würde passen. Wenn der Täter ihn im richtigen Winkel erwischt hat und nicht allzu schnell gefahren ist …«

»Also haben sie ihn angefahren, damit er nicht mehr fliehen kann und ihn anschließend verprügelt. Und weil er danach unbegreiflicherweise immer noch gelebt hat, haben sie …«

»Na ja«, unterbricht Löwitsch, »jemanden so anzufahren, dass er anschließend *nur* nicht mehr fortlaufen kann, also dazu würde schon einiges an Geschick gehören. Ich glaube, wer immer das getan hat, hatte von Anfang an den Tod des Jungen im Auge. Schon, als er mit dem Wagen auf ihn zugehalten hat. Der Rest war nur, um sicherzugehen.«

»Und zum Schluss die Makarow.«

»Ja«, sagt Löwitsch. »Falls er da überhaupt noch gelebt hat. Es gab ziemlich viele innere Blutungen von dem Aufprall, und die Stiefeltritte haben es nicht besser gemacht.«

»Der Aufprall«, sinniert Novic. »Ich glaube, das muss ich mir noch einmal anschauen.«

»Sie wollen noch mal da rein?«, fragt Löwitsch. »Ganz sicher?«

»Von wollen kann keine Rede sein«, antwortet Novic, dann erhebt er sich und stopft die Pfropfen wieder in seine Nasenlöcher.

Geheimnisse

Sie sitzen wieder vor ihren Computern, aber diesmal sind die Monitore ausgeschaltet. Seiler nippt an ihrem Kaffee und verzieht angewidert das Gesicht. Was vermutlich erklärt, wieso Novic gleich komplett auf das Getränk verzichtet hat. Er kaut immer noch auf seinem riesigen Kaugummiball herum und vermisst vermutlich seine Nasenstöpsel schmerzlich, denkt sie und hat ein bisschen Mitleid mit ihm.

»Also«, seufzt Seiler, »was haben wir bisher?«

»Es war in beiden Fällen dieselbe Waffe«, sagt Novic. »Weiß hat das Projektil gefunden. Es steckte in einem Baum. Daher war es vermutlich auch derselbe Täter.«

»Die Makarow, ja. Die angeblich kein Mensch mehr benutzt. Und jetzt gleich zweimal in derselben Woche, und beide waren sie Russen. Großartig.«

»Ja. Und wir wissen, dass Aljoscha Karamasow mit Paula Lamert bekannt war, und Malinowski war es vermutlich auch, dafür spricht das Foto von ihr, das er in seinem Büro versteckt hatte. Ob sie auch das Mädchen vom Bahnhof ist, wissen wir allerdings nicht genau. Deshalb sollten wir das erst mal ausklammern.«

»Okay«, sagt Seiler, lehnt sich in ihrem Bürostuhl zurück, schließt die Augen und tut so, als würde sie nachdenken.

»In der Akte von Aljoscha Karamasow steht, er hatte einen Bruder«, fährt Novic fort. »Sergej. Der ebenfalls in Leipzig wohnt. Sie stammen beide aus Moskau.«

»Hmm«, macht Seiler. Als sie bemerkt, dass sie gerade eindöst, zwingt sie sich, die Augen zu öffnen und Novic anzusehen. Sein Gesicht ähnelt auf verblüffende Weise dem eines Bernhardiners, findet sie. Inklusive der schlaffen Wangen und blutunterlaufenen Augen. Seltsam, obwohl er sonst so schlank ist.

»Und wie bringt uns das weiter?«

»Das ist eigentlich ziemlich einfach«, erklärt Novic. »Es bringt uns mal wieder zu Iwanow. Der ist nämlich der Onkel der beiden. Also, ihr leiblicher Onkel, falls man das so nennen kann.«

»Was?«, fragt Seiler verwirrt.

»Ja, ich weiß, alle nennen ihn *den* Onkel, aber im Falle von Aljoscha und Sergej trifft das tatsächlich zu. Sie sind die Söhne von Grigori Karamasow, Wadims älterem Bruder. Verstorben 1997. Ungefähr um diese Zeit tauchte Wadim, damals noch Wadim Karamasow, hier auf und nannte sich fortan Iwanow oder schlicht der Onkel. Steht alles in Iwanows Akte. Und ansonsten erstaunlich wenig.«

»Scheiße, nein!«, ruft sie. »Hör endlich auf mit Iwanow! Der hat damit nichts zu tun.«

»Im Ernst?«, fragt Novic und schenkt ihr einen durchaus ernsten Blick.

»Nein, es ist nicht *das*, verdammt«, beeilt sich Seiler zu sagen. Unwillkürlich hat sie dabei die Stimme gesenkt, obwohl sie hier sicher keiner belauscht.

»Ach Mann, Milo, diese russischen Familien sind doch weitverzweigt, da ist jeder irgendein Schwager von irgendwem, das weißt du doch genauso gut wie ich. Das muss doch nicht bedeuten, dass die beiden automatisch auch für ihn gearbeitet haben.«

Aber das hört sich selbst für sie nach einem ziemlichen Blödsinn an. Ausflüchte, und das weiß Novic genauso gut wie sie. Seine hochgezogene Augenbraue spricht Bände.

»Die Söhne seines Bruders«, sagt er. »Seines *verstorbenen* Bruders. Und du glaubst, es ist ein Zufall, dass sie in derselben Stadt wohnen? Übrigens ist Sergej, der Ältere, offiziell arbeitslos. Überraschend, nicht?«

»Iwanow ist aus der Sache raus«, sagt Seiler bestimmt. »Er hat mit Malinowski seit Jahren nichts zu tun gehabt, wer weiß, wann er seine beiden Neffen das letzte Mal gesehen hat.«

Novic bedenkt sie mit einem schiefen Blick. »Dann hat er doch sicher nichts dagegen, wenn wir ihn danach fragen, oder?«

»Er ...«, beginnt Seiler, aber dann geht ihr die Luft aus. »Ach Mann, Milo, ich weiß ja selbst, wie sich das anhört, aber ich glaube wirklich, er hat mit der Sache nichts zu tun. Vertrau mir doch einfach mal.«

»Ich glaube, es ist mir sogar ganz egal, ob er was dagegen hat«, sinniert Novic weiter, so als hätte er ihren Einwand gar nicht gehört.

»Okay, du hast ja recht«, lenkt sie ein. »Aber dann lass wenigstens *mich* mit ihm reden. Mich kennt er.«

Novic schüttelt den Kopf. »Ich glaube, du hast genug mit ihm geredet.«

»Arschloch!«, zischt Seiler.

Novic zuckt nur mit den Schultern. »Auf mich macht Iwanow jedenfalls den Eindruck eines Mannes, der sehr genau weiß, was in dieser Stadt passiert. Insbesondere, wenn es seine Familie betrifft. Und da sollen wir uns auf sein Wort verlassen, ja? Dein Instinkt in allen Ehren, aber ...«

»Du hast die Bude von Malinowski doch gesehen, Mensch!«, schnauft Seiler. »Einer, der für Iwanow arbeitet, hat so etwas doch nicht nötig. Und in seinem Büro war keine einzige Akte aus den letzten fünf Jahren, in der Iwanows Name auch nur auftauchte. Und dieser Junge Aljoscha lief auch nicht gerade im edlen Zwirn durch die Gegend. Ich sag dir, wir sollten uns auf Malinowski konzentrieren. Da noch mal von vorn anfangen, wenn's sein muss. Und durch die Akten wühlen und herausfinden, was der früher so gemacht hat, was weiß ich. Ich meine, vielleicht hat sein Tod überhaupt nichts mit dem von dem Jungen zu tun und ...«

»Und obwohl er keinen einzigen nennenswerten Klienten hat«, unterbricht sie Novic, »fährt Malinowski in einem A6 draußen herum, trägt eine 18-Karat-Rolex und einen maßgeschneiderten Anzug. Und wird mit derselben Waffe erschossen wie der Junge ein paar Tage später.«

»Einen *alten* Anzug und eine *alte* Rolex. Das hast du selbst gesagt. Vielleicht wollte er sich einfach nicht davon trennen. Und was die Waffe betrifft, war es vielleicht nur dasselbe Modell, ich meine … Wir drehen uns einfach im Kreis, Milo.«

Novic schweigt. Schaut ihr direkt in die Augen, sie senkt den Blick.

»Du stellst dich schon wieder vor ihn«, sagt er nach einer ganzen Weile. Na bitte, denkt Seiler, jetzt hat er es endlich ausgesprochen.

»Ich stelle mich vor überhaupt niemanden, verdammt noch mal!«, protestiert sie schwach, ohne von der Tischplatte aufzusehen. Wie ein bockiger Fünftklässler, der hofft, dass der Lehrer einfach irgendwann einen anderen drannehmen muss, wenn man ihn nur lang genug nicht ansieht.

Das Telefon klingelt, und Seiler geht dran. Viel zu hastig, das fällt ihr selbst auf. Froh, dieses Gespräch nicht weiterführen zu müssen. Novic hat das mit Sicherheit auch bemerkt. Egal.

»Ja?«, fragt sie, dann hört sie zu. Es sind die Polizisten, die sie zu der Adresse geschickt haben, die im Ausweis des Jungen stand.

»Scheiße«, sagt Seiler zu Novic, als sie aufgelegt hat.

»Was?«, fragt Novic, als ob er ihr vorhergehendes Thema bereits vergessen hätte. Was er natürlich nicht hat, wie Seiler sehr wohl weiß.

»Es war die falsche Wohnung.«

»Wie bitte?«

»Sie waren da«, erklärt Seiler. »Es stand sogar noch Karamasow auf dem Briefkasten und dem Klingelschild. Bloß wohnte da weder Aljoscha noch sein Bruder. Schon seit Monaten nicht mehr. Stattdessen fanden sie eine Familie mit vier Kindern, illegale Einwanderer aus Russland ohne deutsche Papiere, völlig verängstigt. Sie haben einen Übersetzer angefordert und werden die jetzt erst mal vernehmen, aber ich glaube nicht, dass sie uns viel zum Aufenthaltsort von Sergej Karamasow sagen können. Vermutlich haben sie ihn nie kennengelernt.«

Novic nickt. »Ich wüsste da einen, der das wissen könnte«, sagt er ernst, aber da klingelt Seilers Telefon erneut. Muss mein Glückstag sein, denkt sie trübe. Fragt sich nur, wie lange der noch anhält.

Diesmal ist es Alfons von der Technik.

»Es ist Alfons«, sagt sie und glaubt, dass ihrer Stimme die Erleichterung viel zu deutlich anzuhören ist. »Er hat Aljoschas Handy geknackt.«

Videostar

»O mein Gott«, sagt Seiler, als das Video auf Alfons' Bildschirm flackernd zum Leben erwacht.

»Das habe ich vorhin vom Handy des Jungen gezogen«, sagt der Techniker mit matter Stimme. »Es ist voll davon. Fotos gibt's auch.«

Er hat die Arme vor der Brust verschränkt und starrt düster auf das Geschehen auf dem Bildschirm. Er trägt ein dunkelgrünes Shirt, vermutlich wieder mit einem der zweideutigen Motive, die er so liebt. Aber das ist jetzt so unpassend, dass es vielleicht sogar ihm ein bisschen peinlich ist, daher wohl die verschränkten Arme.

»Ich verstehe das nicht«, sagt Alfons, »der war doch selbst noch ein Kind. Gerade mal fünfzehn. Und dann so was.« Mit dem Daumen deutet er auf den Bildschirm.

»Die Perspektive ist jedes Mal dieselbe?«, fragt Novic. Alfons nickt.

»Wie bei Malinowskis Fotos«, stellt Seiler fest. »Er muss sich hinter einer Säule oder so versteckt haben, während er das gefilmt hat.«

Ein Mann in einem dunklen Anzug tritt ins Bild und geht auf das Mädchen zu. Erst können sie ihn nicht erkennen, aber dann dreht er sich zur Seite um, während er Jackett und Hemd auszieht. Darunter kommt ein mächtiger Bauch zum Vorschein und jede Menge faltige Haut. Tätowierte Haut. Es ist Malinowski, ohne Zweifel.

Die Kamera filmt ungerührt weiter, während der große Mann seine Hände nach dem halb nackten Mädchen ausstreckt. Schützend hebt sie die Arme vor die Brust, bevor sie sie schließlich wieder sinken lässt und Malinowski ein halbherziges Lächeln und einen Blick auf ihren Körper schenkt. Dann folgt sie ihm zur Couch, auf die er sich breitbeinig setzt. Es ist nicht Paula, das erkennen sie jetzt, sondern ein anderes Mädchen. Etwa im gleichen Alter. Zwölf, allerhöchstens vierzehn Jahre alt.

Sie setzt sich auf seinen Schoß, und er lehnt sich entspannt zurück, während sie die Arme um seinen Hals schlingt. Sie beginnt, seinen Hals zu küssen und die schlaffe Brust zu streicheln, was sie anfangs offenbar einige Überwindung kostet, wie man ihrem Gesichtsausdruck nur allzu deutlich ansieht. Ihr Mund wandert höher, und schließlich presst sie ihren Mund unbeholfen auf seine fleischigen Lippen.

Angewidert wendet sich Seiler ab.

»Wie viele dieser Videos waren auf dem Handy?«, fragt Novic.

»Über zwanzig, aber das wahrscheinlich auch nur, weil irgendwann die Speicherkarte voll war. Es gibt da keine Aufnahmen oder Fotos vor Juni diesen Jahres. Vielleicht hat er dieses Handy ja auch erst dann gekauft.«

»Hm«, macht Novic, während er stirnrunzelnd auf das Geschehen auf dem Bildschirm starrt. Der Anwalt hat seine fette Pranke jetzt auf den Oberschenkel des Kindes gelegt und lässt sie langsam höher wandern.

»Übrigens habe ich mir mal die Videodateien etwas genauer angeschaut«, sagt Alfons, vermutlich, um das bedrückende Schweigen irgendwie zu brechen.

»Und?«

»Nicht alle Videos sind mit diesem Handy gedreht worden.«

»Ach?«, fragt Novic interessiert.

»Dann hat er sie vielleicht von seinem alten Handy überspielt?«, wirft Seiler ein.

Novic schüttelt den Kopf. »Das glaube ich nicht. Alfons, Sie sagten doch, dass alle Videos auf dem Handy nach Juni gedreht wurden.«

»Korrekt!«, ruft Alfons, und jetzt stiehlt sich doch ein kleines Lächeln der Anerkennung auf sein blasses Gesicht, das viel besser zu den himmelblauen Gummigaloschen passt, die er bevorzugt trägt, wenn er im Techniklabor zugange ist, und dem grünen Shirt mit dem lustigen Spruch. »Der Zeitstempel in den Videodateien deutet darauf hin, dass sie gemacht wurden, als er dieses Handy schon besaß.«

»Aber warum hätte er dann ein paar der Aufnahmen mit einem anderen Handy machen sollen?«

»Nicht einem«, verbessert Alfons, »die Originaldateien stammen von mehreren anderen Handys, und zwar von völlig unterschiedlichen Modellen unterschiedlichster Hersteller. Die Video-Apps haben eine Signatur, in der ihre jeweilige Versionsnummer enthalten ist und ...«

»Schon gut«, sagt Seiler ein bisschen zu unwirsch, »wir haben es begriffen.«

Wenn er doch bloß endlich dieses verdammte Video abschalten würde.

»Sie könnten mit den Handys der Mädchen gedreht worden sein«, sagt Novic, und Alfons nickt wieder.

»Das glaube ich auch. Allerdings fragt man sich, warum die ihm ihr Handy freiwillig geben sollten, damit er sie filmt ... bei so etwas.«

»Oh, da habe ich eine Vermutung«, meint Novic, aber offenbar will er die nicht mit seinen Kollegen teilen. »Ist Ihnen an den Videos sonst noch etwas aufgefallen?«

»Na ja«, sagt Alfons, »ich habe die Videoqualität mal mit ein paar YouTube-Videos verglichen, die mit den gleichen Handymodellen aufgenommen wurden. Bei unseren liegt so etwas wie ein dunkler Schleier auf allen Aufnahmen, die wir auf dem Handy des Jungen fanden, auch auf denen, die er mit seinem eigenen Telefon gedreht hat. So etwas könnte theoretisch auch an der Kamera liegen oder eine Verschmutzung der Linse sein, bloß ...«

»Bloß wurden die ja nicht mit derselben Kamera aufgenommen«, unterbricht ihn Seiler.

»Eben«, sagt Alfons. »Allerdings habe ich im Moment keine Ahnung, wie uns das weiterbringt.«

Für eine Weile schweigen sie alle erst mal. Das Video geht weiter, sie zwingen sich hinzuschauen.

»Also«, fragt Seiler schließlich, »was haben wir?«

»Uns geirrt«, sagt Novic, »das haben wir. Es ging nie um russische Mädchen, sondern um deutsche.«

»Klar. Okay.«

»Und dann Malinowski und der Junge, Aljoscha. Die kannten sich definitiv, das beweisen die Videos. Ich vermute, dass Aljoscha die Mädchen organisiert hat, und Malinowski ...«

»Organisiert?«, mischt sich Alfons ein.

»Ja, er hat sie auf der Straße angesprochen vermutlich. Und ihnen vielleicht schnelles Geld versprochen oder ...«

Seiler schüttelt angewidert den Kopf. Über das Oder will sie eigentlich gar nicht so richtig nachdenken. Drogen, vielleicht? Auszuschließen ist das nicht. Der Kinderstrich, den es laut Wadim Iwanow nicht gibt in Leipzig, hier ist er. In voller Aktion, live und in Farbe. Und des lieben Onkels Ex-Anwalt Malinowski hat sich regelrecht ausgetobt und sich auch noch dabei filmen lassen. Von des Onkels Neffen. Das lässt nicht allzu viel Spielraum übrig.

»Das ist fast schon genial«, sagt Alfons düster. »So ist es natürlich wesentlich unauffälliger, als wenn die Mädchen von einem Erwachsenen angesprochen werden, und vermutlich auch effektiver. Keinem würde was auffallen, solange keins der Mädchen zur Polizei geht.«

»Ja«, bestätigt Novic. »Es waren Ausreißer, Straßenkinder. Die gehen keinesfalls zur Polizei.«

Seiler nickt nachdenklich.

»Also gehen wir das mal durch«, fährt Novic fort. »Aljoscha spricht die Mädchen an, bringt sie irgendwie zu Malinowskis Wohnung ...«

»Es ist ganz bestimmt nicht Malinowskis Wohnung«, erinnert ihn Seiler und deutet auf den Bildschirm, wo der fette, halb nackte Mann immer noch den zarten Mädchenkörper befummelt. »Da waren wir nämlich. Das hier muss demnach die Wohnung von Aljoscha und Sergej Karamasow sein. Die *wirkliche* Wohnung.«

»Richtig«, sagt Novic, »und wenn das stimmt, steckt vermutlich auch Sergej mit drin, und somit haben wir ein Dreigespann. Das ist ziemlich viel Aufwand, und noch dazu erhöht es das Risiko erheblich, genau wie die Fotos und die Videos.«

»Vielleicht ging es gar nicht um die Videos, oder nicht nur«, murmelt Seiler. »Vielleicht war die ganze Sache größer.«

Da starrt Novic sie an. »Was, wenn die Mädchen wussten, dass sie gefilmt werden?«

»Wie bitte?«

»Ja«, sagt er atemlos. »Was, wenn sie davon wussten? Wenn Aljoscha ihnen das als eine Art Spiel verkauft hat, oder als Mutprobe zum Beispiel.«

Alfons nickt zustimmend. »Das würde erklären, warum man die ganze Zeit den Eindruck hat, dass die Mädchen versuchen, nicht in Richtung Kamera zu schauen. Wie miserable Schauspieler in einem schlechten Film. Das sieht genauso aus. Ich spreche aus Erfahrung.«

»Und nehmen wir mal weiter an«, sagt Novic, »dass die Mädchen zwar wussten, dass sie gefilmt wurden, Malinowski aber nicht.«

Alfons macht große Augen.

»Scheiße«, keucht er. »Ich bin so ein Idiot!«

Seiler und Novic schauen ihn fragend an.

»Dieser Schatten auf den Aufnahmen.«

»Ja?«

»Das ist ein Spiegel. Ein halb durchlässiger Spiegel. Die Mädchen haben den Spiegel gemieden – aus verständlichen Gründen, daher schauen sie so seltsam in der Gegend umher. Weil sie Bescheid wussten. Und dahinter stand der Kerl und hat sie mit ihren eigenen Handys gefilmt.«

Novic nickt.

»Okay«, sagt Seiler. »Aber … sorry, das ergibt immer noch keinen Sinn für mich. Wenn die Mädchen also wussten, dass sie gefilmt werden, wozu dann überhaupt der Spiegel?«

»Weil Malinowski es offenbar nicht wusste«, überlegt Novic. »Aljoscha wollte doppelt abkassieren. Erst hat er ihm die Mädchen besorgt, und dann hat er ihm gedroht, die Videos der Polizei zuzuspielen.«

»Die Fotos in Malinowskis Kanzlei«, flüstert Seiler. »Die waren dann vermutlich so eine Art erste Drohung, so nach dem Motto: Es gibt noch mehr, wo die herkommen.«

»Aber das ist seltsam, nicht wahr?«, wendet Novic ein. Er beugt sich vor und drückt eine Taste. Das Video stoppt. Das Mädchen ist jetzt mitten in der Bewegung eingefroren, zu einer grausamen Groteske verzerrt, ebenso das Grinsen im feisten Gesicht des Anwalts. Das macht es nicht unbedingt besser.

»Was denn?«, fragt Seiler.

»Na ja, wieso würde Aljoscha einen praktisch mittellosen Anwalt erpressen wollen?«, erklärt Novic.

»Ganz offensichtlich, weil er nicht wusste, dass Malinowski mittellos war«, sagt Seiler. »Weil er sich hat täuschen lassen von dem Audi und der Rolex.«

»Da gibt's aber ein Riesenproblem«, widerspricht Novic.

»Klar«, sagt Seiler und stößt ein humorloses Lachen aus. »Und welches jetzt noch?«

»Malinowski starb *vor* Aljoscha und beide durch dieselbe Waffe.«

»Selbes Modell«, korrigiert Seiler.

»Wie auch immer. Bloß, welches Motiv hätte Aljoscha haben sollen, Malinowski zu ermorden, wenn er ihn doch eigentlich erpressen wollte? Wenn Malinowski den Jungen ermordet hätte, um sich den Erpresser vom Hals zu schaffen, ergäbe das ja vielleicht noch Sinn, aber ...«

Dann verstummt Novic mitten im Satz.

»Verdammt, das stimmt«, sagt Seiler, »und wir stehen wieder am Anfang. Jede Menge loser Fäden und sonst gar nichts in der Hand.«

Bloß, dass das natürlich nicht so ganz stimmt. Überraschend viele dieser Fäden laufen bei einem Mann zusammen, der behauptet hat, dass es keinen Kinderstrich in »seiner« Stadt gebe. Einem Mann, der zumindest in dieser Hinsicht offenbar gelogen hat. Einem Mann, der dafür sorgen kann, dass Macheten aus dem Nichts in der Wohnung seiner Konkurrenz auftauchen. Seiler weiß es, und ihr ist klar, dass Novic das auch wissen muss. Alles, was ihr jetzt noch bleibt, ist geborgte Zeit. Die Gnadenfrist, die Novic ihr noch lässt, bis es keinen anderen Weg mehr gibt. Sie muss an Jonas denken, und es schnürt ihr die Kehle zu.

»Was ist mit dem Video von Paula Lamert?«, fragt Novic, der inzwischen aus seiner Starre erwacht ist. »Mit welcher Kamera wurde das gemacht?«

»Ich habe die Mädchen in allen Videos mit denen auf den Fotos verglichen«, sagt Alfons, »und ich habe alle identifizieren können. Von Paula Lamert gibt's kein Video auf diesem Handy.«

»Kein Video«, wiederholt Novic nachdenklich. »Kein … Scheiße!«

Er wirbelt herum und stürzt in Richtung Tür.

»Nicht Sie sind der Idiot, Alfons«, ruft er, ohne sich umzudrehen, »sondern ich. Wie konnte ich das bloß nicht sehen? Pajero, natürlich!«

»Was?«, ruft Seiler ihm hinterher. »Was hast du übersehen, Novic? Wieso ist das denn plötzlich so wichtig? Hey, Novic!«

Aber Novic ist bereits aus dem Labor gestürmt.

»Was hat der da gerade gebrüllt?«, fragt Alfons und blickt sie aus großen, skeptischen Augen an. Sieht aus, als wisse er nicht, ob er lachen soll oder ob er sich verhört hat.

»Keine Ahnung, ich glaube, es war etwas Spanisches«, sagt Seiler.

»Ja. Für mich klang es wie ›Pajero‹«, brummt Alfons.

»Und was heißt das?«

»Na ja, es heißt ›Wichser‹, soweit ich weiß. Oder auch ›Klempner‹. Ich hab mal Urlaub in Mexiko gemacht und ...«

»Pajero?«, fragt Seiler, und dann macht es offenbar auch bei ihr Klick. Sie dreht sich auf dem Absatz um und stürmt Novic hinterher.

»Kripo Leipzig«, murmelt Alfons kopfschüttelnd, »wo es nie langweilig wird und die Irren immer Freigang haben.«

Dann klickt er das Standbild des Videos weg. Er will diesen Dreck keine Sekunde länger anschauen müssen.

Eins

Leipzig, Hauptbahnhof

Er beobachtet das Mädchen schon seit einer ganzen Weile, während er eine Zigarette nach der anderen raucht. Seine Hände sind verschwitzt, obwohl es bitterkalt ist.

Mittlerweile ist die dritte Straßenbahn wieder abgefahren, in die sie nicht eingestiegen ist. Sie sitzt einfach nur da und presst die Arme an den Körper. Sie muss sich zu Tode frieren in diesen hautengen Leggings bei der Kälte. Ob sie wenigstens ein Paar warme Strumpfhosen drunter hat? Er hofft es für sie, aber irgendwie bezweifelt er es.

Für das, weswegen sie hier ist, wären Strumpfhosen keine gute Idee. Zu unsexy. Bei dem Gedanken daran, dass ein vierzehnjähriges Mädchen – denn älter wird sie kaum sein – sich Mühe gibt, sexy zu wirken, dreht sich ihm der Magen um.

Hastig schraubt er den Deckel von der Flasche, legt den Kopf in den Nacken und nimmt einen großen Schluck. Die Hitze explodiert in seinem Magen, dann steckt er sich noch eine Zigarette an.

Jetzt oder nie.

Er geht zur Ampel. Als die auf Grün umschaltet, überquert er die Straße und geht hinüber zur Haltestelle. Dann spricht er sie an.

Später wird er sich an diese Episode nur durch einen vagen Schleier erinnern können wie an das meiste, das in den letzten Tagen passiert ist. Als das Mädchen ihm ein Lächeln schenkt, verkrampft sich sein Magen erneut, denn er erkennt sofort zwei Dinge: dass sie tatsächlich das ist, wofür er sie hält, und dass sie das noch nicht sehr lange macht. Der Lippenstift ist zu grell, ihre Augen zu dunkel, umrahmt von zu viel Eyeliner, und ihr Schmollmund wirkt allzu deutlich aufgesetzt, als sie ihn bemerkt.

Andererseits, denkt er, ist es vielleicht gerade das, worauf Männer stehen, die … Hastig saugt er an seiner Zigarette, dann wirft er sie zu Boden und tritt sie aus.

Er setzt sich neben sie, nicht fähig, ihr in das viel zu junge Gesicht zu blicken. In ihr aufgetakeltes Kindergesicht. Beiläufig fragt er sie, ob sie öfter hier sei, und kommt sich im selben Moment unsagbar dämlich vor, die dümmste Anmache der Welt. Seine Handinnenflächen beginnen zu jucken, und er kann dem Impuls kaum widerstehen, sich dort zu kratzen.

»Kann sein«, sagt sie und gibt sich Mühe, es ganz lässig klingen zu lassen.

Damit sind die letzten Zweifel ausgeräumt, falls er jetzt noch welche gehabt hätte. Kein normales Mädchen würde so auf eine derart plumpe Anmache reagieren. Schon gar kein vierzehnjähriges Mädchen. Ein normales Mädchen würde sich schleunigst aus dem Staub machen und die Polizei rufen.

Er holt die Schachtel mit den Zigaretten hervor, zündet sich eine neue an, inhaliert tief. Sie fragt, ob sie auch eine haben könne, und er hält ihr mit zitternden Fingern die Schachtel hin. Sie steckt sich die Zigarette hinters Ohr, und jetzt, da sie die Kapuze abnimmt, sieht er, dass ihr Haar lang ist und glatt und blond und weich. Es bricht ihm beinahe das Herz.

Jetzt oder nie.

Hastig kramt er das Bild seiner Tochter hervor und hält es dem Mädchen unter die Nase, das nur einen flüchtigen Blick drauf wirft. Sie kenne sie nicht, sagt sie, natürlich nicht, habe sie nie gesehen. Er glaubt ihr nicht, will, dass sie noch einmal genauer hinsieht, greift nach ihrem Handgelenk.

Da springt sie auf und stößt ihn von sich.

»Hey, Mann!«, ruft sie. »Lass mich los!« Sie zieht ein Handy aus ihrer Jacke, das offenbar in diesem Moment geklingelt hat. Hat sie jemand beobachtet? Steht ihr … ihr Zuhälter oder wer auch immer hier irgendwo in der Nähe und beobachtet sie? Oder die Polizei?

Unvermittelt taucht ein Mann aus dem Dunkel hinter der Haltestelle auf. Älter, gepflegt. Streng blickt er auf ihn hinab. Der Kerl ist einen guten Kopf größer als er, sein Mantel sieht teuer aus, ebenso der Anzug, der darunter hervorschaut, denn der Mantel ist vorn offen. In seiner linken Hand hält der Mann einen Kaffeebecher aus Pappe.

Und da ist noch etwas. Er kennt diesen Mann, er ...

Das Mädchen hat inzwischen ihr Telefonat beendet und sagt ihm, dass ihr Freund und seine Kumpel jeden Moment hier eintreffen werden. Ihr Blick macht klar, was das für ihn bedeutet, wenn er nicht sofort verschwindet.

Er dreht sich um und geht los, hinüber zur Straße, und überquert sie, ohne auch nur einen Blick auf die Ampel zu werfen. Als er drüben ist, beginnt er zu rennen, bis er sicher ist, außer Reichweite der beiden an der Haltestelle zu sein.

Als er begreift, *woher* er den anderen Mann kennt, taumelt er und muss sich an der Wand des Bahnhofsgebäudes abstützen. Etwas in seiner Brust zieht sich schmerzhaft zusammen, und für einen Moment glaubt er, dass das sein Ende ist. Aber so gnädig ist das Schicksal nicht mit ihm.

Es könnte hinkommen, denkt er, die Größe, die gepflegte Erscheinung, auch wenn das auf dem kleinen Handybildschirm nur schwer zu erkennen war.

Und plötzlich ist er sich sicher.

Es ist der Kerl, und er ist ihr Zuhälter. Wie er auch der Zuhälter von ...

Er rennt zurück zum Bahnhof, aber die Haltestelle liegt verlassen da. Er blickt sich um, doch überall ist nur dichtes Schneetreiben.

Dann sieht er sie. Sie folgt dem Mann, beide bewegen sich auf das andere Ende der Haltestelle zu. Er will ihnen hinterherrennen, doch dann bleibt er stehen. Das würde nichts bringen, es würde den Kerl nur warnen. Er weiß ohnehin, wohin sie unterwegs sind. Dort, auf der Ostseite, liegt der Parkplatz.

Später wird er sich nicht mehr erinnern können, was in den nächsten dreißig Minuten geschieht, er weiß lediglich, dass er dem schwarzen Audi gefolgt sein muss, in den der Mann und das Mädchen gestiegen sind. Er kämpft gegen den Alkohol und die plötzliche Müdigkeit in seinem Kopf an, während er zu seinem eigenen Wagen hastet.

Er folgt ihnen, bis der schwarze Audi in eine Siedlung einbiegt, wo er bis zum letzten Haus einer Reihe von ehemaligen Arbeiterwohnungen fährt. Er schlingert manchmal über die gesamte Fahrbahnbreite, dennoch nimmt der Fahrer im Wagen vor ihm keine Notiz davon. Vermutlich ist er zu beschäftigt mit seinem Passagier.

Viel zu spät bemerkt er, dass der schwarze Audi den Blinker gesetzt hat und langsamer geworden ist. Als die Bremslichter des Wagens aufleuchten, reißt ihn das aus seinem Delirium, und er bremst viel zu abrupt ab. Nur mit Mühe kann er seinen Wagen um den Audi herumbugsieren. Im Rückspiegel sieht er die Tür auffliegen. Der ältere Mann springt förmlich heraus, um ihm den Stinkefinger zu zeigen. Dann schüttelt er die Faust.

Er drückt aufs Gas. Das war knapp, aber nun ist er wieder einigermaßen wach.

Er lenkt seinen Wagen in die nächste Nebenstraße und

dort in eine Parklücke. Seine Hände am Lenkrad zittern, und ihm wird bewusst, dass er eigentlich viel zu betrunken ist, für das, was er vorhat. Für irgendwas. Trotzdem steigt er aus dem Wagen, rutscht auf der spiegelglatten Straße aus und fällt in den Schnee. Es ist erbärmlich, wie er da auf Knien durch den Schnee rutscht, aber jetzt hat er keine Zeit, sich selbst zu bemitleiden. Er hastet die Straße zurück, bis er den Audi erreicht hat, der protzig halb auf der Straße steht. Er geht hinter dem Wagen in Deckung und lugt über die Motorhaube in die Richtung, in die die beiden verschwunden sind.

Das Haus, auf dessen Eingang sie zusteuern, liegt vollkommen dunkel da. Er sieht den Mann mit Schlüsseln hantieren, dann öffnet sich die Haustür. Die beiden gehen hinein, das Licht im Hausflur flammt auf, und er hört ihre fernen Schritte im Treppenhaus, dann fällt die Tür hinter den beiden ins Schloss.

Er steht auf und torkelt zurück zu seinem Wagen. Steigt ein, lässt ihn an und fährt zurück, um sich einen Parkplatz zu suchen, von dem aus er den schwarzen Audi beobachten kann, bis sein Fahrer zurückkommt. Denn zurückkommen wird er. Ein Kerl wie der wohnt nicht in einer Gegend wie dieser. Als er eine Lücke auf der gegenüberliegenden Straßenseite gefunden hat, parkt er ein.

Dann wartet er.

Pajero!

»Pajero?«, fragt Seiler ärgerlich, als sie im Wagen sitzen. »Was sollte das denn? Und wieso stürmst du einfach so davon? Wir sind Partner, verdammt, wir ...«

Ja, Partner.

Novic hat den Wagen bereits gestartet und rangiert ihn hektisch aus der Parklücke, kaum dass Seiler sich neben ihm in den Sitz geworfen hat.

»Mitsubishi«, wirft er ihr hin. »Mitsubishi Pajero. So einer stand auf dem Hof von ...«

»Gunter Lamert«, unterbricht sie ihn. »Der verrostete Geländewagen, ja. Und?«

»Der war weiß und rostig und voller Dreckspritzer.« Novic spricht jetzt so hastig, dass Seiler Mühe hat, ihn zu verstehen. »Lamert hat gelogen. Er war damit unterwegs. Und der Wagen hat einen Grill. Genau in der richtigen Höhe. Der Aufprall. Aljoscha Karamasow.«

»Im Ernst?« Seiler starrt ihn an. »Du meinst, Gunter Lamert hat Aljoscha auf dem Gewissen? Aber der Kerl hat seit Paulas Verschwinden nichts getan, als in der Küche herumzusitzen und sich zu besaufen. Und was hat das mit Malinowski zu tun?«

Novic nickt. Abgehackt, wie ein pickender Vogel.

»Das hat er *behauptet*, nicht wahr?«

Seiler nickt niedergeschlagen. Es stimmt. Betrunken war der Kerl gewesen, keine Frage. Aber wie lange und aus welchem Grund, wer konnte das sagen?

»Er hat ebenfalls ausgesagt«, fährt Novic fort, »dass er den Rucksack seiner Tochter in den Händen hielt, als sie das letzte Mal davongelaufen ist. Sie haben sich gestritten. Er reißt an dem Rucksack. Sie läuft davon. Er macht ihn auf. Findet ihre Dinge. Persönliche Dinge.«

»Und?«

»›Ich dachte, sie kommt bestimmt zurück wegen des Zeugs im Rucksack, das braucht sie doch‹, das waren seine Worte. Und denk mal nach, was würde ein Mädchen in ihrem Alter normalerweise unter keinen Umständen zurücklassen?«

»Natürlich!«, ruft Seiler. »Ihr Handy. Das findet er in ihrem Rucksack. Und dann schaut er nach, was drauf ist.«

»Ja.«

»Oh Gott«, sagt Seiler leise, während Novic angespannt durch die Scheibe auf das Schneetreiben starrt, durch das er den Wagen mit halsbrecherischer Geschwindigkeit jagt. »Du meinst, Lamert hat das Video auf ihrem Handy gefunden, das Aljoscha gemacht hat? Mit Paula und …«

»Und Malinowski, genau. So schließt sich der Kreis. Und er wusste, dass Paula am Bahnhof rumhing. Auch das hat er ausgesagt.«

»Also ist er dort hingegangen«, sagt Seiler. »In die Stadt, zum Bahnhof. Und hat gewartet. Vielleicht darauf, dass sie da auftaucht. Oder aber …«

»Ja. Und dann muss ihm Malinowski dort über den Weg gelaufen sein, und er hat ihn von dem Video erkannt. Er ist ihm gefolgt, ist zu ihm in den Wagen gestiegen, und dann haben sich die beiden unterhalten. Über das, was auf dem Video passiert ist.«

»Die aufgeplatzte Lippe«, sagt Seiler. »Die hat er ihm dabei verpasst. Lamert hat Malinowski in die Mangel genommen, um herauszufinden, was mit seiner Tochter passiert ist.«

Novic nickt.

»Auf diese Weise muss er auch Aljoschas Namen erfahren haben. Vermutlich dachte Malinowski, er könne sich selbst retten, wenn er Aljoscha verpfeift.«

»Kann sein«, sagt Novic. »Hat jedenfalls nicht funktioniert für Malinowski. Der hat vielleicht auch gar nicht gewusst, wo Paula inzwischen gelandet war. Aber Lamert hatte damit eine weitere Spur zu seiner Tochter, der er folgen konnte.«

»Und als Nächstes hat er sich Aljoscha vorgenommen«, schlussfolgert Seiler. Sie schlägt mit der Hand auf das Armaturenbrett. »Mann, Milo, wie haben wir nur so blind sein können? Wieso haben wir nichts gemerkt, als wir Lamert befragt haben?«

»Weil es nichts zu bemerken gab. Lamert war echt. Seine Trauer war echt und seine Bestürzung. Ebenfalls, dass er so betrunken war. Alles echt. Scheinbar steckt er den Alkohol bloß ein bisschen besser weg, als wir gedacht haben. Zumindest gut genug, um sich nicht sofort zu verplappern.«

Seiler schüttelt den Kopf. »Mann, wir hätten …«

»… den Mord an Aljoscha verhindern können?«, vervollständigt Novic den Satz. »Kaum. Ich bezweifle, dass wir jemals auf Lamert gekommen wären, ohne die Videos, die Alfons auf Aljoschas Handy gefunden hat. Malinowski hatte jede Menge Feinde, und der Täter hat keine Spuren hinterlassen. Lamert hatte eben Glück.«

»Glück?« Seiler starrt ihn ungläubig an. »Im Ernst?«

Aber Novic lässt sich nicht beirren.

»Beim zweiten Mal nicht so sehr. Ich bin mir ziemlich sicher, dass wir an der Stoßstange seines Geländewagens jede Menge Spuren von Aljoscha finden werden beziehungsweise von dem Aufprall. Lamert ist bei keinem der Morde wirklich planvoll vorgegangen. Entschlossen und effektiv, ja, aber nicht mit Verstand. Er hatte nie einen Plan B.«

»Plan B?«, fragt Seiler.

»Einen Plan, wie er selbst heil aus der Sache rauskommt. Ich glaube, das will er auch gar nicht mehr. Nicht, seit er sich entschlossen hat, Jagd auf einen Jungen zu machen, der kaum älter ist als seine eigene Tochter.«

»Das ist hart.« Seiler muss schlucken. Aber es stimmt, so ergibt die Sache einen Sinn. Falls so etwas überhaupt einen Sinn ergeben kann.

Novic nickt. »Ich glaube, Lamert ist inzwischen davon überzeugt, dass seine Tochter nicht mehr am Leben ist, vielleicht weiß er es sogar mit Bestimmtheit. Der will jetzt nur noch seine Rache zu Ende bringen und dann ...« Novic beendet den Satz nicht, und das muss er auch gar nicht.

»Was bedeutet«, sagt Seiler, »dass er jetzt nur noch ...«

»Genau«, bestätigt Novic. »Eine von zwei Möglichkeiten. Ich habe schon Unterstützung angefordert. Sie sind auf dem Weg zu Lamerts Hof.«

»Und wir nicht?«, fragt Seiler verblüfft.

»Nein.« Novic schüttelt den Kopf und weicht im letzten Moment einem Wagen aus, der aus einer Parklücke manövriert, ohne den Blinker zu setzen, die Scheiben von Schnee bedeckt. Ihr Wagen gerät ins Schleudern, aber Novic bekommt ihn unter Kontrolle, dann tritt er sofort wieder aufs Gas. All das scheint er gar nicht bewusst wahrzunehmen.

»Verdammter Vollidiot«, brummt Seiler und meint damit zumindest teilweise den Fahrer des halb blinden Autos. Teilweise auch sich selbst, vielleicht.

»Was uns zu Möglichkeit Nummer zwei bringt«, erklärt Novic und deutet vor sich auf die Straße. Ohne Rücksicht auf Verluste jagt er den Wagen über einen Bordstein, auf den Innenhof eines flachen Gebäudes mit U-förmigem Grundriss zu. Jetzt erkennt auch Seiler, wohin sie gefahren sind.

Schlingernd kommt der Wagen nach ein paar Metern

zum Stehen, gefährlich nah an einer Ziegelwand. Ein großer Mann im schwarzen Anzug taucht aus dem Schatten eines Hauseinganges auf und kommt auf sie zugesprintet, ein zweiter stürmt aus einer anderen Ecke auf sie zu, dann taucht ein dritter auf. Noch im Laufen fährt die Hand des ersten unter sein Jackett und reißt eine Waffe daraus hervor.

»Novic!«, brüllt Seiler. »Bist du völlig irre?«

Sie haben den Parkplatz hinter Iwanows Nachtklub erreicht.

Netz

2016
Leipzig-Volkmarsdorf, Eisenbahnstraße

»Mensch, Jungs!«, jammert Malinowski. »Ich sehe ja richtig fett aus. Geradezu schwabbelig. Kommt schon.«

»Das macht nichts«, beharrt Sergej. »So ist es sogar besser, glaub mir, Michail Jegorowitsch. Dann wirkt es echter.«

»Genau«, sagt Aljoscha.

»Aber könnt ihr da nicht was machen? Ich meine, in den Hollywoodfilmen haben sie auch alle ein Sixpack. Ich habe gehört, das machen sie alles mit dem Computer heutzutage.«

»Ja, und vielleicht holen wir noch jemanden, der alle schminkt und ...«, beginnt Sergej kopfschüttelnd, aber er verstummt schlagartig, als Malinowski ihm einen Schlag in die Seite verpasst, zielgenau auf die Leber.

»Bursche!«, zischt Malinowski drohend, und Aljoscha sieht, dass die Hände seines Bruders sich schlagartig zu Fäusten geballt haben und sich sein Körper versteift. Er steht kurz davor, herumzufahren und sich auf Malinowski zu stürzen – und auf alle Konsequenzen zu pfeifen, die das mit sich brächte.

»Den hast du nicht kommen sehen!«, feixt Aljoscha

und sieht, wie sich die Hände seines Bruders entspannen. Erst jetzt bemerkt er, dass auch Malinowski sprungbereit auf dem Hocker hinter Sergej saß. Was immer Sergej vorgehabt hätte, es wäre höchstwahrscheinlich sowieso schiefgegangen. Malinowski mag ein fettes Ekelpaket sein, aber ungefährlich war er noch nie, sondern einmal sogar so was wie die rechte Hand von Onkel Iwanow – und auf so einen Posten rutscht man nicht zufällig.

»Hab was nicht kommen sehen?«, knurrt Sergej, und Malinowski lacht und klopft ihm auf die Schulter.

»Guter Junge«, sagt er. »Und jetzt sieh zu, dass man meinen Kopf nicht erkennen kann.«

Sergej nickt und klickt auf dem Laptop herum. Nach einer Weile hat er im Videoprogramm den richtigen Effekt gefunden. Jetzt wird aus Malinowskis Gesicht auf dem Video ein Haufen verschwommener Pixel, den Sergej so lange vergrößert, bis man auch die Tätowierungen nicht mehr erkennen kann. Aber den Bauch lässt er, wie er ist.

»Weiß ja eh keiner, wer das ist«, sagt Aljoscha und deutet auf den Bildschirm. Malinowski nickt, offenbar besänftigt.

»Guck mal«, sagt Sergej, »das ist das Coolste.«

Er deutet auf den Bildschirm, wo Malinowski neben dem verängstigten halb nackten Mädchen steht, sich jetzt umdreht, zur Couch geht und hinsetzt. Der Blur-Effekt folgt ihm dabei die ganze Zeit.

»Automatisch«, sagt Sergej stolz.

»Cool!«, ruft Aljoscha. Das Mädchen kommt in zaghaften Schritten auf die Couch zu und setzt sich schließlich nach Malinowskis Aufforderung auf dessen Knie, wo er sofort beginnt, ihren schlanken Körper zu betatschen.

»Brav, die Kleine«, sagt Sergej. »Die macht gleich alles mit, wie? Das wird denen bestimmt gefallen.«

»Tja«, sagt Malinowski. »Unser Aljoscha hier hat eben echt ein Händchen für die Weiber. Und ich hab die passende *Hand* dazu.«

Dann bricht er in brüllendes Gelächter aus, und die Brüder stimmen ein, wenn auch etwas zögerlich.

Als das Video fertig und als Datei auf dem Computer gespeichert ist, rutscht Malinowski vor den Laptop. Er steckt einen USB-Stick ein und startet ein paar Programme. Eins davon, bemerkt Aljoscha, sieht aus wie ein Browser, also ein Programm, das man benutzt, um ins Internet zu gehen. Aber so einen Browser hat er noch nie gesehen.

Nach ein paar Minuten ist das Video hochgeladen und das Angebot erstellt. Es sieht ein bisschen aus wie eins auf eBay, und tatsächlich handelt es sich um eine Versteigerungsplattform. Allerdings eine, zu der nur ein sehr kleiner und überaus erlesener Kundenkreis Zugriff hat. Diesen zu finden, ist Malinowskis Part.

Er wirft einen letzten Blick auf das Angebot, welches das Video, ein paar Fotos und eine Beschreibung der wichtigsten Merkmale seiner Ware enthält. Beste Ware in hervorragendem Zustand, praktisch unbenutzt, inklusive Transport und Lieferung frei Haus. Was natürlich nicht eben billig ist, aber das ist den Leuten, die hier bieten, egal. Die sind nicht hier, um Geld zu sparen, sondern um es auszugeben. Viel mehr Geld übrigens, als die beiden Deppen neben ihm für möglich halten würden, denkt Malinowski grinsend.

Dann verpasst er dem Angebot noch eine passende Überschrift: Tatjana, 12, tippt er grinsend, etwas schüchtern. Auch diese Zeile ist eine Chiffre für seine Kundschaft. Es heißt, dass das Mädchen noch Jungfrau ist.

TEIL V:
EISREGEN

Vergebung

Im Westen von Leipzig

»Steh auf.« Iwanows Stimme klingt kalt. »Du bist der Sohn meines Bruders, also benimm dich auch so.«

Langsam erhebt sich Sergej vom Boden, die Augen weiterhin starr auf seine Schuhspitzen gerichtet.

»Unsereins kniet nicht, verstanden?«, fragt Iwanow. »Vor keinem. Ist das klar?«

»Ja, Onkel Wadim«, murmelt Sergej.

»Und schau mich an, du verdammter Hornochse, wenn ich mit dir rede. Siehst aus wie eins von diesen armen Schweinen, wenn sie in den Gulag gehen. Hab ein paar von denen gekannt, weißt du? Die in den Gulag mussten. Das waren noch Zeiten, wo man nicht mehr zurückkam von da. Nie wieder, verstehst du?«

Sergej hebt den Blick. Er nickt und versucht, entschlossen dreinzublicken. Tränen rinnen über sein Gesicht. Daran scheint sich sein Onkel allerdings nicht so sehr zu stören. Vielleicht war da gerade auch die Andeutung eines anerkennenden Nickens. Und vielleicht, denkt Sergej, wird es sogar einigermaßen glimpflich ablaufen. Aber er lässt diese leise Hoffnung noch nicht weiter zu, denn jetzt könnte sie ihn verraten, und dann gäbe es nichts mehr, auf das er noch hoffen könnte. Onkel Iwanow ist ein Fuchs, der sich auf menschliche Gefühle spezialisiert hat. Zuverlässiger als jeder Lügendetektor. Und bei Weitem gefährlicher.

»Du stellst dich vor deinen Bruder, das ist gut«, sagt Iwanow. »Familie geht immer vor. Begreifst du auch das, Sergej Michajlowitsch Karamasow?«

»Ja, Onkel.«

»Und begreifst du, dass es keine Familie geben kann ohne Respekt?«

»Ja, Onkel.«

»Wirst du dafür sorgen, dass auch Aljoscha das begreift? Wirst du ihm beibringen, seine Familie zu respektieren? Wirst du ihn Respekt lehren?«

»Das werde ich, Onkel.«

»Gut«, sagt Iwanow, »gut. Er wird in den Laden von Kutusow gehen und sich bei ihm entschuldigen.«

»Ja, Onkel.«

»Er wird dem Kutusow das Geld zurückgeben, das er ihm gestohlen hat. Jeden einzelnen Euro, bis auf den letzten Cent. Aber nicht mehr, hörst du? Nur das, was er ihm genommen hat. Dann wird er sich entschuldigen wie ein Mann und Kutusow danach nie wieder unter die Augen treten. Verstehst du mich, Sergej Michajlowitsch?«

»Ja, Onkel.«

»Und dann wird er aus dieser Stadt verschwinden.«

»Was?«, schnappt Sergej.

»Sergej Michajlowitsch!« Iwanow hebt die Stimme.

»Er wird aus dieser Stadt verschwinden und sich hier nie wieder blicken lassen, oder meine Männer kümmern sich um ihn. Und dann kümmern sie sich um dich. In genau dieser Reihenfolge. Hast du das begriffen, Sergej Michajlowitsch?«

Sergej zögert nur einen Augenblick, dann beeilt er sich zu sagen: »Ja, Onkel. Ich danke dir für deine Großzügigkeit, Onkel.«

Das ist natürlich nur die Floskel, die von ihm erwartet wird, aber er gibt sich alle Mühe, überzeugend zu klingen. Welche Wahl hat er schon? Beschissener, dummer kleiner Aljoscha und seine beschissene Dummheit! Windelweich prügeln sollte man den. Und das wird er auch. Sobald er sich um das andere Geschäft gekümmert hat. Und dann werden sie den Schuhkarton nehmen und endlich aus dieser beschissenen Stadt abhauen, ihm soll's nur recht sein.

Langsam wendet sich Sergej zum Gehen.

»Warte«, sagt Iwanow, und Sergej erstarrt.

»Hör zu, Sergej Michajlowitsch, kennst du diesen Anwalt, Malinowski?«

Sergej spürt, wie alles Blut aus seinem Gesicht weicht. Er zwingt sich dennoch, sich langsam umzudrehen und seinem Onkel wieder ins Gesicht zu blicken, denn alles andere wäre respektlos. Als er antwortet, lässt er es beiläufig klingen, so wie sein Onkel die Frage hat beiläufig klingen lassen, und hofft, dass dieser das Zittern in seiner Stimme nicht bemerkt.

»Nicht wirklich, Onkel. Er hat mal für dich gearbeitet, nicht wahr?«

»Das hat er«, antwortet Iwanow stirnrunzelnd, »aber das ist viele Jahre her. Jetzt ist er tot.«

»Wie bitte?«, schnappt Sergej und verflucht sich im selben Moment für seine heftige Reaktion. Viel zu heftig für den Tod eines Mannes, den er angeblich nur flüchtig kennt.

»Ja«, sagt Iwanow, und ein schiefes Lächeln stiehlt sich in seine Züge. »Irgend so ein Nostalgiker muss ihn erwischt haben. Hat ihm in den Kopf geschossen. Mit einer Makarow. Einer Makarow, man stelle sich das vor! Das nenne ich Traditionsbewusstsein.«

Er lacht, und der kalkweiße Sergej stimmt ein bisschen mit ein und hofft inständig, dass die dämmrige Beleuchtung seine Blässe und seine weiten Jogginghosen das Zittern seiner Knie verbergen.

»Ich frage mich nur, ob du etwas darüber gehört hast?«, sagt Iwanow. »Auf der Straße, meine ich. Schließlich können wir nicht zulassen, dass dadurch ein schlechtes Licht auf die Organisation fällt. Wegen der Makarow. Du weißt ja, wie beschränkt die Bullen in solchen Dingen sind.«

»Ja, Onkel«, sagt Sergej und nickt entschieden. »Aber, wie gesagt, ich hab ihn seit Jahren nicht gesehen, diesen Anwalt Malinowski. Und auf der Straße hab ich rein gar nichts gehört von einem mit einer Makarow.«

»Gut«, sagt Iwanow, und das Lächeln verschwindet

von seinem Gesicht. Macht dem anderen Ausdruck Platz, den man auf den ersten Blick fast mit Einfalt oder einem Anflug von Alterssenilität verwechseln könnte.

Er wirft einen Blick auf seine Armbanduhr, irgendein schweres, goldenes Ding.

»Dann verschwinde jetzt. Du hast achtundvierzig Stunden, diese Sache mit deinem Bruder zu bereinigen. Achtundvierzig Stunden.«

Unentschieden

In dem Moment, da Seiler und Novic aussteigen, erreichen die Männer mit den gezogenen Waffen den Wagen. Zwei an den Seiten, der dritte in einigem Abstand vor der Motorhaube, um die Gesamtsituation unter Kontrolle zu behalten. Das Ganze macht einen ausgesprochen militärischen Eindruck, über den auch die Maßanzüge nicht hinwegtäuschen können. Ganz sicher machen diese Leute so etwas nicht zum ersten Mal.

Die anderen beiden richten ihre Waffen auf die Köpfe der Polizisten.

»Kriminalpolizei Leipzig!«, ruft Seiler. »Nehmen Sie sofort die Waffen runter.«

Es ist, als hätte sie überhaupt nichts gesagt. Der Lauf der Pistole vor ihrem Gesicht bewegt sich keinen Millimeter, er zittert nicht einmal.

»Schon gut«, sagt Novic und hebt die Arme, verschränkt sie hinter seinem Kopf. »Das Halfter ist links.«

Der dritte Mann kommt herum, schlägt Novics Jacke beiseite, während der zweite Kerl seine Waffe weiterhin auf den Kopf des Polizisten gerichtet hält. Dann greift er hinein, zieht die Dienstwaffe aus dem Halfter, wirft einen kurzen Blick darauf und steckt sie ein. Anschließend beginnt er, Novic eingehend zu betasten. Der wartet das geduldig ab, obwohl Seiler, als Dreingabe zu dieser ohnehin schon reichlich grotesken Situation, seine Zähne deutlich klappern hören kann.

Schließlich ist der Anzugträger fertig und gibt ein Grunzen von sich.

Novic sagt etwas zu ihm, das Seiler nicht versteht, vermutlich auf Russisch. Der kahlköpfige Riese brummt noch einmal, dann spricht Novic weiter, diesmal auf Deutsch: »Wir haben eine wichtige Botschaft für Herrn Iwanow. Eine, die möglicherweise sein Leben retten könnte. Das bedroht ist wegen eines Missverständnisses. Wir wollen helfen, es aufzuklären, dieses Missverständnis.«

Der Riese brummt erneut, diesmal klingt es gereizt. Novics Rede hat ihn offenbar wenig beeindruckt.

Er wendet sich wortlos von dem frierenden Polizisten ab und Seiler zu, auf deren Kopf nun ebenfalls der Lauf einer Waffe zielt.

»Was soll das?«, fragt der Riese und blickt Seiler aus aufmerksamen, kleinen Augen an, in denen sich die Kälte des Wintertages spiegelt und sonst rein gar nichts. »Kommst hierher, machst keinen Termin, ja? Parkst wie Feuerwehr, hm, Frau Polizist? Was denkst du, wer du bist, hm? Kleine Polizistenfrau.«

Das entlockt seinem Kameraden ein kurzes, amüsiertes Schnaufen, und auch der Riese grinst, was nichts an seinen Haifischaugen ändert. Auch nicht an der Position seiner Waffe. Dann wird der Riese übergangslos wieder ernst.

»Nicht gut«, sagt er dann, »das wird dem Onkelchen gar nicht gefallen, Frau Polizist.«

Seiler schweigt und starrt den Riesen an. Der Lauf seiner Waffe ist ein schwarzer Fleck irgendwo am Rande ihres Gesichtsfeldes. Der Riese hat recht, das hier wird Iwanow nicht gefallen.

Doch nichts davon nimmt sie jetzt noch wirklich wahr. Nicht einmal, aber das bemerkt sie erst viel später, nicht einmal Jonas kann sie in diesem Moment noch erreichen. Aber Lamert, dem ist sie plötzlich ein ganzes Stück näher.

Sie versteht ihn jetzt.

Als sie einen Schritt auf den Riesen zumacht, bohrt sich dessen Waffe in ihre Schulter, etwas oberhalb der linken Brust. Darunter ist der Lungenflügel, geht es ihr durch den Kopf, und im Fernsehen überleben sie das sogar manchmal, wenn sie sich da einen Schuss einfangen. Die halten sich ein bisschen die Schulter und laufen dann weiter. Was beides nicht besonders realistisch ist, weil der Lungenflügel sofort in sich zusammenfällt, was nicht nur sehr schmerzhaft ist, sondern auch dem Herzen erhebliche Probleme verursacht. Schlechte Chancen also, falls sich nicht gerade zufällig jemand in der Nähe befindet, der weiß, wie man eine Thoraxentlastungspunktion vornimmt.

»Nehmen Sie die Waffe runter«, sagt sie.

Sie ist ganz ruhig, kalt. Eis. So wie Lamert. Und dabei schaut sie den Russen an, dessen von der Kälte gerötetes Gesicht auf sie hinabblickt. Auch seine Augen sind kalt. Routine. Für ihn ist es ein Job, mehr nicht.

»Sie bedrohen eine ermittelnde Polizistin. Letzte Warnung«, sagt Seiler, für die es längst *kein* reiner Job mehr ist. Das ist wie beim Zahnarzt, gleich ist es vorbei, so oder so. Und diesmal auch nicht erst in zehn Minuten.

Der Russe starrt zu ihr hinab, die Lippen so fest aufeinandergepresst, dass sie aussehen wie ein Bleistiftstrich, den ihm jemand ins Gesicht gezeichnet hat.

Sie spürt, wie der Druck auf ihre Schulter nachlässt, dann senkt der Mann die Waffe. Sein Gesicht bleibt dabei völlig regungslos. Auch davon wird der Onkel erfahren, und nein, das wird ihm ebenfalls nicht gefallen. Überhaupt nicht.

Er schiebt die Waffe zurück in sein Holster, stemmt die Fäuste in die Seite und deutet mit dem Kopf auf Novic.

»Und was ist mit deinem Freund hier, hm? Dieser kleine Serbe mit dem komischen Hut, ja? Was erzählt der für Bullshit? Denkt der, wir sind bescheuert? Dass einer hierherkommen und dem Onkelchen was tun kann? Dass einer das schafft? Sollte er eigentlich besser wissen, der Serbe, und du auch, Frau Polizist.«

Sie schweigt immer noch. Ihr Gesicht ist kalkweiß bis auf ein paar hektischer, roter Flecken auf ihren Wangen. Irgendwann später wird sie begreifen, was hier gerade passiert ist. Vielleicht.

Der Russe scheint sich nun nicht mehr für sie zu interessieren, er starrt mit unverhohlener Feindseligkeit zu Novic hinüber.

»Dieser Mann, der hierher unterwegs ist, hat schon zwei Menschen auf dem Gewissen, und ihm ist alles egal«, sagt Novic.

»Was soll heißen, alles egal?«, fragt der Riese.

»Es soll heißen, dass er auf die Idee kommen könnte, sich eine Bombe um den Bauch zu binden, sich in sein Auto zu setzen und durch den Vordereingang in den Klub reinzufahren. *Ohne* zu parken wie die Feuerwehr.«

Seilers Blick zuckt zu Novic. Jetzt ist er offenbar völlig übergeschnappt. Wo zum Teufel sollte Lamert eine Bombe herhaben? Doch andererseits ... woher hatte er eine Pistole?

»Ja«, sagt Seiler, »das stimmt. Der Mann ist unberechenbar, sein eigenes Leben bedeutet ihm überhaupt nichts. Wollen Sie das wirklich riskieren? Dass er in den Klub marschiert und alles in die Luft jagt, und zwar zur Primetime? Wie groß wäre wohl der Schaden?«

Ganz zu schweigen, denkt sie, von einem guten Dutzend erstklassiger junger Stripperinnen und einem Laden voller Kundschaft. Und, vor allem, welches Licht das auf Iwanows gottgleichen Ruf werfen würde. Sie hofft, dass sich die Gedanken der Russen inzwischen in dieselbe Richtung bewegen.

»Das wäre schlecht für's Geschäft, meinen Sie nicht?«, bohrt sie nach.

Der Russe überlegt einen Moment, dann deutet er auf Seiler.

»Gut«, sagt er, »dann setzt du dich jetzt ins Auto rein, und dann fährst du um den Block, Frau Polizist!«

»Wie bitte?«

»Ja«, sagt der Russe. »Und wenn der Mann mit der Bombe auftaucht, fahr ihn tot, ja? Mach das für den Onkel, ja? Das wird den Onkel freuen.«

Der Mann grinst sie an, aber Seiler ist sich sicher, dass er das todernst gemeint hat. Sie begreift, dass er das machen muss, nach ihrer Aktion von vorhin. Und dass sie sich jetzt geschlagen geben sollte, und sei es nur zum Schein.

»Novic ...«, sagt sie und blickt zu ihrem Kollegen hinüber.

»Der Serbe kommt mit rein. Das liebe Onkelchen ist bestimmt ganz wild auf diese Geschichte von dem Mann mit der Bombe. Missverständnis, pfff!«

Er spuckt aus, Seiler direkt vor die Füße. Vermutlich nur, um zu sehen, was dann passiert. Was passiert, ist, dass sie sich wortlos umdreht, in den Wagen steigt, ihn anlässt und langsam zurücksetzt.

»Gut«, sagt der Russe und klopft Novic auf die Schulter. »Jetzt du kommst mit und erzählst uns schöne Geschichte. Mal sehen, ob sie gefällt dem Onkelchen.«

Novic spart sich die Frage, was passieren wird, falls nicht.

Mariko

Kaum sind sie im Inneren des Hauses verschwunden, beginnt der Glatzköpfige, schallend zu lachen. Wenn es auch etwas gezwungen klingt, wie Novic findet.

»Diese Deutschen!«, sagt er auf Russisch zu Novic. »Machen sich immer gleich in die Hose. Hast du Gesicht von Frau Polizist gesehen, Serbe? Die wissen schon lange nicht mehr, wie's im Krieg zugeht, die Deutschen. Aber unsereins, wir wissen das. Oder, Serbe?«

Novic sagt nichts dazu, und der Mann scheint das auch gar nicht zu erwarten. Er lacht wieder schallend, scheint sich gar nicht mehr einzukriegen. Dann verstummt er abrupt.

»Sag mal, stimmt das mit der Bombe?«

»Ich weiß nicht«, sagt Novic. Wenn Lamerts »Privatermittlungen« ihn tatsächlich auf die Spur von Iwanow gebracht haben, wird er vielleicht auch wissen, mit wem er sich da angelegt hat. Falls er sich überhaupt einen Plan zurechtgelegt hat, wird es vermutlich ein ziemlich verzweifelter sein. Lamerts eigenes Überleben dürfte in dieser Gleichung vermutlich keine nennenswerte Variable mehr darstellen.

Diesmal gehen sie nicht nach unten in den Keller, sondern durch den Flur hinüber in den Klub. Eine Tür aus Panzerstahl gibt es auch hier, aber diese hat ein ganz normales Schloss. Der Glatzköpfige schließt es auf und schiebt Novic in den Klub, der offensichtlich in wenigen Minuten seine Pforten öffnen wird. Technobässe dringen aus den Boxen in der Decke. Noch sind sie so leise gedreht, dass man sie kaum wahrnimmt. Später werden sie den Klub in ein wummerndes, schweiß- und hormonseliges Tollhaus verwandeln, das vor verschiedenfarbigen Gerüchen nur so kochen wird. Novic wird jetzt schon ein bisschen schlecht.

Dichter Kunstnebel bedeckt den Boden. Eine gigantische Discokugel dreht sich an der Decke und überzieht die Wände mit einem Muster aus winzigen Lichtpunkten. Hinter der Bar haben die leicht bekleideten Schönheiten, von denen keine einzige Paula heißt, bereits Aufstellung bezogen. Bald werden sie die ersten Gäste begrüßen, während sie die Gläser auf der Theke polieren. Ihr Lächeln ist fraglos professionell, aber es wirkt so frisch, als hätten sie sich schon seit Wochen auf eben diesen Abend gefreut. Novic ist kaum mehr als ein einzelner Blick auf all das vergönnt, aber in seinem Inneren regt sich augenblicklich ein wohlig-geheimnisvolles Violett, ohne dass er etwas dagegen tun könnte. Die Mädchen sind wirklich sehr schön.

Novic wird durch einen weiteren Durchgang bugsiert, der Glatzköpfige schiebt einen schweren Vorhang aus rotem Samt beiseite, und Novic findet sich in einem Separee wieder. Es ist leer bis auf den einzelnen Mann, der dort sitzt. Diesmal trägt er einen deutlich eleganteren Anzug als bei ihrer letzten Begegnung. Iwanows Haar ist sorgfältig zurückgekämmt, unter seinem Ärmel schaut eine goldene Armbanduhr hervor. Als Novic näher kommt, erkennt er das eigentümlich ovale Ziffernblatt mit den beiden seitlichen Ausbuchtungen. Eine *Patek Philippe Nautilus, Reference 3800*. In dieser Ausführung, der komplett gelbgoldenen, ein seltenes Schmuckstück, unter Kennern gut und gerne seine zwanzigtausend Euro wert.

Novics Magen krampft sich zusammen, als er ins Gesicht von Wadim Iwanow blickt. Es sieht aus wie versteinert. Kein Lächeln oder sonst ein Zeichen menschlicher Anteilnahme ist darin zu finden, nicht mal ein vorgetäuschtes. Nur diese Augen, die Novic aufmerksam mustern. Abzuschätzen scheinen, ob er die Zeit wert ist, die er von Iwanow fordert.

Für eine Weile schweigen alle, dann öffnet sich Iwanows Mund, und er sagt auf Russisch: »Ich habe gesagt, du sollst nicht wieder herkommen, Serbe.«

»Ja«, antwortet Novic.

»Er hat eine tolle Geschichte, Onkelchen ...«, beginnt der Glatzköpfige hinter Novic.

»Halt's Maul«, zischt Iwanow ihn an, ohne den Blick von Novic zu wenden. »Verzieh dich, du Affe.«

Der Glatzköpfige macht sich eilends daran, dem Befehl nachzukommen, doch Iwanow hält ihn auf.

»Hey! Lass das da.«

Eine riesige Hand langt an Novic vorbei und legt eine Pistole auf den Tisch vor Iwanows Rechte, sodass deren Lauf direkt auf Novic zielt. Dann macht der Mann, dass er davonkommt.

»Weißt du, was passiert, wenn ich die hier drin benutze, Serbe?«, fragt Iwanow und tippt auf die Waffe, wobei er sein Gegenüber keine Sekunde aus den Augen lässt.

Novic schweigt.

»Gar nichts«, erklärt Iwanow. »Überhaupt nichts würde passieren, außer dass irgendwann das Magazin leer ist und es klick, klick, klick macht. Aber wenn du mir nicht glaubst, können wir auch in den Klub gehen, und ich besorg das dort. Mitten auf der Tanzfläche. Vor so vielen Zeugen, wie du willst. Das Ergebnis wäre genau dasselbe. Gar nichts würde passieren, die Leute würden nicht mal zu tanzen aufhören, nicht hier drin. Die Mädchen hinter der Bar würden einfach weiterlächeln. Dann würde eine einen Eimer holen und die Sauerei fortwischen und dabei immer noch lächeln. Und dich würden sie nie finden. Kapierst du, was ich damit sagen will?«

»Ja«, sagt Novic, denn das tut er durchaus.

»Gut. Also kannst du ja kein Dummkopf sein, wo du das doch kapierst, nicht wahr? Kein Spasti oder so was, oder?«

»Nein.«

»Hm«, macht Iwanow und wirft einen Blick auf seine Armbanduhr. »Na, dann frage ich mich, was du für

Rieseneier haben musst. Noch mal hierherzukommen, obwohl ich dir das nicht erlaubt habe. In meinen Klub, während der Öffnungszeiten.«

Er lässt es klingen, als betreibe er einen kleinen Gemischtwarenladen, denkt Novic. Und gemischt sind seine Waren ohne jeden Zweifel.

»Was meinst du, wie groß sind deine Eier?« Iwanow hält die Hände vors Gesicht, die Handflächen einander zugewandt und betrachtet sie abschätzend. »So groß? Wie die von einem geilen Pavian?«

Er vergrößert den Abstand seiner Handflächen wie ein Angler, der mit einem besonders großen Fang angibt, und schaut Novic fragend an.

»Oder so groß, wie die von einem Bullen vielleicht? Oder einem Elefantenbullen? Was meinst du, Serbe? Haben echt große Eier, diese Elefantenbullen.«

»Ein Mann ist auf dem Weg hierher«, sagt Novic. »Ein Mann, der glaubt, Sie hätten seine Tochter entführt und auf den Strich geschickt oder Schlimmeres. Sie ist erst vierzehn und …«

»Glaubt er das, ja?«, unterbricht ihn Iwanow und lässt die Handflächen auf die Tischplatte knallen. Seine Stimme ist pures Eis.

»Ja, ich denke schon. Er hat schon zwei Menschen umgebracht und ist vermutlich jetzt auf dem Weg hierher.«

»Verstehe«, sagt Iwanow, dann schüttelt er den Kopf, als sähe er sich genötigt, einem besonders begriffsstutzigen Schüler einen simplen Sachverhalt zu erklären.

»Weißt du, es ist doch so: Wir Russen haben auf euch Serben schon immer aufgepasst, das haben wir machen müssen, weil man eben aufeinander aufpasst. Das macht man so unter Brüdern, verstehst du?«

»Ja«, sagt Novic.

»Das ist nämlich der Grund, warum du noch lebst, Serbe. Weil du die Sprache von zivilisierten Menschen sprichst. Weil wir uns verstehen, beinahe wie Brüder. Was man von den meisten deiner Kollegen leider nicht behaupten kann.«

»Ja«, sagt Novic wieder.

»Und trotzdem, und obwohl ich dir gesagt habe, es gibt keinen Babystrich in meiner Stadt, obwohl ich dir mein *Wort* gegeben habe, kommst du jetzt hier reinspaziert und behauptest, ich würde irgendjemandes kleine Tochter zum Anschaffen auf die Straße schicken. Behauptest, ich würde so was zulassen in meiner Stadt.«

Novic schweigt. Jetzt wäre es nicht gut, irgendetwas zu sagen.

»Ich sag es noch mal: Es gibt keinen Kinderstrich in meiner Stadt. Und weißt du auch, wieso ich mir da so sicher bin, Serbe?«

Langsam schüttelt Novic den Kopf.

»Nun, lass mich dir eine kleine Geschichte erzählen, ja, Brüderchen? Eine kleine Geschichte aus Russland, die sich zugetragen hat vor einiger, aber nicht allzu langer Zeit. Damals hatten wir noch kein Glasnost und kein Arm und Reich, kein McDonalds und keine Coca-Cola. Aber wir hatten den glorreichen Sozialismus und die Lager und den Geheimdienst, und wir hatten den Onkel Stalin. Die vom Geheimdienst, das waren Leute, ein bisschen so wie ihr. Bloß haben die sich nicht die Mühe gemacht, anzuklopfen oder zu rufen: ›Halt, stehen bleiben!‹, bevor sie einen erschossen haben. Die haben einfach ein paar Türen eingetreten und haben die Leute ein bisschen ausgefragt, was du ja kennst. Bloß hat man diese Leute anschließend nicht mehr wiedererkannt, wenn sie denn überhaupt jemals wieder aufgetaucht sind. Solche Leute waren das, die Leute vom MGB.«

Novic schweigt. Es gibt seiner Meinung nach im Moment wirklich Dringenderes, als alte Geschichten aufzuwärmen, aber Iwanow macht nicht den Eindruck, als ob er eine Unterbrechung seiner Ausführungen tolerieren würde.

»Eines nachts treten diese Leute also bei meinem Vater ein paar Türen ein, da waren wir noch Kinder, meine kleine Schwester Mariko, mein älterer Bruder Grigori und ich. In dieser Nacht haben sie meinen Vater vor meinen Augen erschossen, sein Gehirn war auf der ganzen Tapete verteilt, eine Riesensauerei war das! Kurz darauf habe ich meine Mutter zum letzten Mal in meinem Leben gesehen, aber ich habe sie noch über eine Stunde im Nebenzimmer schreien hören, als die Männer vom MGB sie ›ausgefragt‹ haben. Eine Stunde und sieben Minuten, das weiß ich genau, weil ich die ganze Zeit über auf meine Uhr geschaut hab. Die hatte mir meine Mamutschka zu meinem Geburtstag geschenkt. Ich war sehr stolz auf diese Uhr.«

Er schüttelt sein Handgelenk mit der goldenen *Nautilus* vor Novics Nase.

»Natürlich war das nicht so eine, sondern irgendein billiges Kinderspielzeug mit dem Bild von einem Panzer drauf. Eine Stunde und sieben Minuten, dann war sie ruhig. Ich hab die ganze Zeit auf die Uhr geguckt, was hätte ich sonst auch tun sollen? Das war 1952, ein Jahr vor Onkel Stalins Tod.«

Novic blickt ihm unverwandt ins Gesicht.

»Das kommt dir bekannt vor, stimmt's?« Er schenkt Novic ein völlig humorloses Lächeln. »Aber es wird noch besser. Mein Bruder Grigori konnte noch in dieser Nacht abhauen, er ist ihnen entwischt und hat sich zu Verwandten durchgeschlagen, die ihn vor der Geheimpolizei versteckt haben. Großes Glück hat er gehabt, mein Bruder Grigori, denn ihn hätten sie sonst nach Kolyma in die Minen geschickt. Hast du schon mal von Kolyma gehört, Serbe?«

Novic nickt. Er hat schon mal von Kolyma gehört, es liegt in Sibirien. Angeblich das schlimmste von Stalins Gulags, vornehmlich intellektuellen Dissidenten vorbehalten, wie Alexander Solschenizyn. Der hat es den Kältepol der Grausamkeit genannt. Bis zu fünfzig Grad unter null. Niemand weiß, wie viele dort gestorben sind, aber die Zahl muss in die Hunderttausende gehen.

»Meine Schwester und ich«, fährt Iwanow fort. »Nun

ja, wir hatten allerdings nicht ganz so viel Glück. Uns haben die vom MGB in ein Kinderheim gesteckt. Eins, in dem sie uns zu solchen Schweinen machen wollten, wie sie selber es schon waren. Das war nur eine von Stalins großartigen Ideen, wenn es um die Dissidenten ging: die Eltern erschießen, die Kinder ins Heim. Nach etwa einem Monat hab ich zum ersten Mal versucht zu fliehen. Keine gute Idee, aber – na ja, ich war ja auch erst zwölf. Nur ein dummer Junge.«

Er schenkt Novic ein schiefes Lächeln, wie um sich nachträglich für einen Lausbubenstreich zu entschuldigen. Dann werden seine Züge wieder hart.

»Mariko war neun. Natürlich haben sie uns erwischt. Und weißt du, wie sie uns bestraft haben? Mir haben sie überhaupt nichts getan, kein Haar haben die mir gekrümmt. Das war meine Strafe, weil sie genau wussten, dass es meine Idee gewesen war. Aber ich musste dabei zuschauen, was sie mit Mariko gemacht haben. Drei erwachsene Männer, Wachsoldaten, immer und immer wieder. Wenn sie das Bewusstsein verlor, haben sie ihr kaltes Wasser ins Gesicht gekippt und einfach weitergemacht.«

Iwanow schweigt, und Novic sagt: »Das war mir nicht bewusst.«

»Natürlich nicht«, sagt Iwanow in einem Ton, als wäre das alles nur eine Kleinigkeit. »Aber jetzt begreifst du vielleicht, warum es so etwas wie einen Kinderstrich in meiner Stadt nicht gibt und auch nie geben wird. Warum ich so etwas nicht dulden kann.«

»Ja.« Das begreift Novic jetzt.

Iwanow nickt nachdenklich. »Und trotzdem kommst du hierher und behauptest solche Dinge. Sagst sie mir direkt ins Gesicht. Mir, Wadim Gregorewitsch Iwanow. Daher glaube ich, du musst wirklich Eier wie ein Elefantenbulle haben.«

»Es gibt Videos«, sagt Novic und ist sich der Tatsache bewusst, dass er damit alles auf eine Karte setzt. Das muss er, denn es ist seine letzte Karte in diesem Spiel. »Videos von Mädchen. Mehr als zwei Dutzend.«

Iwanow gibt sich alle Mühe, nicht zu reagieren, aber Novic erkennt trotzdem sofort, dass ihn diese Nachricht tatsächlich überrascht hat. Das muss er nutzen.

»Der Mann, der herkommen wird, hat eins der Videos gesehen, seine Tochter war darauf und Malinowski. Aljoscha Karamasow hat die beiden gefilmt, in Sergejs Wohnung. Das Ganze lief schon seit mehreren Monaten.«

Iwanow schweigt noch immer, also fährt Novic fort.

»Der Vater des Mädchens hat sich am Bahnhof herumgetrieben, wo er den Mann von dem Video erkannte, der da kleine Mädchen ansprach. Das war Malinowski. Dem ist er dann gefolgt und hat ihn getötet, aber vermutlich hat dieser ihm vorher von Aljoscha Karamasow erzählt, der seine Tochter verführt und das Video von ihr und Malinowski gedreht hat.«

»Moment«, unterbricht Iwanow, hebt die Hand, scheint auf irgendetwas zu lauschen. Dann schüttelt er den Kopf und sagt: »Weiter.«

»Aljoscha Karamasow ist gefoltert worden, bevor er starb«, sagt Novic. »Der Junge war Ihr Neffe, nicht wahr?«

Iwanow nickt kaum merklich.

»Sehen Sie«, sagt Novic, »und was glauben Sie wohl, wohin das den Vater dieses Mädchens als Nächstes führen wird?«

»Ich verstehe, Herr Novic.« Iwanow klingt plötzlich wieder ganz förmlich. »Ich danke Ihnen für die Warnung. Aber bitte beachten Sie auch meine Warnung, wenn ich mich ein letztes Mal wiederhole: Kommen Sie nicht mehr hierher. Noch einmal werde ich diese Warnung nicht aussprechen.«

»Ja«, sagt Novic und erhebt sich. »Und was den Vater des Mädchens betrifft …«

»Wenn der hier auftaucht, werden wir die Polizei rufen«, verspricht Iwanow. »Ihm wird nichts geschehen. Es sei denn, ich oder meine Männer müssen uns tatsächlich verteidigen. In dem Fall …«

Versteckt

Unbemerkt hat sich Sergej zurückgeschlichen und versteckt sich jetzt im Separee nebenan. Eine riskante Sache. Sollte ein Gast auftauchen, oder schlimmer, einer von Iwanows Männern und ihn hier finden, dann wird es nicht damit gegessen sein, dass er sich noch mal bei seinem Onkel entschuldigt. Dann wird er sich glücklich schätzen dürfen, wenn er anschließend überhaupt noch in der Lage ist, Aljoscha Iwanows Forderungen zu überbringen, ganz zu schweigen davon, den anderen Plan in die Tat umzusetzen. Andererseits ...

Andererseits ist der Typ in dem viel zu dicken Mantel und der komischen Pelzmütze auf dem Kopf ohne jeden Zweifel ein Bulle, das hat Sergej auf den ersten Blick erkannt. Und kein gewöhnlicher Bulle, sondern bestimmt mindestens ein Kommissar. Sonst käme ein Spacken wie der nie hier rein.

Die Tatsache, dass Iwanow ihn im Klub empfängt, deutet außerdem darauf hin, dass der Bulle nicht bloß hier ist, um sein zweites Gehalt zu kassieren. Bei so etwas würde der sich bestimmt nicht von aller Welt beobachten lassen, und Onkel Wadim sicher auch nicht.

Und dann ist da noch diese Scheiße mit Malinowski. Tot, ermordet, von einem Irren mit einer beschissenen Makarow. Deswegen hatte Sergej ihn also nicht erreichen können in den letzten Tagen. Ganz klar, deswegen ist der Bulle hier, das muss es sein.

Und deswegen muss Sergej jetzt hinter diesem Vorhang hocken und lauschen und hoffen, dass ihn keiner dabei erwischen wird. Weil der Kerl, der das getan hat, eine Bedrohung für seine und Aljoschas Zukunftspläne darstellt. Sofern es ohne Malinowski überhaupt noch Pläne geben kann.

Scheiße!

Er musste warten, bis Oleg, der Glatzkopf, sich wieder auf den Rückweg gemacht hatte. Interessanterweise ohne die Knarre, die er noch deutlich sichtbar vor sich hergetragen hatte, während er den Bullen in das kleine Kabuff zu Iwanow schob. Also ist Sergej zwischen die Vorhänge geschlüpft, um zu hören, was der Bulle mit Iwanow zu besprechen hat.

Als er ein paar Minuten später aus dem Separee hervortaumelt, ist aus ihm ein anderer Mensch geworden. Was er fühlt, ist nicht länger mit Trauer oder Angst zu beschreiben, auch nicht mit Panik oder Verzweiflung.

Er ist längst jenseits solcher Empfindungen, als er aus dem Klub stürmt. Sekunden später jagt er seinen schwarzen Golf über die spiegelglatten Straßen zurück zu seiner Wohnung. Er wird aus dieser kleinen Schlampe herausprügeln, wer der Irre ist, dem sie von Aljoscha erzählt hat, und dann, sehr viel später, wenn sie bereit dafür ist, wird er sie töten. Und danach den Mörder seines Bruders.

Die Nutte hat seinen kleinen Bruder auf dem Gewissen. Seinen Aljoscha, den lieben, dummen, kleinen Wirrkopf. Aber auch das ist jetzt irgendwie nur ein ferner, beinahe abstrakter Gedanke. Sie werden beide dafür büßen, die Nutte und der Mörder, und dann wird Sergej für immer aus dieser Scheißstadt verschwinden.

Und niemals zurückkommen.

Lamert

Sie macht einen weiteren vorsichtigen Atemzug. Die Schmerzen in ihrer Brust haben ein bisschen nachgelassen, ihr Gesicht fühlt sich immer noch geschwollen an. Sie versucht sich zu bewegen, aber mehr als ein paar Zentimeter schafft sie nicht. Die Seile fixieren ihren Körper in einer zusammengekrümmten Position auf der Couch, jede noch so kleine Bewegung verursacht Schmerzen.

Vor ein paar Minuten hat sie es aufgegeben zu versuchen, ihre Finger zu bewegen. Da hat sie nicht mal mehr das Kribbeln in den Handgelenken gespürt, sondern einfach überhaupt nichts mehr. Zwecklos, ihre Hände sind völlig abgestorben. Sie glaubt, mal irgendwo gehört zu haben, dass man an so etwas sterben kann. Das Blut staut sich auf, und wenn man sich bewegt, schießt es in die Lunge. Oder war es das Herz? Und welche Rolle spielt das jetzt überhaupt noch?

Du wirst verkauft werden, an irgendeinen reichen alten Sack.

Sergejs Worte hallen in ihrem Kopf nach, unbegreiflich. Unwirklich. Aber jetzt, wo sie darüber nachdenkt, ergibt alles einen Sinn. Aljoschas lockere Art und wie er plötzlich so merkwürdig wurde. Wie er sie mit einer Mischung aus Komplimenten und Ablehnung überschüttet hat, sie wirr gemacht hat, bis sie ganz verrückt war nach ihm. Wie er mit ihren Gefühlen gespielt hat wie auf den Tasten eines Instruments. Seine Verführung, und dann die plötzliche Weigerung, mit ihr zu schlafen. Nein, hat er gesagt, noch nicht. Bleib erst mal Jungfrau, Kiska.

Erst mal.

Und das billige Tattoo, kein Name, sondern einfach nur Kiska. Wie oft er das wohl schon bei den anderen Mädchen benutzt hat? Und wo diese Mädchen jetzt wohl sind?

Ob sie noch leben?

Die stehen nämlich auf so kleine Kätzchen wie dich. Die packen sie in Käfige und lassen sie nur zum Ficken raus.

Wie lange kann man so etwas wohl überleben? Wie lange wird sie es überleben?

Sie hat nicht geglaubt, dass da noch Tränen in ihr sind, aber jetzt beginnt sie, wieder zu weinen. Schluchzt, haltlos, rettungslos. Denn das ist nicht das Schlimmste. Noch nicht. Das Schlimmste ist, dass sie Aljoscha immer noch liebt. Trotz allem, unbegreiflich, würde sie alles tun, um noch einmal sein Gesicht zu sehen. Ein allerletztes Mal. Weil sie glaubt, dass das, was kommt, dann leichter zu ertragen wäre.

Sie wird von einem mächtigen Heulkrampf geschüttelt, ihr Körper zuckt unter den Fesseln. Wie ein Fisch auf dem Trockenen in seinen letzten Zügen. Ein kleines sterbendes Tier, für dessen Schicksal sich niemand interessiert. Überhaupt niemand.

Nicht mal ihre eigenen Eltern. Als sie an die denken muss, stellt sie fest, dass plötzlich alle Bitterkeit verschwunden ist. Jetzt will sie bloß noch zurück. Nach Hause, in die Sicherheit. Dorthin, wo man vielleicht Mühe hat, sie zu lieben, wo man sie aber nichtsdestotrotz liebt und beschützt. So gut es eben geht. Aus, vorbei. Sie wird Mama und Papa und das Spielhaus im Garten nie wiedersehen.

Sie wünscht sich, ganz ernsthaft, dass sie schon tot wäre.

Da ist ein Geräusch an der Tür.

Jemand macht sich am Schloss zu schaffen. Das muss Sergej sein, der zurückgekommen ist, um sie zu holen. Sie fortzubringen zu …

Sie hält den Atem an, während Tränen ihre Wangen kitzeln. Schnieft durch ihre verstopfte Nase. Streckt ihren Kopf dem Geräusch entgegen, obwohl das jede Sehne ihres Körpers erneut in Brand setzt.

Das Kratzen am Schloss geht weiter. Jemand fummelt daran herum. Jemand, der keinen Schlüssel hat. Jemand, der …

Oder vielleicht auch nur jemand, der das Schloss nicht kennt. Vielleicht ist es nicht Sergej, sondern er hat irgendwelchen fremden Männern den Schlüssel gegeben, damit die sie abholen wie ein hinterlegtes Paket. Ihr Kopf sinkt zurück auf das Sitzpolster.

Ein lautes Krachen, dann fliegt die Tür auf.

Elise verkrampft sich und presst die Augenlider aufeinander. Sie hört schwere Schritte, dann werden die Türen der angrenzenden Zimmer aufgerissen und wieder zugeschlagen. Dann stürmt ein Mann ins Wohnzimmer und brüllt: »Du beschissene Ratte, ich werde dich ...«

Aber dann verstummt er, und Elise erfährt nie, was er mit der Ratte anzustellen gedachte. Denn die Ratte ist nicht hier. Nur sie.

»O mein Gott!«, ruft der Mann jetzt, und dann: »Paula, Paula, o mein Gott!«

Dann ist er bei ihr und dreht sie mit einer groben Bewegung auf den Rücken. Sie öffnet die Augen und starrt in ein graues Gesicht. Blutunterlaufene, tief liegende Augen und ein struppiger Bart rahmen Züge ein, aus denen tiefste Verzweiflung spricht, nein, ihr förmlich entgegenbrüllt. Als diese Züge sich zu einer Maske der Enttäuschung verziehen, nimmt sie den übermächtigen Geruch nach Schweiß und billigem Alkohol wahr, den der Mann verströmt.

»Du bist es nicht!«, brüllt er sie an. »Wo ist Paula? Was habt ihr Schweine mit meiner Paula gemacht?«

Sie will etwas antworten, aber es kommt nur ein gedämpfter Laut heraus. Irgendwann begreift der Mann, dass sie ihm nicht antworten kann, solange der Knebel in ihrem Mund steckt. Als er ihn herausholt, tut er das auf eine sanfte, beinahe zärtliche Weise. Vermutlich ist er inzwischen zu dem Schluss gekommen, dass das gefesselte Mädchen auf der Couch nichts mit der Entführung seiner Tochter zu tun hat, sondern vielmehr selbst ein Opfer ist.

»Wer sind Sie?«, fragt Elise, sobald er den Stofffetzen aus ihrem Mund gezogen hat. Er hält sich nicht mit einer Antwort auf, sondern stößt hervor: »Die beiden Russen. Haben sie auch dich …?«

»Ja«, sagt sie, »Aljoscha und Sergej. Sie sind Brüder.«

Der Mann lässt sich neben ihr aufs Polster fallen, starrt die Wand an oder sonst irgendwas, das Elise nicht sehen kann.

»Können Sie mich bitte losbinden?«, fragt sie, aber der Mann scheint sie gar nicht zu hören.

»Die haben sie entführt, weißt du?«, sagt er in den Raum hinein. »Sie haben meine arme Paula von zu Hause weggelockt. Müssen ihr sonst was versprochen haben. Und dann … dann haben sie sie …«

Die Stimme des Mannes bricht, und er beginnt zu schluchzen.

»Ich glaube, sie könnte noch leben«, sagt Elise. »Sergej hat gesagt, dass sie mich nach Russland bringen wollen. Zu den Männern mit den Käfigen, zu …«

»Die haben ein Video von ihr gemacht«, sagt der Mann, und jetzt weiß Elise, dass er das nicht ihr erzählt. Dass er ihr nicht mal zuhört. Sie gar nicht hören kann. »Da ist sie drauf mit so einem alten Kerl, der sie befummelt und … und …«

Der Mann krümmt sich zusammen, reißt die Hände

vors Gesicht, drückt seine Handballen gegen die Aug-
äpfel. Er springt auf.

»Ich ... ich hab mir das nicht anschauen können. Ich ...
musste doch was tun! Was sie meiner Paula angetan haben. Sie ist doch gerade erst vierzehn geworden, mein
Gott! Ich ... und es war eine Wohltat, jawohl! Eine Wohltat war's, dem ekelhaften Kerl eine Kugel in den Kopf zu
jagen. Dem Schwein. Er hat ...«

Dann verstummt er plötzlich. Steht einfach nur noch
da über ihr wie ein großer gefährlicher Schatten, jeden
Moment bereit, auf sie herabzustoßen.

»Aber der Junge«, sagt er mit zitternder Stimme, »der
Junge, er war ...«

Er spricht den Satz nicht zu Ende, steht einfach nur vor
der Couch und starrt die nackte Wand an. Elise hört ihn
leise atmen. Als wäre er im Stehen eingeschlafen.

»Ich glaube, er wird bald zurückkommen«, sagt sie leise. »Bitte, können Sie mich nicht losmachen?«

Er steht noch eine ganze Weile da, blickt stumm auf sie
herab. Erstarrt wie eine Fotografie. Dann plötzlich regt
sich wieder etwas in seinen abwesenden Augen, und für
einen Moment kehren sie in das Hier und Jetzt zurück.

»Natürlich«, sagt er, und mit einem Mal ist seine Stimme voller Fürsorge, wo vorher nur Hass und Verzweiflung waren. »Oh, mein armes, kleines Ding! Natürlich
mach ich dich los, meine liebe, kleine Paula.«

Er beugt sich über sie und fummelt mit zitternden Händen an den Knoten herum, die ihre Handgelenke verbin-

den. Sie will ihn fragen, ob er nicht in die Küche gehen und dort nach einem Messer suchen will, mit dem das sicher schneller ginge. Aber dann lässt sie es lieber bleiben. Seine Aussetzer, der abwesende Ausdruck in seinen Augen. Wer immer der Mann ist, er ist definitiv nicht mehr bei klarem Verstand. Wer weiß, was er mit dem Messer anstellen würde, wenn er wieder diese glasigen Augen bekommt?

Die Finger des Mannes mögen zittern, und sicher spielt der Alkohol dabei auch eine Rolle, aber es sind kräftige Finger. Die Finger eines Mannes, der sein Leben hauptsächlich mit körperlicher Arbeit verbracht hat. Nach ein paar Minuten hat er die Knoten gelöst und Elises Hände befreit. Sie bekommt das zunächst gar nicht mit, weil sie ihre Hände überhaupt nicht spürt.

Dann schießt das Blut zurück – Tausende Stecknadeln bohren sich wimmelnd in ihr Fleisch, und ihre Arme sind frei.

»Danke«, sagt sie und fängt wieder zu weinen an. »Jetzt noch ... jetzt noch die Füße, bitte! Ich kann meine Hände noch nicht ...«

Der Mann beugt sich über sie, und sie spürt das Rütteln an den Gelenken ihrer tauben Füße.

»Gleich«, sagt er, »gleich, mein Schatz, oh, mein lieber, kleiner Schatz, und dann verschwinden wir von hier, Paula. Papa wird dich hier wegholen, Liebes, und dann werden wir ...«

In diesem Moment fliegt die Tür zum Wohnzimmer auf.

Ein Schatten stürzt sich brüllend auf Paulas Vater, reißt ihn mit einem Schlag von den Beinen, fort von Elise, und einen Augenblick später krachen zwei Körper auf den Fußboden.

Sergej ist zurück.

Fahndung

Als Novic den Klub verlässt, durch die Hintertür, wie er ihn betreten hat, begegnet er Oleg, dem Glatzkopf. Der gibt ihm seine Dienstwaffe zurück.

»Nichts für ungut, Serbe«, sagt Oleg und wünscht ihm grinsend schöne Weihnachten, als hätte er gerade ein Ladengeschäft verlassen.

Schweigend steckt Novic die Waffe weg und verlässt den Innenhof.

Auf der gegenüberliegenden Straßenseite parkt ihr Wagen, Seiler sitzt darin und starrt ausgesprochen finster durch die Windschutzscheibe ins Leere.

Novic steigt ein.

»Das war eine absolute Scheißidee, Novic«, sagt sie, »diese aufgeblasenen Heinis dort drüben, ich könnte ihnen ...«

»Wir sollten Verstärkung anfordern«, sagt Novic, »die sollen in Zivil kommen und sich um Iwanows Klub herum auf den Straßen verteilen. Für den Fall, dass Gunter Lamert hier auftaucht.«

»Ja, ja«, sagt Seiler, »und sich einen Bombengürtel umgeschnallt hat. Schon klar.«

»Es ist eher zu seinem Schutz, glaube ich. Und sag ihnen, wessen Haus das da drüben ist.«

»Hab ich schon verstanden«, sagt Seiler. »Und wessen Haus das da drüben ist, weiß jeder Bulle in Leipzig. Du ja mittlerweile auch. War's denn ein schönes Gespräch mit dem Herrn Iwanow?«

»Das weiß ich noch nicht«, sagt Novic, und obwohl Seiler diese Antwort einigermaßen rätselhaft findet, fragt sie nicht weiter nach. Stattdessen schnappt sie sich das Funkgerät und erklärt den Kollegen in der Zentrale, was Sache ist.

»Sie schicken alle Männer rüber, die sie entbehren können«, sagt Seiler, »aber das wird dem *Onkelchen* überhaupt nicht gefallen.«

»Er muss es ja nicht mitbekommen«, sagt Novic. »Schließlich sind die Männer in Zivil. Und es ist ja auch zu seinem Schutz, das habe ich ihm gerade erklärt.«

Seiler nickt düster. »Wenn du wirklich glaubst, dein neuer Freund wüsste nicht, was hier abgeht, dann bist du noch wesentlich naiver, als ich dachte.«

»Er ist nicht mein Freund«, sagt Novic. »Und ja, vielleicht bin ich das tatsächlich. Ich glaube, darüber sollten wir bei Gelegenheit noch mal reden. Über das mit Iwanow. Aber nicht jetzt.«

»Ja, vielleicht«, sagt Seiler und seufzt, dann schweigt sie ein bisschen.

»Irgendeine Idee, was Lamert betrifft?«, fragt sie dann. »Die Jungs, die zu seinem Bauernhof gefahren sind, haben sich gemeldet. Er war nicht da und sein Wagen auch nicht. Dort, wo der gestanden hat, lag frischer Schnee, also ist er wohl schon seit einer ganzen Weile weg.«

»Verstehe«, sagt Novic, und Seiler findet, es klingt, als hätte er halbwegs mit dieser Entwicklung der Dinge gerechnet. »Und bis jetzt ist er auch noch nicht hier aufgetaucht ...«

»Dann liegt er wohl entweder irgendwo auf der Lauer«, sagt Seiler, »oder er hatte von Anfang an ein völlig anderes Ziel, als du angenommen hast, und diese ganze Scheißaktion hier war völlig umsonst.«

»Kommt drauf an«, sagt Novic. »Ich glaube schon, dass Iwanow auf seiner Liste steht. Aber vorher gibt es da vielleicht noch jemand anderen.«

»Sergej!«, sagt Seiler. »Der Bruder von Aljoscha. Der Kerl, dem die Wohnung gehört, in der sie die Videos gedreht haben.«

Novic nickt. »Die Frage ist bloß, wo ist dieser Sergej? Und seine Wohnung? Also die richtige. Nicht die, die in Aljoschas Ausweis steht.«

»Ich glaube«, sagt Seiler, »das sind zwei Fragen mit derselben Antwort. Wir sollten ...«

In diesem Moment klingelt Seilers Handy. Sie geht ran, hört zu, und während sie das tut, verfinstert sich ihre Miene zusehends. Dann legt sie auf.

»Sergej?«, fragt Novic ohne große Hoffnung. »Haben sie ihn gefunden?«

»Nein«, sagt Seiler, »das war Alfons. Ein weiteres

Mädchen wurde soeben als vermisst gemeldet, und allem Anschein nach hatte Aljoscha auch ein Video von ihr auf seinem Handy, und das ist erst ein paar Tage alt.«

»Oh, verdammt«, sagt Novic.

»Ja, aber das ist noch nicht alles, es gibt noch eine kleine Dreingabe: Der Vater des Mädchens ist Sigmar Berger.«

»Sigmar Berger?«, fragt Novic und kneift die Augen zusammen. Dann öffnet er sie wieder und fragt: »Der Anwalt, auf den der Klaasen so große Stücke hält?«

Damit meint er Hans-Werner Klaasen, den Präsident der Polizeidirektion.

»Eben der. Seine Tochter, Elise, ist vor zwei Tagen verschwunden. Vielmehr ist sie von zu Hause abgehauen, auch wenn es Berger wesentlich diplomatischer ausgedrückt hat. Und wir das offiziell gar nicht mal wissen dürften.«

»Natürlich nicht«, sagt Novic seufzend. »Lass mich raten. Unsere Prioritätenliste hat soeben einen neuen Spitzenreiter bekommen.«

Seiler nickt düster, dann startet sie den Wagen.

Aus

Sergej jagt den Golf rücksichtslos über den Bordstein.
Vor dem Haus kommt er mit quietschenden Reifen zum
Stehen. Er reißt die Tür auf, noch bevor der Wagen ganz
ausgerollt ist. Der Golf rutscht noch ein Stückchen weiter
und touchiert den weißen Geländewagen, der dort steht.
Scheißegal, denkt Sergej, das verfluchte Ding ist sowieso
nur eine Rostlaube und steht in einem völlig blöden Winkel, kaum zu sehen von der Straße.

Er springt aus dem Wagen und rutscht prompt auf dem
Schneematsch aus, durch den er soeben mit dem Golf ge-
pflügt ist. Fluchend rappelt er sich auf und ignoriert die
Schmerzen in seinem Knie, während er zum Kofferraum
hastet. Er zerrt ihn auf und schlägt die Decke zurück.

Er greift nach der erstbesten Waffe, die er darunter
findet, einem Baseballschläger aus Stahl. Keins von den
billigen Aludingern, aber selbstverständlich ist das nicht
der Moment, in dem sich Sergej zu einem guten Kauf
beglückwünscht. Das Ding liegt schwer in seiner Hand.
Man kann jede Menge Knochen damit brechen, bevor es
ans Eingemachte geht. Genau das richtige Werkzeug für
die Aufgabe, die vor ihm liegt.

Fast bedauert er, dass er die Sache so schnell erledigen muss. Fünf Minuten gibt er sich, um die kleine Schlampe fertigzumachen, dann will er wieder unterwegs sein. Irgendwo neu anfangen mit dem, was in dem Schuhkarton ist. Selbst wenn sie ihm den Namen von Aljoschas Mörder noch nicht verraten hat. Das spielt jetzt alles keine Rolle mehr.

»Verzeih, Brüderchen«, murmelt er, »es geht nicht anders.«

Er sprintet die Treppe nach oben, deshalb bemerkt er nicht die Schneereste, die auf den Stufen liegen. Schneebröckchen, die aus dem groben Profil von Gummistiefeln gefallen sind und jetzt tauen und kleine Pfützen bilden.

Dann steht er vor der Wohnungstür, und im ersten Moment bemerkt er weder das gesplitterte Holz, noch dass die Tür offen steht. Hastig kramt er den Schlüssel hervor, will ihn ins Schloss stecken, aber da ist kein Schloss mehr.

Sergej stößt einen Wutschrei aus und stürzt mit über dem Kopf erhobener Baseballkeule in den Flur und weiter ins Wohnzimmer, dessen Tür er einfach auftritt.

Ein Kerl in einer verblichenen Daunenjacke hockt auf dem Sofa über das Mädchen gebeugt, und für einen absurden Moment glaubt Sergej, er hätte ihn dabei erwischt, wie er sich an dem Mädchen zu schaffen macht. *Seinem* Mädchen.

Aber nein.

Der Mann ist dabei, die Fesseln des Mädchens zu lösen.

Und dann, wie ein strahlender Blitz, durchzuckt ihn die Erkenntnis, wer der Kerl ist. Wer er nur sein kann.

»Sukin syn!«, brüllt er und stürzt sich auf den Mann. Noch im Sprung holt er mit dem Schläger aus, um ihn auf den Rücken des Mannes niedersausen zu lassen. Doch dieser wirft sich zur Seite, sodass ihn nur die Spitze des Schlägers erwischt. Trotzdem schreit er vor Schmerzen. Von der Wucht des fehlgeleiteten Schlages überrascht, lässt Sergej die Keule fallen und stürzt sich in blinder Wut auf den Mann, sodass beide von der Couch poltern.

Der Couchtisch geht zu Bruch, als die beiden Körper darauf krachen, und irgendetwas Spitzes bohrt sich in Sergejs Rippen. Er ignoriert es und drischt mit beiden Fäusten nach dem Mann, der eilends dabei ist, von ihm fortzukriechen, und versucht, Sergejs kräftige Schläge mit ziellosen Tritten abzuwehren.

Dann stößt der Mann rücklings gegen einen Sessel, und seine Flucht ist zu Ende. Sergej bäumt sich auf und ballt beide Hände zur Faust, um sie auf das Gesicht des Mannes niedergehen zu lassen. Er will ihn nicht töten. Noch nicht. Er will Aljoschas Namen rufen, während er dem miesen Schwein die Eingeweide aus dem Leib reißt. Danach wird er ihn töten.

Die Hand des Mannes, die unter seiner Jacke verschwunden ist, ohne dass Sergej es bemerkt hätte, kommt zum Vorschein, und plötzlich starrt Sergej in den Lauf einer Waffe. Natürlich ist es eine Makarow. *Die* Makarow.

»Du … mieses … dreckiges …«, stammelt der Mann. Seine Lippe ist aufgeplatzt, und er blutet ziemlich stark. Die Waffe in seiner Hand zittert vor Sergejs Gesicht.

»Jetzt stirb endlich, du Scheißkerl!«, ruft er und drückt ab.

Es klickt einmal, zweimal.

Als er begreift, dass die Pistole nutzlos ist, will er sich erneut aufrappeln, um weiter zu fliehen, aber Sergej ist schneller. Er schnappt sich den Schläger vom Boden und versetzt dem Mann den ersten Schlag, während er selbst noch auf dem Boden hockt. Die seitlich geführte Bewegung endet auf dem Knie des Mannes und lässt seine Kniescheibe mit einem lauten Krachen zerbersten. Brüllend geht er zu Boden. Irgendwo hinter Sergej schreit das dünne Stimmchen der kleinen Schlampe.

Der Rest ist blinde, rote Wut.

Als Sergej mit Lamert fertig ist, ist er völlig außer Atem. Ein öliger Schweißfilm bedeckt seine Haut, und sein Herz rast. Die Baseballkeule fällt aus seiner Hand. Ihr Schaft ist verbogen, der Lack ist abgeplatzt, sie ist voller Blut. Sergejs Kleidung, sein Gesicht und seine bloßen Unterarme ebenfalls. Er sieht aus, als hätte er in Blut geduscht.

Das, was vor ihm am Boden liegt, rührt sich nicht mehr.

Benommen stakst Sergej in die Küche, wo er den Tisch beiseiteschiebt. Dann packt er den Vorratsschrank mit beiden Händen und kippt ihn einfach um. Das schwere Möbel kracht auf den Küchenboden, Fliesen zerspringen, Holz und Keramiksplitter regnen in alle Richtungen. Egal.

Dahinter ist ein Loch in der Wand. Sergej greift hinein, packt den Schuhkarton und nimmt ihn heraus. Er presst ihn an seine Brust, dann geht er mit steifen Schritten zurück ins Wohnzimmer, wo der Kerl in einem kleinen See aus Blut schwimmt wie eine große, träge Insel.

Das Mädchen auf dem Sofa starrt ihn aus weit aufgerissenen Augen an, in denen Tränen schimmern. Da macht er noch einmal halt und beugt sich zu ihr hinab.

»Er hat …«, beginnt er, aber dann verliert er den Faden. Warum hat er den Kerl noch mal zu Brei geprügelt? Ach ja. »Aljoscha«, sagt er, »der da hat Aljoscha … er hat ihn umgebracht. Verstehst du?«

»Was?«, fragt das Mädchen und starrt ihn fassungslos an. Sie begreift überhaupt nichts. Überhaupt gar nichts.

»Aber du warst gut zu ihm, Kiska. Warst gut zu meinem kleinen Aljoscha. Er … er hat dich … er hat dich geliebt, kleine Kiska. Er hat …«

Dann verliert er wieder den Faden und lächelt sanft auf das Mädchen auf dem Sofa hinab. Wie sie daliegt, auf dem Bauch wie eine Flunder, und ihn anstarrt aus diesen großen, dummen Augen. Das ist lustig, nicht? Aber wieso weint er dann?

Wieso weint er dann, verdammt noch mal?

»Mach's gut«, sagt Sergej und stolpert in Richtung Wohnungstür, den Karton fest an seine Brust gepresst.

Mach's gut, Kiska, mach's gut.

Kopf

Wadim Iwanow denkt nach. Seit einer guten halben Stunde sitzt er nun schon in seinem kleinen ganz persönlichen Separee, starrt den roten Vorhang an und denkt nach. Über das, was der Bulle gesagt hat. Über das, was sein anderer Besucher gesagt hat, Sergej Michajlowitsch. Über Malinowski, dieses Dreckschwein, und das, was der kleine Aljoscha sich geleistet hat. Sein eigener Neffe, ein Kind von fünfzehn Jahren. Und was die Konsequenzen all dieser Ereignisse sein werden. Nur sein können.

Ein Schlussstrich, so viel ist klar, muss gezogen werden, und zwar rasch und ohne viel Aufsehen. Ein allumfassender Schlussstrich.

Zum einen hat ihm der Verrückte mit der Makarow bereits die Arbeit abgenommen, dem Jungen selbst die unvermeidliche Lektion zu erteilen, die er sich mit seinem Verrat verdient hat, Verwandtschaftsbeziehungen hin oder her. Andererseits – ist nicht genau das der Sinn einer Lektion? Dass die ganze Klasse es mitbekommt, und nicht bloß der Schüler, der getuschelt hat? Also ein Minus, das.

Doch das würde in diesem speziellen Fall auch bedeuten, dass die ganze Klasse mitbekäme, dass Malinowski und die beiden Brüder beinahe zwei Jahre lang erfolgreich ein Geschäft ohne sein Wissen betrieben haben, und zwar praktisch direkt unter seiner Nase.

Nicht gut. Ebenfalls ein Minus.

Wird er alt? Wird es Zeit abzutreten? Und – hat er sich das in der letzten Zeit nicht ein paarmal zu oft gefragt? Und dann gibt es diese andere Sache, die erledigt werden muss, bevor er an den Ruhestand denken kann, diese Sache mit Romanow. Der jetzt der reiche Romanow ist und in einer modernen Art Festung lebt. Aber auch Festungen können eingenommen werden. Alles eine Frage der Motivation. Und jetzt, dank dieser Ratte, hat er vielleicht einen Weg hinein in diese Festung.

Das ist vielleicht ein Plus.

Er verschiebt diese Gedanken auf später. Jetzt gibt es dringendere Dinge zu tun. Dinge, die das Geschehen an Ort und Stelle, im Hier und Jetzt, betreffen, aber um das andere wird er sich gleich danach kümmern. Wird den Kuchen essen, solange er noch heiß ist. Oder das Eisen schmieden, was auch immer.

Okay.

Wenn also ein Verrückter mit einer Makarow da draußen herumgeht, überlegt Iwanow, und irgendwelche Leute umbringt, ohne dass er das angeordnet hat, welches Licht wirft *das* auf die Organisation? *Seine* Organisation? Was sagt es über die Macht aus, die noch an der Spitze herrscht? Wenn jeder x-Beliebige sich eine alte Makarow kaufen und damit Leute umbringen kann, wie es ihm passt? Seine eigenen Neffen zum Beispiel.

Auch das schreit nach einer Lektion, aber dieser Mann ist jetzt nicht länger sein Problem. Die Bullen wissen bereits, wie er heißt und wo er wohnt. Sollte der Kerl es tatsächlich bis in den Knast schaffen, würde ein Anruf genügen, um ihn zu beseitigen, bevor er mit seinen Heldentaten vor irgendwem angeben kann. Ein paar der Jungs drinnen würden sich drum reißen, das für Iwanow erledigen zu dürfen, dann wäre das rasch vom Tisch. Allerdings sind es seine Heldentaten, für die ihm Iwanow andererseits fast dankbar sein muss.

Es ist eine vertrackte Sache.

Also, das wird er tun. Er wird sein Versprechen gegenüber Novic wahrmachen und dem Vater der entführten Tochter einen großen Strauß roter Rosen aufs Grab legen lassen. Es ist ja nicht so, dass er die Gefühle eines Vaters für seine Familie nicht verstehen würde.

Bleibt diese andere Sache. Die mit seinem Neffen. Dem, der noch übrig ist. Ein Jammer, das.

»Oleg!«, ruft Iwanow halblaut in Richtung des roten Vorhangs, und der Riese steckt seinen Glatzkopf herein. Seine Augen sind ein bisschen glasig, registriert Iwanow und merkt das Thema für einen späteren Zeitpunkt vor.

»Ja, Onkel?«, fragt der Glatzköpfige grinsend.

»Bringt mir Sergej Karamasow her!«, befiehlt Iwanow. »Sofort.«

»Aber Onkel, draußen stehen die Bullen«, quengelt

Oleg. »Die haben einen Ring um den ganzen Block gezogen. Stehen da in Zivil, frieren sich die Eier ab und starren Löcher in die Luft. Ein bisschen schwer, da mit einem ganzen Trupp auszurücken, nicht wahr?«

»Oleg«, ächzt Iwanow, »tu mir den Gefallen und stell dich nicht wie ein Idiot an. Nimm den Gang im Keller.«

»Gewiss, Onkel. Aber die Männer …«

»Du wirst ins Lager nach Lindenau rausfahren und dich dort mit dem Jugo und seinen Leuten treffen. Und zwar ohne, dass dir welche von den Bullen hinterherfahren.«

»Der Jugo? Bist du sicher, Onkel?«

»Nuschele ich etwa, du verdammter Holzkopf?«, fährt Iwanow ihn an. »Na los, beweg deinen Arsch, du fettes Schwein! Ich ruf inzwischen den Jugo an. Schick mir eine Nachricht, wenn ihr den Jungen gefunden habt. Dann treffen wir uns in der Datscha. Seht zu, dass er da noch lebt.«

Oleg nickt und zieht sich hinter den Vorhang zurück. Das Grinsen ist aus seinem Gesicht verschwunden, stattdessen hat es einem ernsten Ausdruck Platz gemacht und etwas, das verdammt nach einem Anflug von Furcht aussieht. Das passiert immer, wenn man den Jugo erwähnt.

Zahl

Als sie die Augen aufschlägt, ist es, als ob sie aus einem bösen Traum erwacht. Ja, all das ist nicht mehr als ein Albtraum, ein einziger langer, furchtbarer Albtraum. Gleich wird sie nach dem Handy auf ihrem Nachttisch greifen und schauen, ob Aljoscha ihr eine Nachricht hinterlassen hat. Irgendetwas Liebes, so wie er das am Anfang manchmal getan hat. Dann wird sie hinuntergehen und vielleicht ein bisschen von dem Kaffee stibitzen, der in der Glaskanne in der Maschine steht.

Sie darf natürlich noch keinen Kaffee trinken, und er schmeckt ihr auch nicht wirklich, aber sie fühlt sich dann …

Sie ist nicht zu Hause.

Diese Erkenntnis trifft sie wie ein Schlag, und mit ihr kommen all die anderen Erinnerungen zurück. Der Mann und Sergej, und wie die beiden gekämpft haben.

Und das Blut.

All das Blut.

Er ist tot, der Mann ist tot. Sergej hat ihn mit einem Baseballschläger zu Tode geprügelt, vor ihren Augen, und dann ist er gegangen, einfach so zur Tür hinausspaziert und hat sie hier liegen lassen, und dabei hat er geweint.

Weil die anderen Männer immer noch hierher unterwegs sind, hört sie jetzt Sergejs Stimme in ihrem Kopf. *Die, die dich nach Russland bringen sollen. Und, ganz ehrlich, Mädchen, ich glaube nicht, dass die sich groß an der Leiche stören werden, die hier auf dem Teppich liegt.*

Sie muss von hier verschwinden. Sofort.

Sonst wird sie vielleicht bald nirgendwohin mehr gehen.

Also versucht sie sich aufzusetzen, aber das ist zu viel auf einmal. Ihre Arme sind immer noch taub, ihre Hände fühlen sich an wie dick gepolsterte Nadelkissen. Ihre Füße sind gefesselt, und so wie die Dinge stehen, wird sie sie ohne fremde Hilfe nicht aufbekommen. Sie könnte schreien, vielleicht würde das helfen, wenn sie lange genug durchhielte.

Vielleicht aber auch nicht.

Wer weiß, wen es anlocken würde?

Sie kriecht vorwärts wie eine Raupe, indem sie ihren Oberkörper aufbäumt und wieder entspannt. Die nutzlos gewordenen Arme baumeln an ihrer Seite herunter wie Anhängsel aus totem Fleisch.

Noch ein Stück, auf den Rand des Sofas zu.

Noch ein Stück, obwohl jede Sehne ihres Körpers wund ist und vor Schmerzen schreit.

Noch ein Stück.

Dann spürt sie, wie sie vornüberkippt. Der schmutzige

Teppich kommt auf sie zu. Als sie mit dem Kinn hart auf dem Boden aufschlägt, explodieren unzählige kleine Sterne vor ihren Augen, und rote Schlieren wabern durch ihr Gesichtsfeld. Ein Stück ihres Schneidezahns ist abgebrochen, sie spuckt ihn aus, in einem kleinen Ball von Schleim und Blut. Als sie mit der Zunge darüberfährt, spürt sie die scharfe Kante.

Aber keine Schmerzen, noch nicht.

Sie kriecht weiter, genauso wie sie über die Couch gekrochen ist, wie eine Made. Wie ein Wurm.

Als sie sich dem Körper nähert, ist sie froh, dass der Großteil des Mannes hinter dem umgestürzten Sessel liegt. Der Anblick dessen, was von ihm noch übrig ist, ist schlimm genug. Sein Gesicht zu sehen, würde sie nicht ertragen. Er trägt immer noch die hellblaue Daunenjacke, und die ist ihr Ziel. Vielmehr: Das Ziel all ihrer noch verbliebenen Hoffnung.

Also kriecht sie weiter auf ihn zu und bemerkt jetzt, dass sie ihre Arme bereits dazu benutzt, ganz instinktiv. Sie zieht sich weiter, krallt ihre Finger in den Teppich. Beginnt, ihre Finger wieder zu spüren.

Und dann ist sie bei dem Mann.

Kaum mehr als eine blutende Masse, die jemand in Kleidung gepfercht hat wie eine halb fertige Wurst. Der Mann liegt in einem See aus Blut, das bereits in den schmutzigen Teppich unter ihm einsickert. An seiner rechten Schulter ist die Jacke aufgeplatzt, und es ragt etwas heraus, das sie im ersten Moment für einen Ast hält.

Bis ihr klar wird, dass es ein Knochen ist, der aus einer offenen Wunde spießt. Hastig wendet sie den Blick ab, aber es ist zu spät.

Als sie fertig ist, wischt sie sich den Mund mit dem Handrücken sauber. Es ist ekelhaft, und es stinkt ganz widerwärtig, und sie hat wieder zu weinen begonnen.

Aber es ist auch die einzige Chance, die ihr jetzt noch bleibt.

Ohne hinzusehen, tastet sie nach der gefütterten Jacke des Mannes und schlägt das Revers zurück – dort, unter jenem Knochen, der ein Stück Mensch ist und kein gebrochener Ast. Sie spürt den Körper, der noch warm ist, auf eine abstoßende und irgendwie trostlose Weise.

Tastet, bis sie endlich etwas Hartes im Inneren seiner Jacke findet.

Ihre Finger schließen sich darum, und sie zieht es vorsichtig heraus. Wenn Sergejs Keule ihn da auch getroffen hat, ist es aus, das weiß sie. Sie hat einfach nicht mehr die Kraft, sich nach einer anderen Möglichkeit umzusehen. Wenn es zerstört ist, wird sie ganz bestimmt den Verstand verlieren.

Schließlich hat sie es, hält es nah vor ihr Gesicht, denn der Tränenschleier trübt ihren Blick, und drückt auf dem Display herum.

Nichts passiert.

Dann begreift sie: Natürlich passiert nichts, denn es ist eins von diesen Uralt-Handys, ein *Nokia*. Kein Smartphone. Dafür aber praktisch unzerstörbar. Sie tastet nach dem Knopf am oberen Rand des Telefons. Das Display springt an und begrüßt sie mit einem leuchtenden Grün. Mit letzter Kraft tippt sie 1-1-0, dann drückt sie auf die Taste mit dem kleinen grünen Hörer, während ihr Tränen über die Wangen strömen.

Zwei

Er erwacht erst, als er hört, wie der Audi angelassen wird. Er zischt einen Fluch, weil er eingeschlafen sein muss, kaum dass er seinen Posten bezogen hat. Weil es kalt ist und er so viel gesoffen hat, weil …

Weil ihm der Kerl im Audi entkommen wird, wenn er nichts dagegen unternimmt.

Er reißt die Tür seines Wagens auf und stürmt über die Straße auf den Audi zu, der gerade aus der Parklücke steuert. Als die Scheinwerfer des Wagens ihn erfassen, tritt der Fahrer heftig auf die Bremse, und der Wagen kommt schaukelnd zum Stehen. Er hat ihn absaufen lassen, ist Lamerts letzter bewusster Gedanke, dann reißt er die Fahrertür des Audi auf. Mit der rechten Hand nimmt er die Makarow aus seinem Gürtel und versetzt dem Fahrer des Audi mit dem Griff der Waffe einen Schlag mitten in dessen verdutztes Gesicht.

»Aussteigen, los!«, herrscht er den Mann an, der sofort die Hände hebt und umständlich aus dem Wagen klettert. Von seiner aufgeplatzten Unterlippe läuft ein dünner Blutfaden, aber das scheint der gar nicht zu bemerken. Er ist viel zu verblüfft.

Seine Hand bewegt sich langsam auf seine Manteltasche zu, aber Lamert sieht es. Er drückt dem Mann den
Lauf der Waffe in die Wange.

»Zieh ihn aus!«, befiehlt er.

»Was?«

»Zieh deinen Scheißmantel aus, los!«

Der Mann tut es, während Lamert ganz genau auf seine Hände achtet.

»Wirf ihn weg«, befiehlt er dem Mann. »Los, da rüber,
hinter die Büsche!«

Der Mann wirft den Mantel mit einer ziemlich un-
geschickten Bewegung über das Autodach in Richtung
der Büsche, aber er landet auf dem Gehweg davor. Spielt
keine Rolle, denkt Lamert.

Der Mann starrt ihn an, kneift die Augen zusammen,
und dann sagt er: »Du bist der Kerl von vorhin, am
Bahnhof. Wieso …?«

»Halt's Maul!«, ruft Lamert. »Halt dein Maul und
rühr dich nicht!«

Er geht um den Wagen herum, wobei er die Pistole
weiterhin auf den Mann gerichtet hält. Dann öffnet er
die Beifahrertür und befiehlt ihm, wieder einzusteigen
und loszufahren. Der kommt jedem seiner Befehle nach
wie ein gedrillter Soldat, ohne die geringsten Widerwor-
te – und ohne einen Anflug von Panik. Daran ändert sich
auch nichts, als Lamert ihn anweist, in Richtung Auensee
zu fahren. Der Mann tut es einfach.

Als Lamert ihn zwanzig Minuten später den Wagen

stoppen lässt, macht er auch das, ohne zu zögern, dann sitzt er da, den Blick starr geradeaus gerichtet, die Hände im Schoß gefaltet. Erst dann beginnt er zu reden. Allerdings ergibt das, was er sagt, nicht den geringsten Sinn.

»Es war die Idee der Jungen«, sagt der Kerl im Anzug.

»Was?«, fragt ihn Lamert verdutzt. »Welche Jungen?«

»Aljoscha und Sergej. Die Karamasow-Brüder. Die haben das alles aufgezogen, den Spiegel und die Mädchen und alles andere. Es war ihre Idee, sie haben mich gezwungen mitzumachen. Die hatten Fotos von mir. Von früher, aber das habe ich längst hinter mir gelassen. Das solltest du wissen. Das sollte der Onkel wissen.«

»Welcher Onkel?«, fragt Lamert und drückt dem Mann die Waffe an die Schläfe. »Was redest du für einen Scheiß, Mann?«

Er wühlt das Bild von Paula aus seiner Jacke und hält es dem Mann unter die Nase.

»Das ist meine Tochter. Verstehst du das, du Schwein? Meine Tochter!«

Der Mann wirft einen flüchtigen Blick auf das Foto, dann noch einen längeren. Dann dreht er den Kopf, soweit es die Waffe zulässt, die Lamert ihm an die Schläfe drückt, und sieht ihm direkt in die Augen. Seine Mundwinkel zucken.

»Scheiße!«, schnaubt er, und dann beginnt der Kerl unbegreiflicherweise zu lachen. »Du bist ihr Vater! Ihr Vater! Du arbeitest überhaupt nicht für den Onkel. Du bist nur irgendein Idiot.«

Die Waffe, mit der ihn Lamert bedroht, scheint plötzlich überhaupt nicht mehr zu existieren.

»Wo ist meine Tochter, du Schwein?«, brüllt er ihn an.

»Oh, die ist in guten Händen«, sagt der Mann fröhlich. »In sehr guten Händen sogar.«

Da begreift es Lamert. Der Kerl verhöhnt ihn. Er lacht ihn aus.

»Wo ist sie, du verdammter Hurensohn? Was haben sie mit ihr angestellt?«, brüllt Lamert und drückt ihm die Waffe noch fester ins Gesicht.

Etwas trübt seine Sicht, und er blinzelt es weg. Etwas, das heiß seine Wangen hinabläuft und ihn kitzelt.

Er wischt es weg.

Doch der Mann lacht immer weiter. Lacht ihn einfach aus, lacht über ihn und das, was er seiner Tochter angetan hat. *Lacht!*

Ein ohrenbetäubendes Krachen, als der Kopf des Mannes zurückgeschleudert wird, und plötzlich ist alles voller Blut.

Lamert brüllt, als er begreift, dass die Pistole in seiner Hand gerade losgegangen ist. Brüllt die Windschutzscheibe an und das blutbespritzte Armaturenbrett. Brüllt die Leiche des Mannes an, der jetzt für immer stumm sein wird.

Er brüllt, bis er keine Kraft mehr dazu hat.

TEIL VI:
DIE SCHNEEDECKE
SCHLIESST SICH

Onkelchen

Eine Gartensiedlung am Stadtrand von Leipzig

»Sergej«, sagt Iwanow mit sanfter Stimme.

Beinahe ist er versucht, seine Hand auszustrecken und den Kopf des Jungen zu streicheln, der vor ihm kniet. Wie er das gemacht hat, als dieser ein kleiner Junge war und Aljoscha, sein Bruder, gerade mal ein Baby.

Wann war das, gestern? Vor einhundert Jahren?

»Sergej Michajlowitsch, was soll ich nur machen mit dir? Erst dein kleiner Bruder und dann du. Habt euch mit Malinowski zusammengetan, diesem Schwein. Diesem Kinderficker. Diesem Pidor.«

»Der hat … uns angestiftet«, nuschelt Sergej, oder zumindest glaubt Iwanow, dass er das sagen will. Es ist schlecht zu verstehen, weil dem Jungen inzwischen ein paar Zähne fehlen. »Angestiftet«, denkt Iwanow, jetzt redet er wirklich wie ein Kind.

»War alles seine Idee … Malinowski … Mali … Aaaah!«

Sergej stöhnt auf, als Oleg den Kopf des Jungen zurückreißt. Zu mehr hat er keine Kraft mehr. Nicht nach dem, was der Jugo und seine Jungs mit ihm gemacht haben in der letzten halben Stunde. Die sind nicht mehr als Tiere.

»Sergej Michajlowitsch«, sagt Iwanow wieder und erhebt sich. »Ich dachte, du hättest Eier. Das dachte ich wirklich für einen Moment. Jetzt bin ich nur noch enttäuscht. Hörst du das, mein Junge? Ich bin sehr enttäuscht von dir.«

»Bitte«, murmelt Sergej und streckt seine Hände flehend nach Iwanow aus. Der weicht angewidert einen Schritt zurück. Die Hände des Jungen sind blutüberströmt. Der Jugo ist mit seinen Stiefeln darauf herumgetrampelt, bis er einigermaßen sicher sein konnte, dass jeder einzelne der Finger ein paarmal gebrochen ist. Der Jugo ist ausgesprochen gründlich bei solchen Sachen.

»Dein Vater Grigori«, sagt Iwanow, »war mir immer ein loyaler Bruder, bis zum Schluss. Dafür haben sie ihn zu Tode geprügelt, diese Dreckschweine. Aber er ist keinen Millimeter von meiner Seite gewichen. Keinen einzigen Millimeter. Verstehst du das?«

Sergej nuschelt irgendetwas Unverständliches, und Iwanow spürt, dass seine Geduld zur Neige geht. Manchmal fällt der Apfel eben verdammt weit vom Stamm. Der Onkel ist müde. Von Sergej, von den Erinnerungen an bessere Leute und schlechtere Zeiten, von allem hier. Vielleicht wird es doch allmählich Zeit, sich zur Ruhe zu setzen.

»Enttäuscht bin ich von dir, Sergej Michajlowitsch«, wiederholt Iwanow, und dann nickt er Oleg kaum merklich zu. Der drückt den Lauf der Waffe gegen Sergejs Kopf. Spannt den Hahn.

400

Sergejs Körper rutscht in sich zusammen, im Schritt seiner Hose bildet sich ein dunkler Fleck. Oleg stößt ein verächtliches Keuchen aus, dann nimmt er die Pistole vom Kopf des Jungen.

»Steh auf«, sagt Iwanow angewidert.

Der Junge versucht es, aber seine Beine haben keine Kraft mehr, obwohl sie eigentlich nicht allzu schwer verletzt sein können. Der Jugo ist sehr präzise, was Verletzungen betrifft. Ungeduldig zerrt ihn Oleg hoch. Als er einigermaßen sicher ist, dass der Junge jetzt von alleine stehen kann und nicht gleich wieder umfällt, dreht Oleg sich um und begibt sich zum Ausgang der Datscha, wo er einen letzten Blick mit Iwanow wechselt, dann ist er verschwunden.

Iwanow blickt dem Jungen in die zugeschwollenen Augen, die ihn aus seinem blutüberströmten Gesicht anschauen. Nein, findet Iwanow, nun hat er überhaupt keine Ähnlichkeit mehr mit Grigori, überhaupt keine. Und vielleicht ist es besser so.

»Das war eine ganz schöne Dummheit, Junge«, sagt Iwanow ernst.

Sergej nickt. Er schluchzt, vor seinem rechten Nasenloch hat sich eine blutige Blase gebildet, die im Rhythmus seiner hektischen Atemzüge kleiner und größer wird.

»Onkel ...«, greint der Junge. Wie ein kleines Kind. Armselig.

»Du hast deinen Bruder verloren und ich meinen Neffen. Und alles wegen ein bisschen Kohle von diesem Kinderficker Malinowski. Ihr habt Kinder von der Straße geholt, Sergej, Kinder! Und sie an irgendwelche Perverse in der Heimat verschachert. An den untersten Abschaum der russischen Gesellschaft.«

Zur Antwort bricht der Junge erneut in Tränen aus und schwankt gefährlich.

»Ich muss ein paar Dinge richten, hier und in der Heimat«, fährt Iwanow fort. »Und ich habe Besuch von den Bullen bekommen. Mehrmals, in meinem eigenen Klub. Das war nicht schön. Verstehst du?«

Sergej nickt.

»J... ja, Onkel.«

»Aber immerhin haben wir auch ein paar Sachen gewonnen, nicht wahr?«, sagt Iwanow. »Wir haben das da.«

Er deutet auf den Schuhkarton mit dem Geld. Einnahmen aus dem schmutzigen Geschäft, das die drei hinter seinem Rücken abgezogen haben. Abzüglich Malinowskis Anteil natürlich. Es sind nicht mal ganz dreißigtausend Euro, denkt Iwanow, und laut Seiler sollen sie mindestens sechsundzwanzig Kinder nach Russland verschachert haben, über eine Art Auktionsplattform im Internet. Malinowski stellte die Kontakte zu den Bietern her, Aljoscha besorgte die Mädchen und machte Fotos von ihnen, und Sergej kümmerte sich um den Transport der Ware bis zur Grenze. Beinahe zwei Jahre lang.

»Ein bisschen ist es ja auch meine Schuld, Sergej«, sagt Iwanow. »Ich hätte das mit Malinowski vermutlich schon damals erledigen sollen, als ich ihn im Puff mit der kleinen Asiatin erwischt habe. Aber er sagte mir, er habe nicht gewusst, *wie* jung sie wirklich war. Und ich glaubte ihm, Sergej. Ich *vertraute* ihm.«

Er lässt die letzten Worte im Raum verklingen.

Iwanow beugt sich zu Sergej hinunter, der erneut auf ein Knie gesunken ist. Beinahe, als erwartete er einen Ritterschlag oder eine Segnung.

»Er hat mir versichert, dass es das erste und letzte Mal gewesen ist, wenn ich ihn nur leben lasse. Er sah dir damals nicht unähnlich.« Iwanow deutet auf die Finger des Jungen, die in grotesken Winkeln von dessen Händen abstehen. »Aber er ist ja auch wieder in Schuss gekommen, nicht wahr? Die Zeit heilt alle Wunden, so heißt es doch, oder?«

Sergej nickt. Ja, so heißt es.

Der Junge fällt jetzt auf beide Knie, dann senkt er den Kopf. Beugt sich so weit hinunter, bis seine Stirn den Boden vor Iwanows Schuhspitzen berührt. Und dabei flennt er ungehemmt und verschmiert Rotz und Blut auf dem Teppich der Datscha.

»Vergib mir, Onkel Wadim«, nuschelt er. »Ich erflehe deine Verzeihung.«

Iwanow wartet eine Weile, eine lange Weile, bevor er sagt: »Steh auf, Junge.«

Langsam erhebt sich Sergej auf wackligen Beinen,

wankt vor dem Onkel hin und her wie der Mastbaum eines kleinen Segelschiffs im Sturm.

»Ich verzeihe dir, Junge«, sagt Iwanow. »Dieses eine Mal noch. Nur dieses eine, allerletzte Mal, verstehst du?«

»Ich … ja, Onkel … ich danke dir, ich …«

Er bricht erneut in Tränen aus und ist drauf und dran, wieder vor Iwanow auf die Knie zu fallen.

»Raus!«, flüstert Iwanow, und das lässt sich Sergej nicht zweimal sagen. Er taumelt auf die Tür der Datscha zu, dann hinaus ins Freie.

Iwanow lässt sich auf die Kante des Sofas nieder und faltet die Hände in seinem Schoß. Dann zählt er die Sekunden. Eins, zwei, drei, vier …

Bei fünf hört er das trockene Husten von Olegs Waffe, dreimal, in kurzen Abständen.

Popp. Popp, popp!

Einer in den Kopf, zwei in die Brust.

»Mein eigener Neffe …«, murmelt Iwanow und schüttelt sich. Dann spuckt er auf das Blut zu seinen Füßen, das langsam in den alten Teppich einzieht, steht auf und geht nach draußen.

In dem Kleingarten ist es jetzt still, ein dichter Vorhang aus weißen Flocken hat sich über alles gesenkt, Iwanow ist allein. Oleg und der Jugo haben sich verzogen, um die Leiche des Jungen zu entsorgen. Später werden sie wiederkommen und die Laube niederbrennen und die restlichen Spuren im Garten beseitigen. Iwanow zieht den Mantel enger um die Schultern. Eine Amsel tschilpt, dann schweigt sie wieder.

Die Schneedecke hat sich geschlossen.

Hoffnung

Novic sitzt schweigend neben dem Mädchen und hält ihre Hand. Seit sie sie aus der Wohnung der Karamasows geholt haben, hat sie ununterbrochen geweint. Ein Zittern durchläuft ihren Körper, als Seiler ihr die Wolldecke um die schmalen Schultern legt. Dann, langsam, hebt sie den Kopf, und der Blick, den sie auf Novic richtet, ist eine einzige Frage. Eine, auf die er keine Antwort hat.

Warum?

Dann kommt sie zurück, wie aus weiter Ferne, sie öffnet den Mund und blickt sich um. Die Decke rutscht von ihrer linken Schulter, und Seiler schiebt sie wieder hinauf.

Sie sagt: »Danke«, und Seiler nickt, dann nimmt sie neben Novic Platz.

»Wir werden sie befragen müssen«, flüstert sie, und Novic hört ihr an, dass sie selbst mit den Tränen kämpft. »Ein Psychologe vielleicht … ein Kinderpsychologe. So was.«

Novic nickt, dann sagt er: »Nicht jetzt. Nicht heute. Das hat Zeit. Es wird auch so schlimm genug für Elise.«

Seiler nickt. Starrt auf die Milchglasscheibe, die den Raum vom Gang draußen abtrennt. Novic hat recht, natürlich. Herrgott, sie wissen auch so, was passiert ist. Es besteht kein Zweifel daran, wer der Mann in Sergejs Wohnung war und wer ihn so zugerichtet hat, schließlich ist der Schläger voller Fingerabdrücke, ebenso die Leiche des Mannes. Des Mannes, dem Elise ihr Leben verdankt, und wer weiß, was sonst noch.

Und es stimmt, dass Elise ihnen nicht bei der Suche nach Sergej Karamasow weiterhelfen kann. Die Fahndung ist raus, nach ihm und dem schwarzen Golf. Und Seiler weiß genauso gut wie Novic, dass sie beides niemals finden werden.

Das, denkt Seiler und seufzt, ist nun mal der Lauf der Dinge. Bedauerlich, aber nicht zu ändern. Ein Gedanke, bei dem ihr ein gewisser Wadim Iwanow vermutlich zustimmen würde.

Es gibt einen Tumult jenseits der Milchglasscheibe und erhobene Stimmen, dann fliegt die Tür auf. Mit einer Geschwindigkeit, die Seiler ihr gar nicht zugetraut hätte, besonders nicht nach dem, was sie gerade durchgemacht hat, wirft Elise sich die Decke von den Schultern, springt auf und rennt auf ihre Eltern zu.

»Elise!«, ruft die Mutter, und das Mädchen wirft sich schluchzend in ihre Arme.

»Es tut mir so leid«, schluchzt sie, »ich wollte nicht …«

»Pscht …«, macht die Mutter, »es ist gut, alles ist gut. Es … es tut mir so leid, Elise. Wir hätten dich niemals … oh, mein armes Baby …«

Der Rest sind Tränen und Entschuldigungen und dann

noch mehr Tränen. Aber es sind Tränen der Erleichterung, Tränen der Reue und des Vergebens.

Es ist ein Anfang.

Und ein kleines bisschen Hoffnung, denkt Novic, während er zusieht, wie der Vater etwas ungelenk seine Frau und seine Tochter in die Arme schließt. Nur ein kleines bisschen Hoffnung. Denn das ist vielleicht alles, was wir je bekommen werden.

Romanow

Romanow setzt sich lächelnd an den Tisch. Gerade war er noch mal unten im Keller, um bei den Mädchen nach dem Rechten zu sehen. Es wird eine große Party geben heute Nacht, und da sollen sie in Schuss sein. Die schlanke Blonde, die noch ganz schmale Hüften hat, beinahe wie ein Junge, die kränkelt ein bisschen. Vielleicht hat sie sich einen Schnupfen eingefangen. Er wird die Ärztin fragen, was man da machen kann und ob es ansteckend ist, wenn er sie in diesem Zustand fickt. Das wäre bedauerlich, denn sie gehört momentan zu den Lieblingen in seiner Sammlung.

Er bemerkt mit einem Anflug von Belustigung, dass sich etwas in seinem Schritt zu regen beginnt, wenn er daran denkt, was er heute Abend mit ihr veranstalten wird. Danach dürfte eine Erkältung ihr geringstes Problem sein.

Er beugt sich zur Seite und haucht Marina einen Kuss auf die Wange, was Malitschka, ihre Jüngste, zum Glucksen bringt. Marina, seine Frau, war einmal eine Schönheitskönigin, man stelle sich vor, aber das ist lange her. Nachdem er ihr das Kind gemacht hat, konnte er sich nicht mehr überwinden, sie anzufassen, auch wenn man sie vermutlich für ihr Alter noch als »gut in Schuss« bezeichnen könnte. Ihr ist scheißegal, ob er sie fickt, da macht er sich keine Illusionen. Marina hat ihn nur wegen des Geldes geheiratet, und die ersten paar Jahre war das ein Deal, der durchaus für ihn funktioniert hat. Das ist ein bisschen wie eine Nutte, die einem ständig zur Verfügung steht, aber wie mit allem anderen hat es ihn irgendwann nur noch gelangweilt. Dieses ausdruckslose Schafsgesicht, wenn er sie gefickt und geschlagen hat, oft beides gleichzeitig. Ihr war eins so egal wie das andere.

Da sind die Mädchen im Keller ganz anders.

Er greift nach einem Speckwürstchen, wobei er sich nicht die Mühe macht, eine Gabel zu benutzen, und steckt es sich in den Mund. Dann sagt er, während er darauf herumkaut: »Frühstück mit der Familie, was Marina? Was gibt es Schöneres als das?«

»Ja«, sagt Marina, die dumme Kuh, in der für sie typischen, einfältigen Weise.

Die kleine Malitschka kichert, nickt und wirft ihnen neckische Blicke zu, während sie an dem Strohhalm saugt, der in ihrem Saftglas steckt. Dann fängt sie wieder an, mit der Uhr zu spielen. So ein kleines, silbernes Ding für Kinder, uralt und natürlich längst stehen geblieben, und ein Armband ist auch nicht mehr dran. Das Zifferblatt ziert ein Bild von einem Panzer. Romanow glaubt, sich zu erinnern, dass sich das billige Ding im Nachlass seines Vaters befand, aber Romanow ist keiner, der sich besonders für Dinge aus der Vergangenheit interessiert, also hat er sie Malitschka geschenkt.

»Die gefällt dir, oder?«, fragt Romanow und lächelt ihr breit zu. Sie nickt, dass ihre beiden Zöpfe nur so wippen. Sie trägt ihre Zopfhalter mit den Plastikkirschen, nur ganz billige Dinger, aber die sind ihr die liebsten. Das muss Marinas Einfluss sein, denkt er und grinst, während er unter dem Tisch nach dem Oberschenkel seiner Frau tastet und dann kräftig mit Daumen und Zeigefinger hineinkneift. Weit genug oben, damit man es später nicht sieht. Er sieht, dass ihr die Tränen in die Augen steigen, aber sie verzieht keine Miene. Natürlich nicht.

Romanow zwinkert seiner Tochter zu und vertieft sich dann wieder ins Essen. Als draußen die ersten Schüsse ertönen, kaut er einfach weiter.

Zu fern scheint ihm die Möglichkeit.

Das Knattern wird lauter, dann bricht es abrupt ab, und die Tür fliegt auf. Witali, einer seiner Leibwächter, die für den Garten eingeteilt sind, stolpert herein, blutüberströmt.

Romanow fällt die Gabel aus der Hand und landet klirrend auf dem Boden, während er den glatzköpfigen Riesen aus weit aufgerissenen Augen anstarrt. Erst da bemerkt er die Maschinenpistole in dessen Hand. Er will aufspringen und sich das Ding schnappen, Witali wird sie ja sowieso bald nichts mehr nützen, bei all dem Blut, das dem aus dem Mund läuft.

Doch in der Hektik bleibt er mit dem Bauch am Tisch

hängen und plumpst zurück in die Polsterung seines antiken Holzsessels.

Malitschka beginnt zu greinen, aber das bekommt Romanow gar nicht richtig mit. Witalis Lippen formen stumme Worte, während er immer weiter in den Raum hineinstolpert.

Wo sind bloß diese anderen Vollidioten?, denkt Romanow. Da müssen doch noch mehr im Garten sein. Doch dann wächst seine Hoffnung. Wenn Witali der Einzige ist, der noch übrig ist, heißt das, sie haben alle Angreifer erwischt, und er wird …

Und dann versteht er, was Witali zu sagen versucht, und erstarrt. Es ist nur ein einzelnes Wort, ein Name. Witali flüstert nur, aber das genügt, damit Romanow ihn versteht. Dann bricht der Mann auf dem Tisch zusammen, Blut und Frühstück spritzen durch die Gegend.

Romanow, weiß wie eine Kalkwand, schiebt den Stuhl mit seinem Hintern weg, und diesmal klappt es, er kann aufstehen. Er zerrt den Leichnam des Leibwächters vom Tisch, um an die Maschinenpistole zu kommen. Marina rennt um die Tafel herum zu Malitschka, das bemerkt er aus seinem Augenwinkel. Von irgendwo tönt ein hohes Pfeifen, wie von einer Sirene, und ein ferner Teil seines Verstandes begreift, dass das Malitschka ist. Sie schreit wie am Spieß.

Scheißegal, jetzt zählt nur die Waffe. Er kann sie den störrischen Fingern des Toten entwenden, aber dann stürmen die anderen Männer in den Raum. Ein halbes Dutzend vermummter Gestalten in schwarzen Kampfanzügen und Schutzwesten und bis an die Zähne bewaffnet.

Romanow lässt die Waffe fallen und dreht sich um, um zu fliehen. Doch dafür ist es längst zu spät.

»Onkel Wadim sendet schöne Grüße«, sagt einer der Männer.

Dann eröffnen sie das Feuer.

24. Dezember

Heiligabend

Dunckerviertel, Leipzig-Lindenau

»Das ist schön«, sagt Seiler. »Dass du vorbeigekommen bist, meine ich. Jonas hat sich sehr gefreut.«

»Ich mich auch«, sagt Novic.

»Hab ich gesehen.« Sie nickt in Richtung der Lego-Burg, mit der Novic und Jonas den Großteil des Abends gespielt haben. Was man einem wie dem Novic nun wirklich nicht zugetraut hätte, aber scheinbar steckt der Mann voller Überraschungen.

»Willst du …«, fragt Seiler und deutet auf die Couch.

Novic schüttelt den Kopf.

»Ich muss gehen«, sagt er. »Hab noch was zu tun.«

»An Heiligabend?«, fragt sie, halb lächelnd, aber Novic ist schon in Richtung Flur unterwegs, hat es offenbar eilig. »Und soweit ich weiß, funktioniert deine Heizung immer noch nicht, und dein Nachbar wird vermutlich die halbe Nacht Weihnachtslieder auf Anschlag hören.«

Novic nickt, aber er sagt: »Es ist immer ein bisschen schwierig, so um Weihnachten herum.«

Vermutlich ist das das Persönlichste, was sie je von Novic gehört hat. Und etwas, das sie nur zu gut versteht.

Daher auch das Angebot mit der Couch, das wird ihr erst jetzt, im Nachhinein, richtig klar. Es wäre schön gewesen, für Jonas. Für sie. So ein kleines bisschen Familie zu spielen, Normalität.

Aber Novic ist schon unterwegs nach draußen, und sie begleitet ihn in den Flur.

»Du kannst sie nicht alle retten, weißt du?«, sagt sie leise lächelnd, als sie im Flur stehen. Novic hat die Klinke schon in der Hand. »Das kann niemand. Wir sollten dankbar sein, dass Elise das Telefon noch rechtzeitig gefunden hat.«

Dann schüttelt sie den Kopf.

»Gott, ich will mir gar nicht vorstellen, wie das für sie gewesen sein muss, dem Mann das Handy aus der Jacke ziehen zu müssen.«

»Die anderen Mädchen sind noch irgendwo da drüben«, sagt Novic. Er hat immer noch die Hand auf der Klinke und starrt an ihr vorbei in den Flur, der nur von einem Nachtlicht erhellt wird. »Und Sergej Karamasow weiß vermutlich auch, wo genau.«

»Ja«, sagt Seiler. »Die Fahndung nach ihm läuft ja, wie du weißt.«

»Fahndung.« In seiner Stimme schwingt Verachtung mit. Sie beide wissen, dass sie weder Sergej Karamasow noch eins der entführten Mädchen jemals finden werden. Nicht lebend, jedenfalls.

»Die russischen Behörden wissen ebenfalls Bescheid«, meint Seiler. »Die haben versichert, dass sie sich der Sache mit Hochdruck annehmen. Klaasen selbst hat da Druck gemacht, und sie haben versprochen …«

»Erinnerst du dich noch an die Tätowierung auf Malinowskis Rücken?«, fragt Novic. Mehr muss er auch nicht sagen, Seiler versteht, worauf er hinauswill. Der Teufel und die Jungfrau. Mütterchen Russland und das organisierte Verbrechen. Was mag ein Menschenleben in diesen Kreisen wert sein? Tausend Euro? Weniger? Es wird überhaupt nichts passieren, das wissen sie beide.

»Es versuchen, Novic«, erwidert sie leise. »Mehr kannst du nicht machen. Sonst wirst du verrückt.«

»Ich weiß«, sagt Novic, und dann geht er.

Dämmerung

Novic sitzt seit fast zwei Stunden in der Dunkelheit, seit einer Stunde und achtundfünfzig Minuten, um exakt zu sein. Er trägt eine dicke Strickjacke und hat sich außerdem eine Wolldecke um die schmalen Schultern geschlungen. Sein Atem schlägt sich in kleinen Wölkchen nieder. Seiler hatte recht gehabt, die Heizung ist immer noch kaputt.

Er ist beinahe am Ende des vierten Aktes von Verdis *Nabucco* angelangt, der Oper von einem, der auszog, ein Gott zu werden, und stattdessen wahnsinnig wurde. Novic ist sich nicht sicher, aber möglicherweise ist auch das eine weitere Synchronizität.

Es versuchen, Novic. Mehr kannst du nicht machen. Sonst wirst du verrückt.

Vielleicht ist es aber auch nur eine Oper.

Er hat die Anlage voll aufgedreht, das Gewimmel der Töne dringt wohltuend tief in sein Gehirn ein, Violett und Rot, kräftige Farben, nicht wie das kränkliche Rot, das bei Wagner bisweilen durchschimmert. Farben, die hinwegspülen. Gut.

Vielleicht wird er später den letzten Rest von Romanas

Duvec aus der Thermoskanne kratzen und es in die Mikrowelle stellen. Nein, sagt er sich, einen Topf und auf der Herdplatte. Er hat es immerhin versprochen. Vielleicht würde er sie später sogar anrufen, aber er bezweifelt es. Auch das hat er ihr schließlich versprochen.

Die Stimmen des Chors erheben sich zu einem tosenden Orkan, der alles hinwegfegt, oder zumindest ist das Novics Absicht. Sein Nachbar hört seit den frühen Morgenstunden Weihnachtslieder.

Er legt den Kopf in den Nacken und schließt die Augen. In zweiundvierzig Sekunden, wenn das finale Crescendo Plácido Domingos Stimme in metaphorische, blass türkise Höhen fortgetragen hat, wird er aufstehen und die Oper ein weiteres Mal von vorn anhören. Es ist noch nicht einmal zehn Uhr, aber er bezweifelt, dass er heute überhaupt irgendwann einschlafen wird.

Es sind Momente wie dieser, in denen er sich beinahe wünscht, ein Trinker zu sein. Die Schleusentore öffnen zu können und die alles ertränkende Sturzflut loszulassen, die jede Empfindung überspült und nichts als Taubheit und Leere zurücklässt und einen schalen Geschmack im Mund.

Zumindest hat er das so von Leuten gehört, die dem Alkohol frönen. Abstumpfen, vergessen, in die Leere der Empfindungslosigkeit eintauchen. Wie verlockend das doch scheint in Momenten wie diesen.

Bloß weiß er, dass es ihm nicht helfen wird.

Noch drei Sekunden.

Er erhebt sich.

Noch zwei.

Steht.

Eine.

Stille.

Die Platte ist zu Ende, und die Nadel gleitet knisternd auf die Leerrille. Genau in dem Moment, da er vor der Anlage steht, flammt die Lichtklingel auf. Sein Telefon. Ein weiteres Mal triumphiert C. G. Jungs Synchronizität, diesmal ganz bestimmt.

Romana?

Zu Weihnachten?

Ausgeschlossen, dafür kennt sie ihn zu gut.

Seiler?

Unwahrscheinlich.

Blinzelnd schaut er auf das Display seines Telefons. Jemand hat ihn mit unterdrückter Nummer angerufen. Bloß: Niemand, der diese Nummer kennt, würde das machen.

Vielleicht verwählt, denkt Novic, irgendein schusseliger, vermutlich angetrunkener Mensch, der einem Bekannten plappernde Weihnachtsgrüße übermitteln will und zwei Zahlen verwechselt hat.

Abwesend langt er nach dem Plattenspieler, schaltet ihn aus und geht ans Telefon. Atmet, sagt aber erst mal gar nichts.

»Guten Abend, Herr Novic«, sagt die Stimme am anderen Ende.

Männlich, älter, mit kaum wahrnehmbarem russischem Akzent.

»Herr Iwanow«, sagt Novic tonlos.

»Hey, du bist gut, Serbe!«, lobt ihn Iwanow lachend. »Und du solltest vielleicht Onkel Wadim zu mir sagen, nach allem, was wir gemeinsam erlebt haben, was meinst du?«

»Was wollen Sie, Iwanow? Und woher haben Sie diese Nummer?«

»Es ist Weihnachten«, sagt Iwanow, als würde das eine der beiden Fragen beantworten oder sogar beide. »Also dachte ich mir, ich mache dir ein kleines Geschenk. Wie findest du das, hm?«

Novic schweigt.

»Aber das ist merkwürdig«, fährt Iwanow im Plauderton fort. »Gerade ruft mich mein Mann an und sagt mir, du wärst nicht zu Hause. Er sagt, er klingelt seit einer Viertelstunde Sturm, aber kein Mensch macht ihm auf, und in deiner Wohnung brennt auch kein Licht, und das am Weihnachtsabend. Da mache ich mir natürlich Sorgen. Ist ja bekannt, dass gewisse Leute um die Weihnachtszeit so ihre Problemchen haben. Manch einer von euch soll ja schon beschlossen haben, sie mit der eigenen Waffe im Mund zu lösen, was man so hört.«

Er kichert. Das von Franz weiß er also auch, denkt Novic. Natürlich weiß er das.

»Ich bin daheim«, sagt er dann. »Ich habe die Klingel nicht gehört.«

Und fragt sich im selben Augenblick, warum er das Iwanow überhaupt erzählt. Er hätte längst auflegen und diese Farce beenden sollen.

»Also, dann gehst du jetzt am besten mal nach unten vor deine Haustür und holst dir dein Geschenk von mir ab, ja?«, sagt Iwanow und kichert wieder, dann wird seine Stimme übergangslos ernst. »Du kannst mir später dafür danken.«

Ein Knacksen, und er hat aufgelegt.

Als Novic die Haustür öffnet, steht dort ein Ungetüm von einem schwarzen Geländewagen. Ein Hummer, wie er gern von US-Militärs eingesetzt wird. So breit, dass er beinahe die gesamte Straße einnimmt.

Vor dem Wagen steht der Glatzkopf, Oleg, der Novic mit einem irgendwie ausdruckslosen Lächeln begrüßt. Wortlos öffnet er eine der hinteren Türen des Geländewagens. Die Scheiben sind schwarz und absolut blickdicht, natürlich. Oleg dreht Novic den Rücken zu, langt in das Innere des Wagens, dann wuchtet er etwas heraus, ohne dass ihm das erkennbare Mühen zu bereiten scheint, und stellt es vor Novic auf den Gehweg.

Es ist ein Mädchen, in eine löchrige Wolldecke gewickelt, aus der wenig mehr als große, dunkle Augen hervorlugen, in einem bleichen, müden Gesicht. Sie hat die Arme um die schmalen Schultern geschlungen und starrt Novic ausdruckslos an.

Ein paar stumpfe Strähnen blond gefärbter Haare hängen ihr ins Gesicht, und Novic braucht einen Moment, bis er erkennt, wer da vor ihm steht. Sie ist ein wenig kleiner, als er sie sich vorgestellt hat.

Die Lippen des Mädchens öffnen sich, und Novics Herz krampft sich zusammen, als er begreift, dass sie gleich nach ihrem Vater fragen wird. Aber das tut sie nicht, ihre Zähne beginnen bloß zu klappern, das ist alles. Das Mädchen, das barfuß vor ihm im knöchelhohen Schnee steht, ist Paula Lamert. Iwanow hat sie aus Russland zurückholen lassen.

Das ist sein Geschenk an Novic.

Und doch auch wieder kein Geschenk, denn es ist keinesfalls umsonst. Es ist ein Deal, begreift Novic, im Grunde derselbe, wie ihn Iwanow bereits mit Seiler hat. Und so kriegt er sie alle, einen nach dem anderen.

Novic zieht seine Strickjacke aus und legt sie dem Mädchen um die Schultern. Sie steht barfuß im Schnee, ihre Füße und Unterschenkel sind dreckverschmiert.

»Fröhliche Weihnachten, Serbe!«, sagt Oleg, dann läuft er um die gigantische Motorhaube des Wagens herum, steigt ein und lässt den Motor aufheulen. Das Gefährt verspritzt eine Schneefontäne, dann pflügt es durch den Schnee davon und verschwindet in der Nacht.

Dem Mädchen muss kalt sein, denkt Novic, als er ihr vorsichtig die Hand entgegenstreckt. Er würde etwas wegen der Heizung in seiner Wohnung unternehmen müssen.

Danksagung

Zu allererst möchte ich Ihnen danken, liebe Leserin und lieber Leser, aus offensichtlichen Gründen. Allen voran denen unter Ihnen, die mich schon seit einer Weile kennen und mir hoffentlich auch weiterhin treu bleiben.

Ich danke meiner Freundin Krissy, für ihre unermüdliche Unterstützung und Inspiration, sowie meinen Eltern – vor allem dafür, dass es in meiner Kindheit niemals Mangel an Büchern oder Unterstützung gab. Offenbar hat das was gebracht.

Weiterhin danke ich meinem Agenten Markus Michalek, der es auf sich nimmt, den guten Kampf zu führen, und mir stets ein kompetenter und ermutigender Ansprechpartner ist.

Stellvertretend für all die wundervollen Menschen bei Penguin, die dieses Buch in seiner vorliegenden Form erst möglich gemacht haben, danke ich Frau Britta Claus für einen Einstieg in die Profiliga, der meine kühnsten Erwartungen noch übertroffen hat.

Alex Pohl
Leipzig, im Februar 2018

Du triffst sie. Du vertraust ihr.
Du gehst ihr in die Falle.

Claire finanziert ihr Schauspielstudium mit einem lukrativen Nebenjob: Für Geld flirtet sie mit verheirateten Männern, deren Ehefrauen wissen wollen, ob sie ihnen wirklich treu sind. Doch die Frau von Patrick Fogler ist nicht nur misstrauisch – in ihren Augen liest Claire Angst. Und am Morgen nach Patricks und Claires Begegnung ist sie tot. Die Polizei verdächtigt den Witwer, und Claire soll helfen ihn zu überführen – wenn sie nicht will, dass die Polizei herausfindet, was sie selbst in der Mordnacht getan hat. Doch Patrick wirkt nicht nur beängstigend und undurchschaubar, er fasziniert Claire. Und sie ahnt: Sie muss die Rolle ihres Lebens spielen …

Du glaubst, du bist ihm auf der Spur.
Doch eigentlich ist er es, der dich jagt.

Ein gesuchter Kinderschänder wird auf einem abgelege-
nen Hof am Stadtrand Münchens aufgefunden – an den
Füßen aufgehängt und mit durchgeschnittener Kehle.
Doch bevor Kriminalhauptkommissar Paul Simon
die Spur des Killers aufnehmen kann, schlägt dieser
erneut brutal zu. Die blutige Mordserie versetzt die
Stadt in Angst und raubt dem Kommissar den Schlaf.
Denn an den Tatorten findet er Gegenstände, die ihm
gehören. Das kann nur bedeuten, dass der Täter in
seiner Wohnung gewesen sein muss. Paul Simon setzt
alles daran, den Killer zu stoppen. Eine gnadenlose
Jagd durch die eiskalte, verschneite Stadt beginnt ...

Ihr Beruf: Ärztin.
Ihre Patienten: Kriminelle.
Ihr erster Fall: Ein Kampf um Leben und Tod.

Neuer Job, neue Stadt – Eva hofft, die Schatten ihrer
Vergangenheit endlich hinter sich zu lassen. Aber noch
vor ihrem ersten Arbeitstag als Gefängnisärztin in einer
Münchner Haftanstalt wird sie in einen Kriminalfall
verwickelt: Die Frau eines Inhaftierten bittet sie verzweifelt
um Hilfe. Eva weist sie zurück, doch am nächsten Tag ist
die Frau spurlos verschwunden. Eva macht sich Vorwürfe:
Was hatte sie ihr sagen wollen? Wovor hatte sie Angst?
Auf eigene Faust versucht Eva, der Wahrheit auf die Spur
zu kommen – ohne zu ahnen, dass der Täter sie längst im
Blick hat und ihr schon ganz nahe ist. Gefährlich nah …